Angi und das Raumschiff

Gisela Paprotny

Angi und das Raumschiff

Die Reisen der vier Freunde

Teil II der „Angi"-Reihe

Fortsetzung von

„Angi - der Sohn der Sternenwächter" (Teil I)

Bibliografische Information der Deutschen Nationalbibliothek
Die Deutsche Nationalbibliothek verzeichnet diese Publikation
in der Deutschen Nationalbibliografie; detaillierte bibliografische
Daten sind im Internet über http://dnb.d-nb.de abrufbar.

© 2010 Gisela Paprotny
Umschlagdesign, Satz, Herstellung und Verlag:
Books on Demand GmbH, Norderstedt
ISBN978-3-8391-7512-5

Inhalt

Angi und seine Freunde hatten mit der fliegenden Tasse einen Ausflug nach München gemacht. Gegen Abend wollten sie zurück zum Forsthaus fliegen. Aber es kam anders, als die Jungen es sich vorgestellt hatten.

Angi und das Raumschiff

Angi, bist du so weit?«, fragte Peter. Angi nickte.

»Also, dann lasst uns fliegen!«, rief Peter.

Daraufhin erteilte Angi seinem Helfer die Befehle: »Die Leiter weg, das Licht an und fliegen«, sagte er. Die Supertasse hob vom Boden ab und drehte sich langsam im Kreis herum. Dann sauste sie hinauf in den langsam dunkler werdenden Himmel.

Heiner rief: »Wir fahren Karussell!«

Auch Angi freute sich über die lustige Fahrt. »Wir fliegen ins Weltall!«, rief er.

»Bloß nicht, dafür ist die Tasse nicht geeignet!«, mahnte Peter. »Im Weltall gibt es keinen Sauerstoff und kalt ist es auch, ich glaube, so circa 60 Grad minus, wir würden sofort ersticken oder erfrieren.«

Plötzlich regnete es. Der Regen prasselte auf das Dach. Und die Tasse flog schneller und immer schneller.

»Haltet euch fest«, rief Peter, »sonst werdet ihr noch rausgeschleudert!«

»Es ist besser, wenn ihr unter die Sitzbänke kriecht«, schlug Klaus vor. Er krabbelte unter seine Bank und hielt sich daran fest. »Beeilt euch!«, mahnte Klaus. Peter, Heiner und Angi krochen nun ebenfalls jeder unter eine Bank und hielten sich daran fest.

Der Regen trommelte immer stärker auf das Dach der Tasse. Und dann wurde es auch noch kalt und dunkel. »Angi, wann sind wir denn endlich zu Hause?«, fragte Heiner ungeduldig.

»Das weiß ich nicht«, antwortete Angi.

Peter zitterte auch schon vor Kälte und forderte Angi auf, doch ein paar Decken herbeizuzaubern, damit sie sich wärmen könnten.

Angi berührte sein Ohr und gab seinem Helfer den Befehl: »Bitte, Helfer, wir brauchen Decken!«

Aber der Helfer gehorchte ihm nicht. Angi versuchte es noch einmal, aber wieder geschah nichts. Peter wurde unruhig und sah Angi vorwurfsvoll an: »Was ist denn los?«

»Mein Helfer gehorcht mir nicht«, antwortete Angi traurig.

»Aber das ist doch nicht möglich, dass dein Helfer ausgerechnet jetzt, wo wir ihn so dringend brauchen, streikt. Wir haben ihn doch länger als drei Minuten nicht mehr gerufen.«

Peter überlegte und zitterte dabei vor Kälte. Sollte es möglich sein, dass es am Regen lag? Bei Wasser reagierte der Helfer nicht.

»Ich werde vorsichtig zum Fenster krabbeln, mich festhalten und dabei einen Blick aus dem Fenster riskieren«, dachte Peter und kroch vorsichtig unter seiner Bank hervor. »Ich muss wissen, wo wir uns gerade befinden.« Mit einer Hand hielt er sich an der Bank fest, und mit der anderen tastete er sich vorsichtig zum Fenster hin. Endlich hatte er es geschafft und konnte einen Blick hinaus werfen.

Was Peter durch eine Wolkenlücke erblickte, trieb ihm Angstschweiß auf die Stirn. Er war entsetzt und rief: »Das darf doch nicht wahr sein! Klaus, komm mal her und sieh dir das an! Wir fliegen über Wasser, unter uns ist nichts als Wasser, so weit man sehen kann. Wir müssen irgendwo über dem Ozean fliegen. Angi, was hast du deinem Helfer befohlen, wohin die Tasse fliegen soll?«

»Fliegen«, antwortete Angi.

»Hast du ihm nicht gesagt, dass er uns zurück zum Forsthaus fliegen soll?«

»Nur fliegen«, bestätigte Angi noch einmal.

»So, dann bin ich gespannt, wohin die Tasse fliegt. Hoffentlich nicht ins Wasser, denn dort versinken wir wahrscheinlich, da kann uns auch dein Helfer nicht retten.«

Endlich hatte der Regen nachgelassen und Peter meinte: »Alles Weitere werden wir später sehen. Das Vernünftigste ist, wir kuscheln uns zusammen und wärmen uns gegenseitig.«

Die Jungen befolgten Peters Rat. Angi und Heiner kuschelten sich aneinander und wärmten sich gegenseitig. Auch Peter und Klaus rückten ganz nah zusammen. Und trotz Hunger und Kälte schliefen die Jungen bald darauf ein.

Und die Tasse flog weiter in die dunkle Nacht hinein.

Bei den Eskimos

Plötzlich setzte die Tasse mit einem Ruck auf, und die Jungen purzelten durch die Tasse.

»Wir sind zu Hause, wir sind gelandet!«, rief Heiner.

Jeder wollte der Erste beim Aussteigen sein.

»Schnell, Angi, ruf die Leiter herbei!«, rief Peter. Angi berührte sein Ohr, aber sein Helfer reagierte immer noch nicht. Angi wollte als Erster aus der Tasse aussteigen, aber die Leiter stand nicht an ihrem Platz.

»Was ist denn nun schon wieder los?«, fragte Peter leicht verärgert.

»Es regnet nicht mehr, und im Wasser sind wir doch auch nicht gelandet, oder?«

Peter krabbelte zur Tür hin und sah zuerst gar nichts. Er wurde von der Sonne geblendet. Aber was er dann erblickte, verursachte ihm erneut eine Gänsehaut. Die Tasse war in einer Eislandschaft gelandet.

Peter schloss die Augen und sagte: »Auch das noch, das hat uns gerade noch gefehlt.«

Klaus hörte Peter schimpfen und fragte neugierig geworden: »Was ist denn los?«

»Rate mal, da kommt ihr nicht drauf, wir sitzen auf dem Nordpol, mitten im schönsten Eis!«

»Darum ist es auch so kalt«, meinte Heiner.

»Ich friere auch«, sagte Angi.

Peter betrachtete die beiden Kleinen und sagte: »Ja, Angi, was sollen wir jetzt tun? Auf Eis kann uns dein Helfer auch nicht wärmen, denn Eis besteht aus gefrorenem Wasser. Wir haben, als wir abgeflogen sind, vergessen uns eine Heizung zu wünschen und nun erfrieren wir hier.«

Angi weinte, ihm war schrecklich kalt und er jammerte: »Ich will zur Mumi, ich will nicht erfrieren.« Klaus war ebenfalls ratlos, da konnte nur noch Peter helfen. Er war der Älteste von ihnen, also musste er auch entscheiden, was nun geschehen sollte. Und so sah er ihn dann auch erwartungsvoll an und fragte: »Was machen wir denn jetzt?«

»Ja, da ist guter Rat teuer. Es bleibt uns nichts anderes übrig, als uns zuerst einmal wieder gegenseitig zu wärmen.«

»Aber ich habe Hunger«, maulte Klaus.

»Dass du auch immer nur ans Essen denkst, zuerst brauchen wir Wärme; wenn wir erfroren sind, nützt uns auch das beste Essen nichts.«

Klaus aber murmelte leise vor sich hin: »Und wenn wir verhungert sind, brauchen wir auch keine Heizung mehr.«

Nun ergriff Peter die Initiative. Er musste die Freunde zuerst einmal beruhigen. »Also, Jungs, hört zu, ihr drei kuschelt euch aneinander und versucht euch gegenseitig zu wärmen! Ich steige aus und sehe mich um, ob ich irgendwo Menschen finde.« Das war vorerst die beste Lösung, und darum stimmten die drei Freunde Peters Vorschlag zu.

Peter ging sofort zu der kleinen Tür hin und wollte sie öffnen. Er stemmte sich mit aller Kraft gegen die Tür, aber sie bewegte sich nicht.

Peter war enttäuscht, er drehte sich um und forderte Klaus auf, ihm zu helfen. »Klaus, komm bitte und hilf mir, ich bekomme die Tür allein nicht auf! Stell dich hier an meine Seite und drücke mit aller Kraft gegen die Tür! Gemeinsam könnten wir es schaffen.«

Endlich sprang die Tür einen kleinen Spalt auf. Sofort wehte den Brüdern ein eiskalter Wind entgegen, und ein paar dicke Schneeflocken flogen ihnen ins Gesicht.

Peter zog die Tür schnell wieder zu und sagte: »Das hat keinen Sinn, wir müssen abwarten, bis der Sturm nachgelassen hat. Aber bevor ich mich auf die Suche nach Menschen begebe, müsst ihr mir noch etwas zum Anziehen geben, sonst erfriere ich sofort. Bis dahin müssen wir noch zusammenrücken und uns gegenseitig wärmen. Klaus, wir nehmen die Kleinen in unsere Mitte.«

Nachdem sie eine Weile zusammengesessen waren, wollte Peter noch einmal die Tür öffnen. Er sagte: »Ich schaue jetzt nach, ob es noch schneit und ob der Sturm nachgelassen hat. Bald wird es dunkel, und wir können nichts mehr unternehmen.«

Peter stieg auf die nächste Bank und sah aus dem kleinen Fenster. Es schneite nicht mehr, und er konnte weit über die Eisfläche hinwegsehen. In der Ferne erkannte er ein paar schwarze Punkte. Sie bewegten sich direkt auf die Tasse zu. Peter überlegte, ob das Eisbären waren; wenn die nichts zu fressen fanden, fraßen sie auch Menschen. Er rief Klaus zu sich und zeigte ihm, was sich dort auf dem Eis auf sie zubewegte. Dicht aneinander gedrängt, starrten die Brüder auf die näher kommenden schwarzen Punkte auf dem Eis.

»Sie bewegen sich tatsächlich auf uns zu«, stellte Peter fest.

Dann erkannte er, dass es sich um Hundeschlitten handelte, und er rief: »Es sind Hundeschlitten, wir sind gerettet! Wir müssen sofort aussteigen, sonst fahren sie vorbei!«

Peter war total aufgeregt. Peter und Klaus stemmten sich noch einmal mit aller Kraft gegen die Tür und riefen die beiden Kleinen zu sich.

Peter sprang als Erster hinunter in den Schnee.

»Lasst euch einfach in den Schnee fallen! Er ist ganz weich!«, rief Peter den Freunden zu.

Als Klaus sah, dass Angi zögerte, gab er ihm einen kleinen Schubs. Angi fiel Peter direkt vor die Füße. Dann sprangen auch Heiner und Klaus aus der Tasse raus. Gerade noch rechtzeitig, denn im selben Augenblick hatten die Schlitten die Freunde erreicht. »Hallo, anhalten!«, rief Peter und winkte den Männern auf den Schlitten mit beiden Armen zu. Ruckartig blieb zuerst der vordere Schlitten und danach die nachfolgenden Schlitten stehen.

Die Hunde bellten und jaulten. Angi versteckte sich sofort hinter Peter und klammerte sich an ihm fest. Mehrere ganz in Felle gehüllte Gestalten kamen auf die Freunde zu. Sie sprachen die Freunde in einer fremden Sprache an, darum verstanden die Jungen nicht, was die Männer zu ihnen sagten.

Die Männer packten, ohne weitere Worte zu verlieren, die Jungen, und ehe die es sich versahen, saßen die vier Freunde unter dicken Fellen, auf die einzelnen Schlitten verteilt.

Angi rief Peter, aber der hörte ihn nicht, denn Peter saß tief vermummt unter den warmen Fellen. Angi jammerte noch ein Weilchen vor sich hin, aber die Wärme tat ihm gut. Darum beruhigte er sich bald darauf. Und die Schlittenhunde zogen die Schlitten in einem Höllentempo durch Eis und Schnee und durch die langsam dunkler werdende Landschaft.

Es dauerte auch nicht lange, und Angi war eingeschlafen, er träumte wieder von seiner Mumi und dem großen Raumschiff.

Peter beobachtete nur den Schlitten, auf dem Angi saß. Er durfte nicht verloren gehen. Ohne Angi kämen sie nicht wieder nach Hause.

Klaus jedoch dachte: »Lass erst einmal kommen, was will, das Wichtigste ist, dass wir endlich etwas zu essen bekommen.« Heiner saß ganz vorn hinter den Hunden. Ab und zu flog ihm ein wenig Schnee ins Gesicht. Aber auch er saß schön warm in Decken gehüllt und beobachtete die hechelnden Schlittenhunde. Er sah, wie die Hunde sich anstrengten und ihren heißen Atem in die kalte Abendluft hechelten.

Endlich blieben die Schlitten vor ein paar Iglus stehen. Die Hunde jaulten wie eine Horde wild gewordener Wölfe. Peter warf einen Blick zu den Iglus hin. Seine Sorge, dass sie in verschiedene Iglus aufgeteilt würden, erwies sich als unbegründet. Allen voran wurde Angi in das größte Iglu hineingetragen. Peter und Klaus wurden von den Männern hinterhergeschoben und Heiner wurde halb getragen, und auf einem Bein humpelte er neben einer vermummten Gestalt her.

Im Iglu angekommen, konnten die Freunde zuerst gar nichts erkennen. In der Mitte des Iglus brannte ein Feuer und dichter Rauch versperrte ihnen die Sicht. Der Rauch war so ätzend, dass den Jungen die Augen tränten. Sie vernahmen aufgeregte Stimmen und Worte, die sie nicht verstanden. Dann wurden sie sanft in eine Ecke geschoben und hinuntergedrückt.

Die Jungen saßen nun dicht beieinander auf weichen Fellen und warteten ab, was nun passieren würde. Angi schlief neben ihnen ein; und weil er so dick eingepackt war, war er kaum noch zu sehen.

Langsam gewöhnten sich die Augen der Freunde an das kleine Licht in der Mitte des Iglus und die Rauchschwaden, die zum oberen Teil des Iglus emporstiegen. Sie erkannten Männer, Frauen und Kinder, die durcheinanderkrabbelten und aufgeregt miteinander sprachen. Immer wieder betrachteten sie die Jungen und schüttelten die Köpfe.

Klaus entdeckte zuerst den großen Kessel, der über dem Feuer hing. Er schnupperte und erkannte, dass sich im Topf gekochter Fisch befand. Klaus lief das Wasser im Mund zusammen, und er wartete sehnsüchtig auf eine zünftige Portion Fisch.

Endlich war es so weit, die Frauen verteilten die Fischsuppe. Klaus löffelte die heiße Suppe und seufzte und erklärte: »Das ist die beste Fischsuppe, die ich bisher gegessen habe.«

Klaus hörte gar nicht mehr hin, was gesprochen wurde. Er hielt nur immer wieder seinen Teller hoch und ließ sich Suppe nachfüllen.

Nach der Fischsuppe wurde heißer Tee gereicht und dann fielen die vier Freunde satt und zufrieden todmüde um. Sie schliefen ein, wo sie gerade saßen, und niemand störte sie.

Am nächsten Morgen erwachte Angi, weil ihn jemand an der Nase kitzelte. Er öffnete die Augen und sah ein kleines Gesicht, dick vermummt mit einer Pelzmütze auf dem Kopf, vor sich. Angi setzte sich aufrecht hin und sah sich um. Peter und Klaus lagen neben ihm und schliefen noch. Aber wo war Heiner?

»Peter, wach auf, Heiner ist weg!«, rief Angi aufgeregt. So plötzlich aus dem Schlaf gerissen, wusste Peter zuerst nicht, worum es ging. Er rieb sich die Augen und fragte verstört: »Was ist denn passiert?«

»Heiner ist weg«, wiederholte Angi.

Peter schaute hinter sich und erblickte Heiner. Heiner lag dicht neben Klaus. Peter zeigte nur stumm hinter sich und wollte weiterschlafen.

Doch dann sah er sich umzingelt von kleinen Eskimos. Sie bestaunten Peter und lachten über ihre kleinen, freundlichen Gesichter, sodass nur noch Augenschlitze und die kleinen Münder zu sehen waren. Dann plapperten sie auch noch alle durcheinander.

»Ich verstehe kein Wort«, sagte Peter und sah Klaus an.

Der meinte: »Vielleicht versteht Angi, was sie sagen.«

Aber auch Angi schüttelte den Kopf.

»Wir sind im Eis, da funktioniert Angis Helfer nicht. Eis besteht doch aus Wasser«, klärte Peter Klaus auf.

Klaus lief mal wieder rot an und stotterte: »Das kann ja noch heiter werden.« Vor lauter Aufregung blieb Klaus die Luft weg. Die Brüder sahen sich ratlos an und waren alles andere als glücklich.

»Aber ich möchte nicht hierbleiben«, jammerte Angi.

»Ich auch nicht!«, rief Heiner und krabbelte hinter Klaus hervor.

Peter sah die Freunde an und sagte: »Ja, glaubt ihr vielleicht, *wir* wollen hier alt werden, aber zuerst müssen wir den Eskimos dankbar sein, dass sie uns gerettet haben. Wir müssen jetzt zuerst einmal abwarten, wie es weitergeht.«

Sie brauchten sich nicht mehr lange Gedanken zu machen, denn plötzlich kamen einige Frauen in das Iglu und brachten dicke Pelzanzüge für die Jungen. Sie forderten die Freunde auf, die Pelze anzuziehen.

Jetzt sahen sie genauso wie die kleinen Eskimos aus. Ihre Füße steckten in dicken Pelzschuhen und die erschwerten das Gehen.

Angi versuchte als Erster zu gehen und fiel sogleich auf den Hosenboden. Er kam gar nicht wieder auf die Beine. Er sah aus wie ein kleiner Käfer, der auf dem Rücken lag und mit den Beinen strampelte. Das sah so lustig aus, dass die Freunde herzhaft lachen mussten.

»Warum lacht ihr mich aus?«, rief Angi und wurde wütend. Aber Peter beruhigte Angi sofort: »Wir meinen es doch nicht böse, aber du siehst so komisch aus, wie ein kleiner Teddybär.« »Ihr seid auch Teddybären«, erklärte Angi und versuchte aufzustehen.

Peter reichte Angi die Hand und sagte: »Komm, ich helfe dir hoch, halte dich fest, wir müssen zuerst lernen so dick vermummt zu gehen!« Vorsichtig stand Angi auf. Ein paar Eskimokinder winkten den Freunden freundlich zu und forderten sie auf, ihnen ins Freie zu folgen.

Nun wurden die Freunde neugierig. Und Peter riet seinen Freunden: »Kommt, wir schauen uns einmal um, was es da draußen so alles zu sehen gibt und was die Kinder von uns wollen!«

»Na, ich glaube, außer Schnee und Kälte ist da draußen wohl nichts«, unkte Klaus missmutig.

»Egal, kommt, lasst uns nachsehen!«, forderte Peter.

Etwas tapsig gingen die Jungen nacheinander ins Freie. Draußen schien die Sonne und der Schnee war so hell, dass sie vorübergehend ihre Augen schließen mussten.

Als sich ihre Augen an das helle Licht gewöhnt hatten, schauten sie zuerst einmal den Eskimokindern zu. Die rutschten vergnügt mit kleinen Schneebrettern einen Hügel hinunter.

Angi war begeistert. Er wollte auch einmal auf so einem Brett den Hügel hinunterrutschen. Er tapste zu den Kindern hin und zeigte auf ein Schneebrett.

Sofort übergab der kleine Eskimo Angi sein Brett und half ihm auf den kleinen Hügel hinauf. Angi setzte sich auf das Brett und rutschte freudestrahlend den Hügel hinunter.

Unten angekommen winkte er den Freunden zu und rief: »Kommt herüber, es macht Spaß!« Also gingen Peter, Klaus und Heiner ebenfalls zu den Eskimokindern hin. Und die reichten ihnen sofort ihre Bretter.

Wer von den Kindern kein Schneebrett besaß, rutschte auf dem Hosenboden oder kollerte den kleinen Hügel hinunter. So langsam stieg die Sonne am Himmel höher und erwärmte den Hügel. Bald war der Schnee an einigen Stellen weggeschmolzen. Und die Kinder blieben mit ihren Brettern auf den schneefreien Stellen stecken.

»So, nun hat der Spaß ein Ende«, stellte Peter fest und sah Klaus an.

Die Schneeschicht wurde immer dünner und die grauen Stellen wurden größer und bald darauf kam nackter Fels zum Vorschein. Peter bemerkte den Felsen zuerst und plötzlich kam ihm die richtige Idee. »Das ist es!«, rief Peter.

»Angi, komm doch bitte einmal herauf zu mir!« Angi lief den Hügel hinauf und blieb neugierig vor Peter stehen. Peter zeigte auf den grauen Felsen und fragte Angi: »Angi, begreifst du, was das bedeutet?« Angi schaute Peter an. Er verstand nicht, was Peter ihm sagen wollte.

»Also gut, Angi, stell dich bitte dort auf den nackten Felsen und zaubere den Schnee hier vollständig weg!«

Angi befolgte Peters Anweisung. Er berührte sein Ohr, und der Schnee war verschwunden.

Angi strahlte über das ganze Gesicht. Peter packte Angi und wirbelte ihn im Kreis herum. Im selben Augenblick kamen Klaus und Heiner den Berg herauf und staunten, dass oben auf dem Berg kein Schnee mehr lag.

»Es funktioniert wieder!«, rief Peter. »Versteht ihr? Wir können nach Hause fliegen.«

Nun tanzten auch Klaus und Heiner übermütig im Kreis herum und riefen: »Nach Hause, nach Hause, wir fliegen gleich nach Hause!« Peter unterbrach das fröhliche Treiben.

»Also, Jungs, hört mir zu: Zuerst müssen wir die Tasse zurückholen.«

»Aber Angi, die Tasse muss unsichtbar sein, niemand darf sie sehen«, flüsterte Peter Angi ins Ohr.

Nun kamen auch die Eskimokinder den Hügel herauf und staunten, dass der ganze Schnee verschwunden war. Sie tuschelten miteinander und schließlich lachten und tanzten auch sie im Kreis herum.

Angi berührte sein Ohr und nickte Peter zu. Peter fragte Angi sofort: »Ist die Tasse da?«

Angi bestätigte dies und freute sich genauso sehr wie Peter.

»Und, ist alles noch da?«

Angi beruhigte Peter: »Es ist noch alles da.«

Glücklich und zufrieden sah Peter sich um, dann schlug er den Freunden vor: »Wir müssen den freundlichen Eskimos noch etwas schenken, bevor wir wieder verschwinden. Überlegt bitte, was wir ihnen geben können, schließlich haben sie uns das Leben gerettet!«

»Und wir sind nicht verhungert«, fügte Klaus hinzu.

Nun war guter Rat teuer, denn was könnte die Eskimos wohl erfreuen?

»Wir schenken ihnen Fische«, sagte Angi.

Klaus war dagegen: »Nein, Fische fangen sie selbst genug. Wir sollten ihnen ein großes Haus schenken.«

Aber damit war Peter nicht einverstanden. »Klaus, rede keinen Unsinn, die Eskimos bauen ihre Iglus aus Eis und Schnee und ziehen immer wieder an einen anderen Ort! Es muss schon etwas sein, was sie mitnehmen können.«

»Einen Ofen, damit es im Iglu nicht so qualmt«, schlug Heiner vor.

»Das wäre gar nicht so schlecht«, stimmte Peter zu.

»Aber was könnten sie noch gebrauchen?«

»Ein Fernsehgerät«, meinte Angi.

Peter lehnte sofort entschieden ab. »Angi, die Eskimos haben keinen Strom, verstehst du. Und ohne Strom läuft kein Fernseher.«

»Jetzt weiß ich, was wir den Eskimos schenken, eine Schatztruhe voll mit Geld. Das wäre vielleicht genau das Richtige, was meinst du, Angi?«

Angi war einverstanden. »Aber es müssen Dollars sein, ich glaube, Kanadische Dollars«, erklärte Peter. Mit dem Vorschlag waren alle bis auf Angi einverstanden, er zeigte zu den Kindern hin und sagte: »Aber für die Moss.«

»Und Schokolade und Bonbons!«, ergänzte Heiner, und Angi lächelte zufrieden. Mit der Lösung waren alle einverstanden. Nur Peter forderte von Angi: »Du darfst die Gegenstände aber nicht hier im Freien herbeizaubern, sondern musst sie in das Iglu, dort, wo wir geschlafen haben, hineinzaubern. Angi, du musst hier stehen bleiben, und wir locken die Kinder in das Iglu.«

Peter und Klaus riefen die Kinder und forderten sie auf, ihnen zu folgen. Als die Kinder nicht reagierten, übernahm Peter das Kommando: »Alle mitkommen, mir nach!«, forderte er die kleinen Eskimos auf. Dann lief Peter den Hang hinunter und Klaus schob die unschlüssigen Eskimokinder hinter Peter her und in das Iglu hinein.

Im Iglu angekommen zeigte Peter auf die am Boden liegenden Felle und forderte die Kinder auf, sich dort hinzusetzen. Zuerst zögerten die Kinder, aber dann befolgten sie Peters Anweisungen.

Als alle Kinder im Iglu versammelt waren, gab Peter Angi das vereinbarte Zeichen. Dann wandte Peter sich wieder den Kindern zu und zeigte ihnen die vielen Schokoladentafeln und die Schüsseln mit Moss, die plötzlich auf dem Boden des Iglus standen und lagen.

Nun betraten auch die Frauen, neugierig geworden, das Iglu. Sie wurden auf die Geldtruhe aufmerksam und sahen unschlüssig von einer Eskimofrau zur anderen.

Die Kinder jedoch bestaunten die viele Schokolade und die Schüsseln mit dem Moss. Sie steckten bereits ihre Finger in die großen Schüsseln mit Moss und probierten von dem süßen Pudding. Auch die Frauen naschten, neugierig geworden, vom Schokoladenpudding. Sie verursachten ein lustiges Schmatzen, und jede Frau versuchte nebenbei noch so viel Schokoladentafeln aufzuheben, wie sie tragen konnte.

Peter winkte eine der Frauen zu sich und zeigte ihr die Truhe mit dem Geld. »Das schenken wir euch, weil ihr uns das Leben gerettet habt«, sagte Peter.

Die Frau sprach ein paar Worte, aber Peter verstand sie natürlich nicht. Er antwortete: »Ich weiß, wir verstehen einander nicht, also kommen Sie bitte mit, ich zeige Ihnen, was in der Truhe ist!«

Peter winkte auch die anderen Frauen zu sich und öffnete die Truhe.

Er griff hinein und verteilte die Geldscheine. Die Frauen schnatterten aufgeregt durcheinander, und vor lauter Freude über das viele Geld vergaßen sie Peter.

Der zog Klaus ins Freie und flüsterte ihm zu: »Jetzt ist der richtige Zeitpunkt gekommen, dass wir unbemerkt verschwinden können.« Dann rannte Peter so schnell den Berg hinauf, dass Klaus nur mit Mühe folgen konnte. Heiner und Angi warteten schon auf die Brüder.

»Ist alles zum Abflug bereit?«, fragte Peter und wischte sich den Schweiß von der Stirn. Er war so schnell den Hang hinaufgelaufen und in die Tasse geklettert, dass ihm im Augenblick das Atmen schwerfiel.

Angi bestätigte, dass sie sofort abfliegen könnten.

»Dann los, Angi, lass die Leiter verschwinden!«

Klaus stand unten vor der Leiter und rief: »Halt, nicht so schnell, ich will auch noch mit!« Beinahe wären sie ohne ihn abgeflogen.

In der fliegenden Tasse angekommen inspizierte Peter noch einmal alles ganz genau, ob noch alle Gegenstände vorhanden waren. Peter sah sich noch einmal um, überlegte und fragte Angi: »Was brauchen wir noch?«

»Zuerst die Heizung, es wird schon wieder kalt«, erinnerte Klaus Angi.

»Richtig, zuerst die Heizung.«

»Dann etwas zu essen.« Heiner wünschte sich von Angi zuerst ein Hähnchen.

»Sprecht nicht alle durcheinander, wir haben nur drei Wünsche zur Verfügung, denkt daran!«, ermahnte Peter die Freunde.

»Wir stimmen ab, seid ihr alle mit Hähnchen einverstanden?«

»Ich nicht, ich möchte Moss«, verlangte Angi. »Einverstanden, davon könnten wir hinterher auch noch ein wenig essen. Also Angi, zuerst die Heizung, dann Hähnchen und Moss.«

Mit der Bestellung waren die vier einverstanden.

Angi berührte sein Ohr und rief: »Heizung, Hähnchen und viel Moss!«

Sogleich standen auf dem Boden der Tasse vier große Schüsseln mit Moss, und dazwischen liefen vier gackernde Hähnchen umher.

Peter machte große Augen, als er die Hähnchen sah. »Die sind doch noch gar nicht gebraten!«, rief er.

»Angi, wir können doch keine lebenden Hähnchen essen, sie müssen gebraten oder gegrillt sein.«

»Dann essen wir eben zuerst Moss, weil wir jetzt erst wieder drei Minuten warten müssen.«

»Bestell bitte auch einen kleinen Tisch für uns, wir können doch nicht immer vom Fußboden essen!«

Aber auch die Löffel fehlten, sodass sie auch kein Moss essen konnten.

Peter sah Angi an und fragte ihn: »Angi, wo sind die Löffel? Wir haben keine Löffel. Also hör mir jetzt genau zu, die Heizung haben wir bereits. Zuerst musst du die Hähnchen zurückschicken. Dann bestellst du gegrillte Hähnchen und die Löffel für den Pudding, verstehst du?« Angi verstand, was Peter wünschte.

Als die drei Minuten vergangen waren, erfüllte Angi die drei Wünsche. Nach weiteren drei Minuten zauberte Angi auch noch einen kleinen Tisch herbei. Und nun ließen sich die Freunde die Hähnchen und den Pudding schmecken. Auch Angi war glücklich, dass er endlich wieder einmal sein Leibgericht essen konnte.

Natürlich blieb noch eine große Portion vom Essen übrig, aber die Jungen waren sich einig, dass ein wenig Reiseproviant nicht schaden konnte. Denn die Freunde wussten nicht, wo die Tasse sie wieder hinfliegen würde. Zufrieden und erschöpft vom vielen Essen sahen die Freunde sich an.

Klaus schluckte noch den letzten Bissen hinunter und schlug vor: »Was meint ihr? Eine Runde Schlaf wäre doch jetzt genau das Richtige.«

»Aber vorher müssen wir noch die Tasse auf die Reise schicken. Peter, können wir uns vorher noch Hängematten bestellen?«, fragte Klaus.

Peter war einverstanden: »Das ist eine gute Idee, denn unter der Bank möchte ich nicht noch einmal schlafen. Aber zuerst müssen wir noch beraten, welche Wünsche wir uns vor dem Start noch erfüllen wollen. Zuerst muss die Leiter verschwinden, dann soll Angi die Hängematten bestellen. Und für den Abflug benötigen wir auch noch einen freien Wunsch. Aber bitte eins nach dem anderen. Also, Angi, zuerst muss die Leiter weg, dann bestellst du die Hängematten. Und wenn das erledigt ist, starten wir, verstehst du?«

Angi hatte verstanden. Er berührte sein Ohr und dann flog die Tasse los.

Klaus wollte als Erster in seine Hängematte steigen, aber sie lag auf dem Boden.

»Angi, weißt du denn nicht, dass Hängematten hängen müssen? Sonst können wir doch nicht darin schlafen!«, schimpfte Klaus.

Angi sah Klaus erstaunt an und sagte: »Das habe ich vergessen. Die drei Minuten wirst du wohl noch abwarten können.«

Peter drehte sich um und blickte aus dem kleinen Fenster. Aber was er dort sah, stimmte ihn augenblicklich nachdenklich.

»Wir fliegen schon wieder über Eis, ich sehe unter uns nichts als Eis und Schnee«, berichtete Peter. Als die drei Minuten vergangen waren, wollte Angi die Hängematten aufhängen, aber der Wunsch ging nicht in Erfüllung. Klaus wurde schon wieder ungeduldig und schimpfte: »Was ist denn los? Nun mach schon, ich bin müde.«

Aber Angi erklärte: »Es geht nicht.«

»Warum denn nicht?«, wollte Klaus wissen.

»Es sind zwar schon drei Minuten vergangen«, sagte Peter, »aber ich weiß Bescheid, es ist das Eis, das Eis ist schuld. Solange wir über Eis und Schnee fliegen, geht gar nichts. Aber tröstet euch, kalt ist es nicht und Sturm haben wir auch keinen, dann können wir vielleicht auch so schlafen.«

Klaus legte sich auf seine Matte und drehte sich zur anderen Seite. Dabei murmelte er vor sich hin: »So ein Mist, auf so einem harten Ding soll man nun schlafen können!«

Peter sagte: »Das kann doch wohl nicht wahr sein, willst du denn jetzt schon schlafen?«

Klaus sah Peter noch einmal kurz an und antwortete: »Ja, ich bin müde«, dann drehte er sich zur anderen Seite. »Du kannst mir ja sagen, wenn wir wieder Land unter uns haben.«

Peter und Heiner sahen noch eine Weile aus dem kleinen Fenster, aber außer Eis und Schnee war dort unten nichts zu sehen.

Angi schlief auch schon und dann legten sich auch Peter und Heiner auf ihre Matten und schliefen ein. Und die Tasse flog weiter und immer weiter, durch die dunkle Nacht.

Die Freunde in China

Plötzlich setzte die Tasse mit einem kurzen Ruck auf dem Boden auf und verursachte dabei ein plätscherndes Geräusch. Dadurch erwachte Peter. Er dachte: »Was ist denn jetzt schon wieder los?« Er rieb sich den Schlaf aus den Augen. Es war bereits heller Tag und die Tasse flog nicht mehr. Hocherfreut rief Peter: »He, ihr Schlafmützen, aufstehen, wir sind zu Hause!« Dann lief er zur Tür und wollte sie öffnen.

Vorher warf er noch einen Blick aus dem kleinen Fenster. Was er da sah, war alles andere als die gewohnte Umgebung des Forsthauses. »Nein, was ist denn nun schon wieder verkehrt gelaufen? Wir sind doch nicht zu Hause, sondern in einem Teich voll Gras gelandet!«, rief Peter entsetzt aus.

Nun krabbelten auch Angi, Heiner und Klaus aus ihren Hängematten und stolperten zu dem kleinen Fenster hin.

»Was sagst du da? Wir sind in einem Teich gelandet?«, fragte Klaus verschlafen. »Tatsächlich, seht euch das an, wir sind aber nicht in einem Teich, sondern in einem Reisfeld gelandet. Und dort sind auch schon ein paar Chinesen und die sehen uns. Und sie kommen auch schon angelaufen. Angi, warum sind wir nicht unsichtbar?«

Angi überlegte und war genauso erstaunt wie Peter. »Ich weiß schon, das Wasser ist schuld, da wirkt Angis Zauber nicht«, erklärte Peter.

»Und was machen wir jetzt?«, wollte Klaus wissen.

»Das weiß ich auch nicht, aber die Lage wird langsam brenzlig. Seht doch nur, die Chinesen kommen mit Stangen und Mistgabeln angelaufen! Ich glaube, wir müssen hier auf dem schnellsten Weg verschwinden. Los, nichts wie raus hier, und dann lauft, so schnell ihr könnt, dort drüben in den Wald! Da finden sie uns nicht!«, rief Peter ganz aufgeregt.

Peter stieß mit aller Kraft die Tür auf und rief: »Jetzt haben wir nicht einmal unsere Leiter! Es bleibt uns nichts anderes übrig, als wieder einmal zu springen!«

Peter schob Heiner und Angi vor sich her und gab Heiner einen kleinen Schubs. Angi sollte hinterherspringen, aber er wollte nicht ins Wasser springen. Klaus sprang aus der Tasse und half Heiner aus dem Wasser hoch. Als Klaus festen Boden unter seinen Füßen spürte, rief er: »Angi, komm schon, das Wasser ist nicht tief, du kannst ruhig springen, ich fange dich auf!« Peter ergriff Angis Hand und zog ihn mit sich.

Unten angekommen zappelte Angi wie ein Fisch im Wasser. Als er wieder auftauchte, war er über und über mit Schlamm bedeckt. Ein paar grüne Reishalme hingen auf seinem Kopf und über seine Schultern.

»Du siehst aus wie ein Wassermann«, sagte Heiner und lachte. Auch Peter und Klaus lachten, aber auch sie sahen nicht viel besser aus.

Aber dann wurde es höchste Zeit, denn sie hörten bereits Stimmen und so liefen sie, so schnell sie konnten, durch das Reisfeld hinüber in den nahen Wald.

Sobald die Jungen wieder festen Boden unter den Füßen hatten, sagte Peter: »Angi, ruf die Tasse herbei, aber mach sie unsichtbar!«

Angi berührte sein Ohr, und endlich funktionierte der Zauber wieder.

»Was machen wir denn jetzt?«, wollte Klaus wissen. »Zuerst soll Angi uns vom Schlamm befreien«, antwortete Peter. »Dann warten wir die drei Minuten ab.«

Inzwischen hatten die Chinesen, nachdem die Tasse plötzlich verschwunden war, die Verfolgung aufgegeben. Und Peter meinte zufrieden: »Gott sei Dank, die sind wir los!«

Als sie so dastanden und überlegten, wie es weitergehen sollte, knackte es plötzlich im Gebüsch hinter ihnen. Der Schreck fuhr den Freunden in die Glieder. Sie drehten sich um und erblickten einen kleinen Bär, der soeben aus den Büschen herausgekrochen kam.

»Seht doch nur!«, rief Angi ängstlich.

»Angi, fürchte dich nicht, der Bär ist doch noch so klein!«, versuchte Heiner Angi zu beruhigen.

»Aber wo ein kleiner Bär ist, da ist auch ein großer Bär«, mahnte Peter.

Neugierig kam der kleine Bär näher. »Das glaube ich nicht, es ist ein kleiner Panda. Er will mit uns spielen.« Angi ging sogleich ein paar Schritte zurück und stellte sich hinter Peter. »Seid vorsichtig!«, mahnte Peter. »Man weiß nie, wie so ein Tier reagiert.«

Aber Heiner fürchtete sich nicht, er streichelte den kleinen Bären. Dieser rollte sich auf dem Boden zu Heiners Füßen und gab komische Laute von sich. »Seht doch nur, wie niedlich er ist! Sollen wir ihn mitnehmen? Angi, komm her, fürchte dich nicht!«, rief Heiner. Nun kamen auch Peter und Klaus näher und streichelten den kleinen Bären.

Die Zeit verging und die Jungen vergaßen, dass noch irgendwo eine Bärin in den Büschen steckte. Plötzlich hörte Angi ein Geräusch hinter sich. Er drehte sich um und sah die große Bärin aus dem Wald herauskommen. Ein schneller Griff an sein Ohr, und Angi saß auf einem dicken Ast im nächsten Baum.

Die drei Jungen waren so vertieft ins Spiel mit dem kleinen Bären, dass sie die Gefahr nicht wahrnahmen. Angi berührte noch einmal sein Ohr und Heiner saß neben ihm auf dem Baum.

Plötzlich sah Peter sich suchend um und dachte: »Wo sind Heiner und Angi geblieben?« Im selben Augenblick sah er auch schon die große Bärin. Peter bekam einen fürchterlichen Schreck und schrie: »Klaus, die Bärin kommt!« Klaus wollte davonlaufen. Aber es war zu spät, die Bärin stand hinter ihm und erhob ihre Tatze.

Klaus konnte sich nicht bewegen. Er blieb wie versteinert stehen. Im selben Augenblick rief Angi vom Baum herunter: »Hinweg mit dir, du böser Bär!« Knurrend zog sich die Bärin zurück. Ganz langsam, Schritt für Schritt, entfernten Peter und Klaus sich von dem kleinen Bären.

Der Kleine sah seine Mutter und lief ihr nach. Sie schnüffelte an ihm herum und trottete danach langsam mit ihm in den Wald hinein.

Peter und Klaus standen noch eine Weile wie erstarrt da, dann wischte Peter sich den Angstschweiß von der Stirn. »Puh, das war knapp!«, stöhnte er. »Ich hab genug von diesem China hier. Angi, komm vom Baum herunter und lasst uns auf dem schnellsten Weg verschwinden!«

Angi sprang mit einem Satz vom Baum herunter und stellte sich neben Peter. Auch Heiner krabbelte den Baum hinunter. Peter sah Angi an und fragte ihn: »Warum hast du uns nicht auch auf einen Baum gezaubert?« Angi zeigte Peter drei Finger. Dann zeigte er auf sich und auf Heiner und übrig blieb ein Finger. Dann zeigte er auf Peter und Klaus. Nun begriff Peter, was Angi meinte.

Angi hätte nur noch einen von ihnen auf den Baum zaubern können und der andere wäre von der Bärin angegriffen worden. »Ich verstehe, Angi, das war einsame Klasse von dir. Du hast den dritten Befehl für die Bärin aufgehoben. Sonst wäre einer von uns jetzt schwer verletzt oder sogar tot.« Peter legte seinen Arm um Angi und drückte ihn fest an sich. »Wir danken dir, Angi, du bist ein wirklicher Freund, und wir sind froh, dass du bei uns bist.«

Angi lächelte zufrieden und fragte: »Peter, was ist China?«

»Angi, wir sind bereits in China. Es ist ein großes Land. Dort haben die Menschen gelbe Gesichter und schmale Augen«, antwortete Peter. »Was sind schmale Augen?«, wollte Angi daraufhin wissen.

»Sieh mich an, sie sehen so aus!« Klaus zog seine Augen ein wenig zur Seite und Angi betrachtete Klaus genau. »Können die Menschen mit den Augen auch sehen?«, fragte Angi weiter. »Natürlich, genauso gut wie wir«, antwortete Peter.

»Ich möchte sie sehen«, wünschte sich Angi. »Wir könnten doch, wo wir schon einmal hier sind, nach Peking fliegen«, schlug Klaus vor. »Peking soll eine tolle Stadt sein und aus unserer Klasse war noch niemand in Peking.«

»Oh ja, Peking!«, riefen nun auch Angi und Heiner.

»Ich weiß nicht«, sagte Peter unschlüssig. »Wer weiß, wo wir dann wieder landen? Ihr seht doch, wir sind anstatt zu Hause hier in China gelandet. Irgendetwas funktioniert mit der Tasse nicht. Gegebenenfalls landen wir noch in Australien bei den Kängurus.« »Das wäre auch nicht schlecht, machen wir doch gleich eine Weltreise, wer weiß, ob wir das jemals wieder erleben können?«, meinte Klaus und grinste über das ganze Gesicht.

»Denkst du vielleicht auch einmal an unsere Eltern? Wir sind schon ein paar Tage überfällig, wie sollen wir ihnen erklären, wo wir waren? Willst du sagen, dass wir mit einer fliegenden Tasse mal so eben um die Erde geflogen sind?«

»Du hast recht, Peter, wir müssen zuerst nach Hause fliegen. Aber Peking kann nicht so weit von hier entfernt sein, das könnten wir uns doch wenigstens von oben ansehen«, drängelte Klaus.

Mit dem Vorschlag war Peter einverstanden. »Aber«, sagte er, »wir brauchen jetzt unbedingt einen Kompass und eine Landkarte, damit wir immer wissen, wo wir uns zurzeit gerade aufhalten. Also, Angi, wir steigen jetzt zuerst in die Tasse.«

Angi nickte und berührte sein Ohr. Da stand sie auch schon wieder sichtbar vor ihnen.

»Angi, ruf bitte zuerst die Leiter herbei, damit wir in die Tasse steigen können!«, befahl Peter. Auch Angi stieg diesmal die Leiter hinauf, damit sie noch einen freien Wunsch zur Verfügung übrig hatten.

Oben angekommen fragte Peter, ob Angis Helfer wisse, wo Peking liegt. Angi nickte und sagte: »Mein Helfer weiß alles.« Peter sah Angi ein wenig von der Seite an und zweifelte: »Bist du sicher? Also gut, dann lasst uns nach Peking fliegen.«

Nach ungefähr fünf Minuten erblickten sie bereits eine große Stadt.

»Ist das Peking?«, wollte Klaus wissen. Angi nickte zustimmend und bestätigte: »Das ist Peking.«

»Seht doch, dort unten den großen Platz!«, rief Klaus. »Lasst uns dort landen, aber unsichtbar«, erinnerte Peter Angi, »sonst kommen die Chinesen gleich wieder mit Mistgabeln angelaufen.« »Diesmal landen wir ja auch nicht mitten in ihrem Reisfeld«, bemerkte Klaus, »da bekommen wir sicher keinen Ärger.«

Vorsichtig setzte die Tasse mitten auf dem großen Platz auf. Angi wollte zuerst aussteigen und die gelben Menschen mit den langen Augen sehen. Aber Peter hielt ihn zurück, er sah zuerst aus dem Fenster und überzeugte sich, dass die Tasse von außen auch wirklich unsichtbar war.

»Warte, Angi, nicht so schnell – was glaubst du, wie das aussieht, wenn wir so mir nichts, dir nichts aus der Luft heruntersteigen. Wir müssen auch so lange unsichtbar bleiben, bis wir alle unten auf dem Platz stehen.«

Angi verstand Peter. »Also, Angi, du steigst zuerst die Leiter runter, dann folgen dir Heiner und Klaus, und ich steige zuletzt hinunter. Aber berührt euch, sodass wir alle vier unsichtbar sind!«

Kurz darauf hatten sie es geschafft. Die vier Freunde standen auf dem Platz. Und Peter erteilte den Befehl: »So, und jetzt können wir uns wieder loslassen.«

Peter sah sich vorsichtshalber noch einmal um und rief: »Vorsicht!« Beinahe hätte ein dicker Mann sie umgelaufen. Er sah die Jungen erstaunt an, schüttelte den Kopf und ging weiter. Angi blieb stehen und sah dem Mann nach.

Da kam eine kleine Chinesin direkt auf Angi zu und Angi sah ihr direkt ins Gesicht. Er wollte doch genau sehen, wie die gelben Menschen aussehen. Die kleine Frau schaute Angi an und lächelte ihm zu. Sofort lief Angi ihr nach. Aber Peter rief Angi zu, er solle umgehend zurückkommen, und fragte: »Angi, wo willst du denn hin?« Aber Angi hatte schon wieder etwas Interessantes entdeckt. Ein Mann fuhr mit einem Fahrrad, an dem ein kleiner Wagen hing, an ihm vorbei. Auch da lief Angi sofort hinterher.

»Angi, bleib hier, wo willst du denn hin?«, rief Heiner ihm nach. Daraufhin blieb Angi stehen und schaute dem kleinen Wagen hinterher.

»Du kannst doch nicht einfach davonlaufen!«, schimpfte Peter. Angi zeigte auf den Anhänger und sagte: »Ich möchte dort mitfahren.«

»Das geht nicht, wir haben noch kein Geld.« Angi wollte sofort Geld herbeizaubern, aber Peter stoppte Angi: »Halt, wir brauchen chinesisches Geld! Wir müssen uns das Geld erst ansehen. Lasst uns in das nächste Geschäft gehen! An der Kasse wird mit Geld bezahlt und dort können wir uns die Scheine genau ansehen.«

Die Jungen liefen über den Platz und erweckten die Aufmerksamkeit der Menschen. Die Chinesen blieben stehen und sahen erstaunt hinter ihnen her.

Klaus bemerkte zuerst, dass sie Aufsehen erregten, und fragte: »Was haben wir an uns? Warum sehen die Leute uns so komisch an?« Da fiel es Peter wie Schuppen von den Augen. Sie hatten ja noch die Pelze der Eskimos am Körper, darum war ihm auch so warm. »Kommt schnell hier hinein!«, sagte Peter. »Seht euch unsere Kleidung an! Wir müssen uns sofort neu einkleiden. Aber ohne Geld ist das nicht möglich. Angi, geh bitte zur Kasse, dort drüben, wo die Leute bezahlen, und schau dir das Geld an!«

Angi ging zur nächsten Kasse und sah sich das Geld genau an. Ein Schein lag vor ihm auf der Ladentheke. Neugierig nahm Angi den Schein in die Hand. »Du unverschämter Bengel willst mir mein Geld stehlen!«, kreischte eine Frau neben Angi und packte ihn. »Nein, nein, ich will nicht stehlen, ich möchte Peter den Schein zeigen, dann bekommst du ihn sofort zurück«, sagte Angi ängstlich zu der Frau.

»Polizei, wo ist die Polizei?«, kreischte die Frau weiter und ließ Angi nicht mehr los. Angi hielt der Frau den Geldschein hin, aber die Frau kreischte weiter.

»Lass mich los, ich möchte zu Peter gehen!«, sagte Angi. »Das könnte dir so passen, du unverschämter Dieb, du gehörst ins Gefängnis, wo bleibt denn die Polizei?«, rief sie noch einmal.

»Ich möchte dir nicht wehtun«, sagte Angi und sah die Frau bittend an.

»Du möchtest mir nicht wehtun«, kreischte sie, »dass ich nicht lache, dieser Bengel stiehlt nicht nur, nein, er ist auch noch unverschämt!« Dabei packte sie noch fester zu und wollte Angi an den Haaren ziehen.

Nun wurde es Angi zu bunt, er berührte sein Ohr und stieß die Frau von sich. Die Frau purzelte durch den Laden und bekam vor Schreck keinen Ton mehr heraus. Vom Lärm angelockt, kam Peter gerade noch rechtzeitig in den Laden. Er packte Angi und zog ihn hinaus ins Freie. Da stürmten auch schon zwei Polizisten an ihnen vorbei. »Komm schnell, wir müssen hier weg, was ist denn passiert?«, wollte Peter wissen. Angi erklärte Peter, was er soeben erlebt hatte.

»Ach, jetzt verstehe ich, die Frau dachte, du wolltest ihr Geld stehlen.«

»Aber ich wollte es ganz bestimmt nicht stehlen«, entschuldigte Angi sich.

»Das wissen wir, aber die Frau nicht«, antwortete Peter. »Hast du wenigstens gesehen, welches Geld du herbeizaubern musst?« Angi nickte.

»Dann los, zaubere uns ein paar Scheine herbei, damit wir einkaufen können!«

Angi gab seinem Helfer den Befehl und sogleich hielt er ein Bündel Geldscheine in seiner Hand. Die Jungen suchten und fanden an der nächsten Straßenecke ein weiteres Kaufhaus. In dem Kaufhaus suchten die Freunde sich passende Kleidung aus und kleideten sich neu ein.

»Unsere warmen Pelze nehmen wir natürlich mit, wer weiß, ob wir sie nicht noch einmal brauchen«, verlangte Peter.

Mit den Pelzen auf dem Arm gingen sie zur Kasse des Kaufhauses und bezahlten die gekauften Kleidungsstücke. Als sie das Kaufhaus verließen, schrie jemand hinter ihnen her: »Halt, stehen bleiben, Diebe, wo ist die Polizei?«

Peter drehte sich um und sah, wie mehrere Chinesen auf sie zustürmten. Blitzschnell erfasste Peter die Situation. »Schnell, raus hier«, rief er, »die denken, wir haben die Pelze gestohlen!« Vor dem Kaufhaus verlangte Peter: »Angi, mach uns unsichtbar!«

Die Freunde reichten sich die Hände und waren auf der Stelle verschwunden.

Das war gerade noch einmal gut gegangen. Die Freunde hatten ihren Spaß über die verdutzten Gesichter der Verfolger. »Wo sind sie? Sie waren doch gerade noch hier. Sie können sich doch nicht in Luft auflösen!«, riefen die Chinesen alle durcheinander. »Diese Diebe haben Pelze gestohlen und sind verschwunden.«

Einige liefen zurück in das Kaufhaus, andere die Straßen entlang. Sie wollten die Freunde finden.

»Das war wohl nichts mit Peking«, sagte Klaus enttäuscht, »es ist wohl besser, wenn wir zurück zu unserer Tasse gehen und weiterfliegen.« Damit waren Peter und auch die beiden Kleinen einverstanden. Sie gingen zu dem großen Platz zurück und stiegen die Leiter hinauf, ohne sich gegenseitig loszulassen.

In der Tasse angekommen erinnerte sich Peter, dass sie doch einen Kompass und eine Landkarte hatten kaufen wollen.

»Ich glaube, Angi, du musst deinen Helfer noch einmal bemühen. Wir haben keine Karte und keinen Kompass gekauft.«

Auch Angi hatte die Gegenstände völlig vergessen. Er berührte sogleich sein Ohr und sagte: »Bitte, Helfer, wir brauchen eine Landkarte und einen Kompass!«

Schon hielt Angi die erwünschten Gegenstände in seinen Händen.

»Prima«, sagte Peter zufrieden, »damit müssten wir nach Hause zurückfinden. Aber weil wir nicht wissen, wie lange wir unterwegs sein werden, müssen wir vor dem Flug wieder alles genau überdenken.«

»Genau«, sagte Heiner, »zuerst sollten wir die Hängematten aufhängen.«

»Sehr richtig, das ist wichtig, damit wir richtig schlafen können«, bestätigte Klaus.

»Also gut, Angi, hänge bitte zuerst die Matten auf! Und danach musst du die Leiter verschwinden lassen.« Klaus hatte schon wieder Hunger und wollte vor dem Abflug noch Essen und Trinken bestellen.

»Und Moss, Moss!«, rief Angi sofort. Aber Peter meinte: »Also, wo wir schon einmal in China sind, könnten wir uns doch etwas Chinesisches bestellen und Stäbchen dazu. Die Menschen in China essen den Reis mit Stäbchen.« »Oh ja«, rief Heiner, »das wird lustig!«

»Wir bestellen Pekingente«, wünschte sich Klaus. »Was ist Pekingente?«, fragte Angi.

»Es ist Entenbraten, der sehr lecker sein soll«, erklärte Peter. Angi verzog das Gesicht und fragte: »Hat die Ente auch Beinchen?« Aber Klaus beruhigte Angi und erklärte ihm, dass die Beinchen vorher direkt in den Himmel geschickt wurden.

Peter stimmte zu und nickte Angi aufmunternd zu. Immer noch ein wenig misstrauisch bestellte Angi das erwünschte Essen.

Das Essen duftete herrlich, und die Ente war in kleine Stücke zerteilt, sodass Angi nicht viel von der Ente erkennen konnte.

Die Jungen griffen tüchtig zu, und sogar Angi schmeckte das Essen vorzüglich. Aber mit den Stäbchen kamen die Jungen nicht zurecht. Und Angi musste doch noch Messer und Gabeln bestellen.

Die Stäbchen gefielen Peter sehr, darum wollte er sie als Andenken mit nach Hause nehmen. Zu Hause wollte er lernen, wie man damit isst. Als Angi dann die Essensreste verschwinden ließ, hielten die Jungen ihre Stäbchen fest. »Seht doch einmal aus dem Fenster, wie groß die Sonne ist!«, rief Heiner plötzlich. Die Freunde schauten zur Sonne empor. Und sie war wirklich sehr groß. Plötzlich lachte Klaus laut los.

»Nun seht euch doch lieber einmal die Chinesen unter uns an!« Klaus wollte sich totlachen.

Nun schauten auch Peter, Heiner und Angi aus der Tasse hinunter auf den Platz.

»Was machen die Leute denn dort unten?«, wollte Angi wissen.

Aber Peter konnte nicht antworten, denn die Menschen unten auf dem Platz liefen alle im Kreis um die Tasse herum. Andere wieder liefen gerade auf die Tasse zu und stießen dagegen. Da sie die Tasse nicht sehen konnten, liefen sie aufgeregt hin und her und suchten das Hindernis.

Andere wieder rannten aufgeregt davon. »Ich glaube, wir müssen schnell verschwinden«, meinte Peter. »Sonst kommen sie noch mit Panzern oder so etwas Ähnlichem angefahren und beschießen uns.« Das sahen die Freunde ebenso.

Im selben Augenblick ging die Sonne unter, und es wurde langsam dunkel.

»Also gut, Leute, wir müssen jetzt überlegen, wie wir auf dem schnellsten Weg nach Hause fliegen können«, sagte Peter. Er breitete die Karte auf dem kleinen Tisch aus und legte den Kompass drauf. »In welche Richtung müssen wir fliegen?«, fragte Klaus. »Wir müssen die Karte zuerst einnorden«, erklärte Peter.

»Und wie machst du das?« Peter schob die Karte und den Kompass hin und her.

»Wir müssen über Indien zurückfliegen. Da machen wir einen kleinen Zwischenstopp und sehen uns die Elefanten an und dann fliegen wir weiter. Also, Angi, zuerst fliegen wir nach Indien.« Angi berührte sein Ohr und sagte: »Wir möchten nach Indien fliegen.« Langsam stieg die fliegende Tasse hoch in den Abendhimmel und drehte sich dabei wieder leicht im Kreis herum.

»Was klappert denn da?«, wollte Peter wissen. »Angi, sieh doch nur, die Leiter hängt noch draußen an der Tasse!« Angi berührte noch einmal sein Ohr und das Klappern hörte sofort auf. Nachdem die Jungen sich noch ein wenig die Gegend unter sich angesehen hatten, legten sie sich in ihre Matten und schliefen zufrieden ein.

In Indien

Die Sonne schien Angi ins Gesicht. Er blinzelte, krabbelte aus seiner Hängematte und sah aus dem kleinen Fenster. Vor ihm floss Wasser, viel Wasser, und Angi bekam einen tüchtigen Schreck. »Peter, Peter, wir sind schon wieder im Wasser gelandet!«, rief Angi ängstlich. Noch ganz benommen rieb Peter sich den Schlaf aus den Augen und spürte, dass die Tasse stand. »Was sagst du? Wir stehen schon wieder im Wasser? So ein Mist, kann denn diese blöde Tasse nicht einmal vernünftig landen?«

Mit einem Satz sprang Peter aus seiner Matte und eilte zum Fenster hin. »Tatsächlich«, sagte er, drehte sich um und sah aus dem gegenüberliegenden Fenster. »Na Gott sei Dank, wir stehen nicht im Wasser, sondern an einem Flussufer. Sieh her, Angi, die Tasse steht auf Sand!«

Peter war sichtlich erleichtert. Auch Angi war froh darüber. Was hätten sie bloß gemacht, wenn sie wieder im Wasser gelandet wären? »Peter, Peter, sieh doch, dort ist ein Floß!«, rief Angi und zeigte zur Flussmitte. »Boote, es sind Boote«, berichtigte Peter. Klaus und Heiner waren ebenfalls durch den Lärm erwacht. »Was ist denn los?«, wollte Klaus wissen. »Ach, nicht viel, dort fahren Boote den Fluss entlang«, antwortete Peter. »Sind wir schon in Indien? Kannst du schon die Elefanten sehen?«, wollte Heiner wissen. »Nein, noch nicht«, antwortete Peter.

»Also alle aussteigen, wir werden zuerst die Umgebung erkunden! Angi, ruf bitte die Leiter!« Peter stieg zuerst hinunter und vergewisserte sich, dass die Tasse unsichtbar war. »Es ist alles okay!«, rief er hinauf. Einer nach dem anderen stieg die Leiter hinab. »Ist das heiß hier, jetzt ein schönes kaltes Bad!«, wünschte sich Klaus.

»Was hält uns davon ab, dort ist der Fluss, also alle hinein in die Fluten!«, rief Peter.

Heiner protestierte: »Aber wir haben keine Badehosen.«

»Das dürfte doch für Angi kein Problem sein.« Peter sah Angi an und hielt ihm vier Finger entgegen. Angi nickte, er hatte verstanden, was Peter wollte.

Er berührte sein Ohr und schon hatte er drei Badehosen in der Hand.

»Und was ist mit dir?«, wollte Heiner wissen. Angi schüttelte den Kopf und setzte sich ans Flussufer. Er schaute den Freunden lieber zu. Die zogen sich aus, die Badehosen an, und liefen in den Fluss.

Peter fragte Heiner vorsichtshalber noch, ob er schwimmen könne. Heiner bestätigte, dass er schon lange schwimmen gelernt hatte. Die Jungen lachten und spritzten sich gegenseitig nass und Heiner rief: »Angi, komm ins Wasser, es ist so schön!« Aber Angi wollte doch lieber am Ufer sitzen bleiben. Plötzlich schrie Peter ganz aufgeregt: »Angi, komm schnell ins Wasser, ein Tiger schleicht auf dich zu!« Aber Angi verstand nicht, warum Peter so aufgeregt war, er wusste doch, dass er nicht ins Wasser gehen wollte.

»Dreh dich um!«, schrie Peter. »Der Tiger will dich fressen!« Angi drehte sich um und sah die große gestreifte Raubkatze auf sich zuschlei-chen. Zuerst wollte Angi schnell auf einen Baum fliegen, aber es stand weit und breit kein Baum. Dann wollte er zu den Jungen laufen, aber der Tiger war schon zu nah und wollte Angi packen. In seiner Not berührte Angi sein Ohr, zeigte auf den Tiger und schrie: »Zerstören!«

Plötzlich fuhr ein greller Blitz aus Angis Finger direkt in den Tiger hinein. Daraufhin lag der Tiger sofort still und stumm da.

Die Freunde sahen sich an und konnten nicht verstehen, was soeben passiert war.

Peter war der Erste, der seine Sprache wiederfand. »Habt ihr das gesehen? Angi kann sogar mit Laser schießen. Habt ihr gesehen, wie gefährlich Angi sein kann? Ich möchte nicht sein Feind sein.«

»Oh ja, wir können wirklich froh sein, dass wir Angis Freunde sind«, stimmten Klaus und Heiner zu. Sie gingen langsam zu dem Tiger hin und betrachteten ihn von allen Seiten. »Eigentlich ist es schade, dass er tot ist, denn Tiger sind vom Aussterben bedroht«, sagte Peter. »Soll ich ihn wiedererwecken?«, fragte Angi und sah Peter erwartungsvoll an.

»Nein, bloß nicht, der frisst uns sofort auf! Aber du kannst ihn wiedererwecken, wenn wir wieder in der Tasse sind. Dann kann er uns nichts mehr antun«, sagte Peter.

Angi war einverstanden. »Wir ziehen uns jetzt an und klettern zurück in unsere Tasse«, ordnete Peter an. »Aber wir wollten doch noch Elefanten sehen«, protestierte Heiner.

»Dann soll Angi uns zu ihnen hinfliegen«, meinte Klaus. »Angi, kannst du langsam und nicht zu hoch fliegen, bis wir Elefanten sehen?« Angi stimmte zu. Einer nach dem anderen stieg die Leiter hinauf und kletterte zurück in die Tasse.

Oben angekommen erinnerte Peter Angi noch einmal daran, doch den Tiger wiederzuerwecken. Angi berührte sein Ohr und sagte: »Der soll wieder aufstehen.«

Und tatsächlich streckte sich der Tiger und stand danach langsam auf. Dann sah er sich noch einmal um und schüttelte sich kräftig. Danach schlich er zum Fluss hinunter und trank Wasser.

Peter war zufrieden und sagte: »Also los, Angi, lass uns weiterfliegen!«

Die Tasse stieg empor und flog langsam am Fluss entlang. Zuerst flog sie über einen Wald und ein paar kleine Holzhäuser, welche verstreut am Waldrand standen. Plötzlich rief Heiner: »Seht doch, dort sind drei Elefanten, und sie tragen Baumstämme!« Dabei zeigte er zu den Elefanten hin.

Jetzt sahen auch Peter, Klaus und Angi die Elefanten, und Peter fragte Angi: »Sollen wir landen?« Die Jungen wollten die Elefanten ganz aus der Nähe sehen.

Währenddessen hatte Angi die Landung bereits eingeleitet. Er setzte die Tasse mitten auf dem Dorfplatz auf. »Alle aussteigen!«, rief Klaus.

Angi war natürlich wieder der Schnellste, er rannte sofort zu den Tieren hin. Peter, Klaus und Heiner liefen, so schnell sie konnten, hinter ihm her.

Peter dachte: »Hoffentlich macht Angi nichts Unüberlegtes!« Vorher sah er sich noch einmal um, ob die Tasse auch wirklich unsichtbar war. Aber Peter sorgte sich vergeblich. Die Tasse war unsichtbar.

Als sie bei den Elefanten ankamen, saß Angi auf einem Baum. »Was machst du denn dort oben?«, fragte Peter.

»Die Tiere sind so groß und sie haben so einen langen Arm«, rief Angi vom Baum herunter. »Das sind keine Arme, das sind Rüssel!«, berichtigte Peter.

»Aber sie tragen doch Bäume damit!«, rief Angi und zeigte auf die Baumstämme.

»Komm doch bitte erst einmal vom Baum herunter, dann erkläre ich dir alles!«, rief Peter Angi zu. Der berührte sein Ohr und stand sofort neben Peter auf dem Boden.

Ein bisschen mehr hinter Peter als neben ihm. »Angi, du brauchst dich nicht zu fürchten. Die Elefanten sind friedlich und sie arbeiten. Du musst ihnen nur aus dem Weg gehen, damit sie dich nicht zerstampfen, wenn sie dich übersehen. Sieh doch, auf jedem Elefant sitzt ein Mann, die haben auch keine Angst vor ihnen!« Angi betrachtete die bunten Tücher, welche die Männer um ihre Köpfe gewickelt trugen, und wollte daraufhin wissen, warum sie so komische Köpfe hätten.

»Die Männer tragen zum Schutz vor der Sonne Turbane«, klärte Peter Angi auf.

Ein Elefant legte seinen Stamm ab und ging direkt auf die unsichtbare Tasse der Freunde zu. Ehe die Jungen ahnten, was geschah, machte es bums, der Elefant war gegen die Tasse gelaufen und blieb verwundert stehen. Der Mann auf dem Elefanten hoppelte hin und her, er verstand nicht, warum der Elefant nicht weitergehen wollte.

Da stand Angi bereits vor dem Elefanten und rief: »Du musst hier entlang gehen!«

Der Elefant blieb trotzdem stehen, denn er wollte Angi nicht zertreten. Und der Mann oben auf dem Elefanten hoppelte immer noch herum und erteilte ihm Befehle.

Aber der Elefant rührte sich nicht vom Fleck. Nun schlug der Mann mit einer kleinen Rute dem Tier an den Rüssel, worauf der Elefant laut trompetete.

Angi sprang sofort wieder auf den nächsten Baum. Er schrie den Mann an und schimpfte mit ihm.

Der Mann auf dem Elefanten sah zu Angi empor und wunderte sich. Zuerst gehorchte sein Elefant nicht und nun schimpfte auch noch so ein kleiner komischer Bengel vom Baum herunter.

Peter überlegte nicht lange. Er suchte seine Englischbrocken zusammen und erklärte dem Elefantenführer, dass er mit dem Elefanten einen kleinen Umweg gehen solle. Er zeigte dem Mann den Weg um die Tasse herum.

Der Mann verstand zwar nicht, warum, trotzdem führte er den Elefanten in die von Peter angezeigte Richtung, und der Elefant ging tatsächlich um die unsichtbare Tasse herum.

Peter stellte sich vor die Tasse und zeigte den anderen zwei Elefanten denselben kleinen Umweg. Die Elefantenführer diskutierten miteinander, schüttelten die Köpfe und gingen mit ihren Elefanten weiter zum Fluss hinunter.

Und die Freunde folgten ihnen. Zuerst tranken die Elefanten Wasser, danach badeten sie ausgiebig. Zwischendurch trompeteten sie und Angi wollte schon wieder auf einen Baum springen. Nun sprachen die Elefantenführer Peter an. Sie wollten wissen, woher die Jungen kämen und warum die Elefanten Peters Anweisungen gefolgt waren.

Peter erklärte ihnen, dass Tiere auch hin und wieder ihren Kopf durchsetzen möchten. Dann fragte Peter die Elefantenführer, ob die Freunde auch einmal auf den Elefanten reiten dürften.

Die Männer waren einverstanden und hoben die Jungen auf die großen Tiere hinauf. Angi wollte nicht aufsteigen, aber als die drei Freunde oben auf den Elefanten saßen und lachten, ließ sich Angi ebenfalls hinaufheben. Kurz darauf trotteten die Elefanten gemütlich zum Dorf zurück. Als sie das Dorf erreicht hatten, mussten die

Freunde von den Elefanten wieder absteigen. Aber der Ritt auf den Tieren hatte ihnen großen Spaß bereitet.

Nun erklärte Peter den Männern, dass sie Hunger hätten und gern etwas essen würden. Die Männer lachten und führten sie in ein kleines Holzhaus. Dort mussten die Freunde sich auf den Fußboden setzen. Als alle in dem kleinen Holzhaus versammelt waren, fragten die Männer Peter, woher sie denn kämen.

Eine Frau in langen Kleidern mit einem schwarzen Punkt auf der Stirn kam herein. Zuerst verteilte sie kleine Schälchen, danach brachte sie einen großen Kessel mit Reis in das Holzhaus. Alle Anwesenden bekamen eine kleine Portion Reis.

Der Reis war scharf gewürzt, und die Freunde litten bald darauf unter schrecklichem Durst. Aber sie mussten nicht lange warten, denn nach dem Essen erhielt jeder von ihnen eine kleine Schale mit Tee. Der Tee war heiß, trotzdem löschte er ihren Durst. Aber Klaus war nicht zufrieden, er jammerte: »Jetzt hätte ich gern noch ein schönes gebratenes Hähnchen und eine schöne kalte Cola hinterher.« Angi erfüllte sofort seine Wünsche.

Die Männer sahen Klaus erstaunt an und grübelten, woher der Junge plötzlich das Essen hatte. »Jetzt ist es sowieso schon egal«, sagte Peter. »Angi, jetzt kannst du für uns alle noch einmal das Gleiche bestellen, aber stell es hinter die Männer, sodass sie nicht sehen, woher die Gegenstände kommen!«

Angi erfüllte Peters Wunsch. Und Peter zeigte den Männern die Hähnchen und die Cola. Die Männer drehten sich um und fragten Peter sichtlich erstaunt, wo denn so plötzlich das Essen und die Getränke hergekommen seien.

»Aus dem Rucksack unseres Freundes«, sagte Peter und blinzelte Angi zu. Angi verstand sofort, er zauberte einen Rucksack herbei und zeigte ihn den erstaunten Männern. Die Männer waren verwirrt und diskutierten aufgeregt miteinander. Nachdem sie sich beruhigt hatten, griffen sie beherzt zu und aßen und tranken mit den Freunden.

»Angi wollte auch noch sein Moss bestellen, aber Peter lehnte ab. »Nein, Angi, heute nicht. Wir wollen die Männer nicht noch mehr verwirren. Dein Moss kannst du nachher in der Tasse bestellen.«

Nachdem sie alles aufgegessen und getrunken hatten, verabschiedeten sich die Freunde. Aber sie wollten den freundlichen Menschen noch ein Geschenk hinterlassen. Angi wollte wieder eine Kiste mit Geld schenken. Aber Peter war der Meinung, dass sie den Menschen lieber ein paar Säcke Reis und Hühner schenken sollten. Peters Vorschlag gefiel Angi. Er berührte sein Ohr und sagte: »Helfer, bitte ein paar Säcke Reis und viele, viele Hühner!«

Mit einem Schlag war der ganze Dorfplatz voll mit Hühnern, und etliche Säcke mit Reis standen verteilt auf dem Platz herum. Die Dorfbewohner liefen aufgeregt hin und her und wunderten sich, woher plötzlich die Hühner und der Reis gekommen waren.

Ein paar Dorfbewohner wollten sich sogleich ein Huhn einfangen, andere wieder beschäftigten sich mit den vollen Reissäcken. Das war der richtige Augenblick für die Freunde, sich heimlich davonzuschleichen. Angi machte sie unsichtbar und die Freunde kletterten schnell in ihre fliegende Tasse.

»Und wohin fliegen wir jetzt?«, wollte Heiner wissen.

»Auf dem schnellsten Weg nach Hause!«, rief Peter.

»Fliegen wir auch über die Pyramiden?«, fragte Klaus so nebenbei.

»Ich glaube nicht«, antwortete Peter. Heiner war sofort begeistert: »Ich würde die Pyramiden auch sehr gern einmal sehen«, war sein Kommentar. »Die vielen unentdeckten Königsgräber, sie sind voller unentdeckter Schätze, und Angi könnte sie finden.«

Peter und Klaus sahen Angi nachdenklich an. »Da ist etwas Wahres dran, das wäre für Angi sicher eine Kleinigkeit und es ist eine Überlegung wert. Also gut, ich bin einverstanden, auf den kleinen Umweg kommt es nun auch nicht mehr an, also fliegen wir auch noch kurz nach Ägypten.«

Der Umweg nach Ägypten

Aber das ist wirklich die allerletzte Station, dann fliegen wir sofort nach Hause«, sagte Peter mit fester Stimme. Und Klaus, Heiner und Angi erklärten sich einverstanden.

Angi war neugierig, er wollte nun von Peter wissen: »Was sind Pyramiden? Und welche Schätze soll ich dort finden?« »Angi, das erklären wir dir, wenn wir dort sind«, antwortete Peter. »Aber jetzt sieh hier auf die Landkarte! Da liegt Ägypten, dort wollen wir hinfliegen. Sage bitte deinem Helfer Bescheid!« Angi betrachtete noch einmal die Karte, und die große Reise ging weiter.

Die Nacht verschliefen die Jungen, aber als die Sonne aufging und durch das kleine Fenster in die Tasse schien, waren sie sofort hellwach.

Heiner war zuerst am Fenster und hatte auch schon die erste Pyramide entdeckt. »Wir sind da, ich sehe sie!«, rief er aufgeregt. »Schnell, steht auf und lasst uns aussteigen!«

Angi war noch ein wenig benommen. Er rieb sich den Schlaf aus den Augen und blinzelte in die Sonne. Peter protestierte sofort: »Jetzt lasst uns doch zuerst einmal richtig wach werden! Und dann wird erst einmal gefrühstückt. Angi, was sagst du dazu? Bestellst du uns ein richtiges Frühstück mit Honigtoast, Frühstücksei und frischer Milch?«

Angi erfüllte Peters Wünsche und auch Heiner und Klaus waren zufrieden. Aber nach dem Frühstück wollten die Freunde sofort die Pyramiden besichtigen und sich auf Schatzsuche begeben.

Dann war es endlich so weit. Die Jungen verließen die Tasse und bestaunten die großen Pyramiden. »Und, siehst du schon einen Schatz?«, fragte Peter Angi. Aber Angi schüttelte nur den Kopf und war tief beeindruckt von der großen Pyramide. »Lasst uns hinaufsteigen!«, schlug Heiner vor. »Wenn wir oben sind, kann Angi vielleicht hineinsehen.«

»Also gut, steigen wir auf die Pyramide!«, sagte Peter. Die Sonne brannte und der Aufstieg wurde immer mühsamer. Das wurde Angi zu anstrengend. Er setzte sich auf eine Stufe und weigerte sich weiterzugehen.

»Flieg doch einfach hoch!«, meinte Heiner. Aber Angi wollte lieber zurück zur Tasse gehen. »Und wie sollen wir ohne dich den Schatz finden?«, fragte Heiner sichtlich enttäuscht.

Aber Angi streikte, er wollte keinen Schatz mehr suchen. Peter, Klaus und Heiner waren sehr enttäuscht. Es blieb ihnen nichts weiter übrig, als den Rückweg anzutreten.

Sie stiegen die Stufen der Pyramide wieder hinunter und blieben, unten angekommen, ratlos stehen. Als sie wieder vor der Pyramide standen, wollte Klaus wissen: »Und was machen wir nun?«

Angi sah Klaus an und fragte ihn: »Was ist einen Schatz suchen?« »Es sind Kisten voll mit Goldstücken«, erklärte Heiner.

»Nein«, widersprach Peter. »Die alten Ägypter haben doch nur Goldfiguren und Gefäße in die Gräber gelegt.« Angi überlegte kurz, danach zeigte er auf eine kleine Vertiefung im Sand. »Dort liegt ein Schatz.« »Was sagst du da?«, fragte Heiner neugierig. »Da ist ein Schatz«, wiederholte Angi und zeigte auf eine kleine Vertiefung im Sandboden. Nun wurden auch Klaus und Peter aufmerksam und kamen näher. »Angi, was siehst du dort?«, wollte Peter wissen.

Angi wies noch einmal zur gleichen Stelle hin. Klaus ergriff sofort die Initiative, er forderte die Freunde auf: »Lasst uns sofort nachsehen! Aber wir haben keine Schaufel, und ohne die geht es nicht, oder wollt ihr mit den Händen graben? Angi, zaubere bitte eine Schaufel herbei!«

Angi reagierte sofort und hielt auch schon die erwünschte Schaufel in der Hand. Peter stand neben Angi, darum reichte Angi ihm die Schaufel. Und Peter schaufelte sofort los. Es war heiß und Peter schwitzte tüchtig.

Dann musste Klaus weitergraben. Als Klaus nicht mehr konnte, war Peter wieder an der Reihe und er stieß tatsächlich kurz darauf auf

Metall. »Da ist etwas, ich glaube, das ist der Schatz«, stellte Peter fest und grub noch ein bisschen schneller. Da kam auch schon der erste Gegenstand ans Tageslicht. Es war eine alte Coca-Cola-Dose.

Peter sah zuerst die alte Dose und anschließend Angi enttäuscht an.

»Gefäße«, sagte Angi.

»Und sind die anderen Gefäße genauso?«

Angi nickte.

»Aber Angi, das ist doch kein Schatz, das ist Müll«, klärte Peter Angi auf. »Dann brauchen wir gar nicht weiterzugraben. Angi, die Gefäße, die wir meinen, sind aus Gold und nicht aus Blech. Wenn du nichts Besseres für uns findest, gehen wir zurück zur Tasse und fliegen nach Hause. Außerdem ist es hier auch viel zu heiß, und Durst habe ich auch.«

Auch Klaus und Heiner hatten mächtigen Durst.

»Wenn du uns wenigstens ein paar schöne kalte Colas bestellen könntest, dann hätten wir nicht vergebens gegraben.« Angi erfüllte Peters Wunsch und bestellte für die Freunde Coca-Cola.

Die Jungen suchten sich einen schattigen Platz und tranken in aller Ruhe ihre Cola. Dabei sahen sie den vielen Leuten zu, welche staunend und schwitzend an ihnen vorübergingen. Nachdem die Freunde sich ausgeruht und getrunken hatten, standen sie auf und wollten zurück in ihre Tasse gehen.

Plötzlich blieb Angi stehen, er zeigte wieder auf eine kleine Vertiefung im Sand und sagte: »Dort ist ein Schatz.«

»Angi, nicht schon wieder leere Dosen!«, schimpfte Peter.

Aber Angi blieb stehen und als die Freunde noch zögerten, hielt er bereits einen goldenen Kelch in der Hand. »Zeig einmal her!«, sagte Peter erstaunt.

Der Kelch war schwer und Peter ahnte, dass es pures Gold war. Da hatte Angi auch schon einen weiteren Gegenstand in der Hand. Es war eine bunt bemalte Figur. »Du hast ihn gefunden, du bist der Größte!«, rief Heiner. »Hast du für mich auch so eine schöne Figur?« Angi überreichte Heiner die Figur.

Nun hielt Angi einen weiteren unbekannten Gegenstand in der Hand und den reichte er an Klaus weiter. Ein paar Touristen kamen neugierig herüber zu den Freunden und sahen, dass die Jungen Grabbeigaben in den Händen hielten. Plötzlich ertönte der Ruf »Grabräuber!«

Sofort wurden ein paar Wächter auf die Menschenansammlung aufmerksam und kamen schnell näher. Peter erkannte sofort die brenzlige Situation. Und er wusste, dass es wieder einmal höchste Zeit wurde zu verschwinden. Er forderte Angi auf: »Angi, mach uns sofort unsichtbar, sonst werden wir von den Wächtern als Grabräuber eingesperrt!«

Peter ergriff Angis Hand und dieser zog Heiner zu sich heran. Klaus stand noch in Gedanken versunken mit seinem Schatz da und merkte nichts. Heiner packte Klaus und der ließ erschreckt die Figur fallen. »Was ist denn los?«, fragte Klaus. Jetzt wurde auch Klaus auf den Menschenauflauf aufmerksam.

»Los, wir müssen sofort weg!«, schrie Peter. Da bückte sich auch schon jemand und hob die Figur von der Erde auf. Klaus rief: »Hallo, das ist meine Figur!« Aber Peter schimpfte: »Klaus, dafür haben wir jetzt keine Zeit mehr, oder willst du hier im Gefängnis verschimmeln?«

Klaus wollte immer noch nicht aufgeben, er wollte unbedingt seine schöne Figur zurückholen. Aber er musste in die Tasse einsteigen. Er durfte Heiners Hand nicht loslassen, sonst wären die Wächter auf ihn aufmerksam geworden. In der Tasse angekommen, sahen sich die Freunde noch einmal die wunderschönen Gegenstände an.

»Was sollen wir überhaupt damit machen?«, fragte Peter dann. Er drehte die Figur in seiner Hand und betrachtete sie noch einmal, dann sagte er: »Manchmal liegt ein Fluch auf solchen Grabbeigaben. Was machen wir, wenn auch diese Gegenstände verflucht sind? Wir könnten sterben, oder wir werden unser ganzes Leben lang von einem Fluch verfolgt.« Nun wurden auch Heiner und Klaus nachdenklich. »Außerdem, was sollen wir überhaupt damit? Wir brauchen die Schätze nicht. Wenn wir etwas haben möchten, erfüllt uns Angi unsere Wünsche.« Peter sah Angi an, und Angi nickte. Er gab Peter recht.

»Schick sie wieder zurück, Angi, alle vier, auch die Figur, die Klaus verloren hat, damit alle Spuren wieder verwischt sind! Niemand soll die Grabesruhe stören. Vielleicht waren die Grabbeigaben für einen jungen Pharao bestimmt.«

Angi berührte sein Ohr und sagte: »Alle Schätze sollen wieder zurück unter den Sand.«

Ein bisschen bedauerten die Freunde den Verlust der Schätze schon, aber bei dem Gedanken an einen Fluch waren sie doch froh, dass Peter so entschieden hatte.

»Und jetzt geht es endlich und endgültig zurück nach Hause«, bestimmte Peter. »Angi, lass uns starten, vergiss aber nicht den richtigen Kurs anzugeben!«

Nachdem Angi seinem Helfer den Weg vorgegeben hatte, setzte sich die Tasse in Bewegung und sauste mit großer Geschwindigkeit nach Hause zurück zum Forsthaus.

Endlich wieder im Forsthaus

Es war früh am Morgen, als die Tasse mit einem Ruck aufsetzte. Noch halb im Schlaf fiel Peter aus seiner Hängematte. Peter fluchte und seine Freunde wurden aus dem Schlaf gerissen. »Was ist denn los? Sind wir schon zu Hause angekommen?«, fragte Klaus sofort.

»Ich kann noch nichts erkennen«, murmelte Peter. Er stand auf und sah aus dem kleinen Fenster. Dann rief er hocherfreut: »Hurra, endlich sind wir wieder zu Hause!«

Die Freunde sprangen aus ihren Hängematten und drängten zum Ausgang der Tasse. Jeder wollte als Erster aussteigen. »Langsam, langsam, einer nach dem anderen!«, sagte Peter. »Ich würde vorschlagen, dass der Jüngste zuerst geht und dann dem Alter nach.«

Mit dem Vorschlag waren alle einverstanden. Angi öffnete die Tür, bestellte die Leiter und stieg hinunter auf die Wiese. Er blinzelte ein wenig, denn die Sonne ging gerade auf und blendete ihn. Die Vögel sangen ihr Morgenlied, und die Jungen waren überglücklich, endlich wieder zu Hause zu sein.

»Peter, was machen wir mit der Tasse?«, wollte Klaus wissen. »Ach ja, was meint ihr? Wir könnten sie eigentlich hier stehen lassen, nur unsichtbar muss sie sein. Wenn wir Lust haben, klettern wir hinein und spielen oder düsen ein bisschen damit rum.« Der Vorschlag gefiel allen.

Heiner wollte schon loslaufen, aber Peter rief: »Halt, wir müssen noch besprechen, wo wir so lange waren! Wir können doch nicht sagen, dass wir mit einer fliegenden Tasse durch die Gegend geflogen sind. Das glaubt uns kein Mensch, und überhaupt wollen wir unser Geheimnis nicht verraten.« Nun berieten die Freunde zuerst einmal, was sie den Eltern erzählen sollten. Nach eingehender Beratung beschlossen sie den Eltern mitzuteilen, dass sie sich im Wald verlaufen, in einer Waldhütte übernachtet und sich ein paar Tage von Beeren ernährt hätten. »Ja, so machen wir es, aber dass sich keiner verplappert!«, mahnte Klaus. »So, und nun lauft los, mal sehen, wer zuerst am Haus ist! Angi, du darfst aber nicht fliegen, auch du kannst mal laufen.«

Dieses Mal war Heiner der Schnellste. Er öffnete leise die Haustür. Die Eltern saßen in der Küche, am großen Tisch, und frühstückten. Als Heiner die Küche betrat, sahen sie ihn an, als wäre er ein Geist.

Der Vater ergriff zuerst das Wort: »Heiner, Junge, bist du es wirklich? Und wo sind die anderen?« »Hier, hier sind wir!«, riefen die drei Freunde gemeinsam.

Die Eltern standen von ihren Stühlen auf, stürzten zu den Jungen hin und umarmten sie. »Kinder, wo wart ihr denn so lange? Wir haben euch schon überall gesucht und waren schrecklich verzweifelt!«

»Wir waren bei den«, schnell hielt Peter Angi den Mund zu. »Ja, genau«, sagte Peter. »Genau das wollte ich erzählen, wir haben uns verlaufen. Wir waren im Wald in einer Hütte und haben uns von Beeren ernährt.«

»Wie könnt ihr nur so weit in den Wald gehen? Aber das Wichtigste ist doch, dass ihr alle gesund und munter zurückgekommen seid. Aber jetzt wird zuerst einmal gut gefrühstückt, denn wir konnten seit Tagen nicht mehr richtig essen. Aber eines müsst ihr uns versprechen, dass ihr uns nie wieder so großen Kummer bereitet«, bat der Vater.

Die Jungen versprachen hoch und heilig, dass sie nie wieder so lange fortbleiben würden, denn auch sie waren froh, endlich wieder zu Hause zu sein, und ließen sich das Frühstück schmecken. Nach dem Frühstück erlebten die Jungen eine große Überraschung. Die Mutter ging zum Herd hinüber und nahm eine mit Milch gefüllte Babyflasche aus einem mit heißem Wasser gefüllten Topf. Sie prüfte, ob die Milch die richtige Temperatur hatte, und sah die Jungen an.

»Seid ihr fertig mit Frühstücken?«, fragte sie. Die Jungen verstanden überhaupt nichts.

Der Vater sah in die erstaunten Gesichter der Jungen und meinte so ganz nebenbei: »Ja, ihr seid ja nie zu Hause. So habt ihr auch nicht mitbekommen, dass ihr ein kleines Brüderchen bekommen habt.« Klaus sah Angi fragend an. »Hast du da etwa nachgeholfen? Wir sind doch schon zu viert.« Angi bestätigte, dass er kein Baby bestellt hatte.

Peter dagegen murmelte vor sich hin: »Ich wusste gleich, dass Stachelbeeren nicht so dick machen. Schließlich habe ich mindestens genauso viele gegessen wie die Mutti.« Aber dann folgten sie den Eltern ins Schlafzimmer.

Dort stand eine kleine Wiege mit einem Himmel darüber. Peter zögerte nicht lange und näherte sich als Erster dem Bettchen. Er schaute neugierig hinein und kommentierte: »Der ist aber klein.« Klaus stand an der anderen Seite des Bettes. Und nachdem er den kleinen Bruder ausgiebig betrachtet hatte, plapperte er spontan los: »Der hat ja einen Eierkopf.«

Heiner und Angi protestierten sofort, sie fanden den kleinen Bruder niedlich.

In den nächsten Tagen wurde jede Bewegung des kleinen Bruders mit den Augen verfolgt. Nur wenn die Windeln gewechselt wurden, verließen die Jungen mit allerlei Ausreden das Zimmer. Nur Gisela verhielt sich wie eine Klette. Sie wollte den Bruder hegen und pflegen.

Auch Purzel war beschäftigt. Sobald er den Kinderwagen erblickte, wich er nicht mehr von seiner Seite. Das war nichts für die vier Freunde. Sie waren doch keine Babysitter.

Das einzig Spannende war noch, welchen Namen der kleine Bruder bekommen sollte. Tagelang wurde überlegt und gestritten. Dann war es so weit, der Bruder erhielt den Namen Manfred. Und alle erklärten sich einverstanden damit. Nun war auch das Problem gelöst.

Nach und nach kehrte im Forsthaus wieder Ruhe ein, und die Freunde überlegten, wie sie die nächsten Tage verbringen sollten.

»Wir könnten doch wieder einmal etwas unternehmen«, meinte Klaus. »Aber was?«, fragte Peter. »Es sollte schon ein bisschen spannend sein. Lasst uns in den Wald gehen, da finden wir bestimmt irgendetwas Interessantes!«

»Aber wir haben der Mumi versprochen, nicht zu weit wegzugehen«, plapperte Angi dazwischen. »Wir werden uns schon nicht verlaufen, außerdem haben wir immer noch deinen Helfer«, beruhigte Peter Angi.

»Also dann los, alle mir nach!«, rief Peter und stürmte voran. Nachdem die Freunde den Wald erreicht hatten, sagte Peter: »Damit nichts passiert, bleiben wir alle dicht beieinander. Wir gehen hintereinander, der Älteste vorn, der Jüngste hinten. Alles klar?«

Aber Klaus widersprach Peter: »Nein, Peter, wir müssen Angi in die Mitte nehmen, er kann noch nicht so schnell gehen, und manchmal passt er nicht auf, und dann verlieren wir ihn.« Der Vorschlag gefiel Peter, und Angi wurde Vorletzter in der Reihe.

»Zuerst suchen wir uns einen Gehstock, auf den wir uns stützen können und mit dem wir außerdem noch im Boden herumstochern, ob etwas unter dem Laub verborgen liegt«, schlug Peter vor. »Ist hier irgendwo ein Bach?«, wollte Heiner wissen. »Vielleicht finden wir Gold?«

»Zum Goldwaschen brauchen wir ein Sieb«, sagte Peter, »oder eine Wünschelrute. Damit können wir verborgene Schätze finden. Aber meistens liegen verborgene Schätze nur dort, wo eine alte Burgruine oder ein altes Kloster steht. Die Mönche besaßen früher Schätze, und die haben sie oft vor Räubern in der Nähe ihres Klosters versteckt.«

Die Jungen gingen tiefer in den Wald hinein, stolperten über Zweige und Steine, aber sie fanden keine Burgruine und auch keinen Bach. »Steine, nichts als Steine, noch nicht einmal Edelsteine findet man hier«, meckerte Klaus. »Ja, da hast du wirklich recht, und die werden immer größer, gleich finden wir noch einen Felsen«, sagte Peter. »Dort ist ein Felsen!«, rief Angi. Tatsächlich erhob sich, aus einer kleinen Anhöhe, ein kleiner Felsen.

»Ich weiß, was wir jetzt machen können!«, rief Klaus. »Bergsteigen. Wir klettern den Berg hinauf.« Die Jungen liefen zum Felsen hin und als sie davorstanden, stellten sie fest, dass sie den Felsen ohne Seile nicht besteigen konnten. »Die Seile kann uns Angi besorgen«, sagte Peter.

Aber Heiner wollte wissen, ob das nicht zu gefährlich ist. »Der Felsen ist doch nicht sehr hoch, und wenn wir vorsichtig sind, passiert auch nichts«, meinte Klaus. »Also, Angi, ruf deinen Helfer und sag ihm bitte, dass wir Seile benötigen!« »Seile!«, rief Angi. Und schon lagen mehrere Seile auf dem Boden.

»Sie sind dick genug«, bestätigte Peter. »Ich klettere zuerst hinauf und sichere euch.« Peter begann sofort mit dem Aufstieg und die Freunde sahen ihm von unten zu.

So einfach, wie es von unten aussah, war es gar nicht und Peter musste sich mächtig anstrengen. Endlich hatte er es geschafft. Er konnte den ganzen Wald überblicken und rief: »Ich bin oben und ich habe von hier eine tolle Aussicht, ihr müsst unbedingt hochkommen. Ich lasse jetzt das Seil hinab, daran könnt ihr hochklettern.« Angi war der Nächste, aber zuerst hatte Klaus ihm das Seil um den Bauch gebunden. »Damit du nicht runterfällst«, sagte er und überprüfte noch einmal die Knoten. Angi kletterte und krabbelte den Berg hinauf; als es ihm zu anstrengend wurde, berührte er sein Ohr und stand plötzlich oben neben Peter. »Das macht doch keinen Spaß, wenn du nicht kletterst«, protestierte Peter sofort. »Das ist doch gerade der Kick an der Sache.«

Aber Angi hatte genug vom Klettern und verstand nicht, was Peter daran so schön fand. Peter warf das Seil wieder hinunter und Heiner und Klaus stiegen nacheinander ebenfalls den Berg hinauf. Klaus kam mit einem puterroten Kopf oben an. »Puh, war das anstrengend!«, meinte er. Heiner drehte sich um und vermisste Angi.

»Wo ist Angi?«, fragte er Peter. Peter drehte sich um und antwortete: »Eben stand er noch neben mir.« Die Freunde sahen sich an und suchten und riefen: »Angi, Angi, wo bist du? Antworte doch!« »Hier bin ich«, antwortete Angi.

Aber er war unsichtbar. »Angi, wir können dich nicht sehen, mach dich sichtbar!«, rief Peter. Da winkte Angi mit einer Hand neben einem dicken Felsbrocken. »Was machst du denn da?«, wollte Peter wissen. Die Jungen liefen sofort an den Ort, wo soeben Angis Hand zu sehen gewesen war. Aber Angi war schon wieder verschwunden. Klaus rief: »Angi, wo bist du denn? Melde dich doch!« »Hier, ich bin hier!«, rief Angi. Die Freunde gingen um den Felsbrocken herum und erblickten einen dunklen Höhleneingang. Angi stand davor und winkte.

»Eine Höhle, ich werde verrückt!«, rief Peter erstaunt. »Wie kommt die denn hierher?« »Sie ist dunkel und unheimlich, wir gehen lieber wieder zurück«, meinte Heiner. »Höhlen sind nun einmal dunkel«, erklärte Klaus.

»Angi kann uns ja ein paar Fackeln bestellen, dann können wir die Höhle erforschen. Was da wohl drin ist?«, fragte Peter neugierig. »Vielleicht ist es eine Tropfsteinhöhle oder eine alte Bärenhöhle. Vielleicht haben hier auch Steinzeitmenschen gelebt.«

»Ich gehe da nicht rein, außerdem wird es schon dunkel, und dann finden wir nicht nach Hause zurück«, maulte Heiner. Peter bestätigte Heiners Bedenken und meinte: »Wir verschieben die Erforschung der Höhle auf morgen, und jetzt gehen wir zurück und klettern den Berg wieder hinunter.«

Der Abstieg war schwieriger als der Aufstieg, und die Jungen waren froh, als sie wieder festen Boden unter den Füßen hatten. Nur Angi kniete im Gras und pflückte Blumen, er hatte den schwierigen Abstieg auf seine Weise gelöst. Er hatte sich einfach hinuntergezaubert.

»Was willst du denn mit den Blumen?«, wollte Klaus wissen.

»Die sind für die Mumi«, antwortete Angi.

»Darauf hätten wir auch kommen können, die Mutti freut sich bestimmt über den schönen Blumenstrauß«, versicherte Peter. »Aber, Angi, jetzt müssen wir den Heimweg antreten, es ist schon spät, und es wird auch schon langsam dunkel.«

Zu Hause angekommen wurden die Freunde von den Eltern schon wieder sehnsüchtig erwartet. Der Vater war unzufrieden, die Jungen kamen wieder zu spät nach Hause.

»Ihr braucht euch wirklich keine Sorgen zu machen, wir passen gut auf uns auf«, versuchte Peter den Vater zu beruhigen. Auch die Mutter wies die Kinder noch einmal darauf hin, nicht wieder so tief in den Wald hineinzugehen.

Peter versprach den Eltern noch einmal vorsichtig zu sein. Er war überzeugt, dass es bis zur Höhle gar nicht so weit war. Auch den Weg dorthin kannten die Jungen jetzt genau.

Also was sollte schon passieren? Auf jeden Fall wollten sie am nächsten Tag noch einmal zur Höhle gehen, denn sie waren viel zu neugierig, was es in der Höhle zu entdecken gab.

Am nächsten Tag packten sie alles Nötige zusammen. Peter überzeugte sich zuerst noch einmal, ob er alles dabeihatte. Klaus hielt die Seile in der Hand und Angi die Taschenlampe. Peter war zufrieden und nickte den Freunden zufrieden zu.

»Zeig mir noch einmal die Lampe: Ich möchte mich persönlich überzeugen, ob sie überhaupt leuchtet. Ich möchte nicht ohne Licht in eine dunkle Höhle gehen.«

»Warum schleppen wir uns überhaupt mit den Sachen ab? Angi kann doch alles herbeizaubern«, maulte Klaus. »Sicher ist sicher«, antwortete Peter, »wenn dort in der Höhle Wasser fließt, ist es mit Angis Zauber vorbei, vergiss das nicht!« Klaus musste zugeben, dass Peter wieder einmal recht hatte. Nachdem alles gut durchdacht und die Gegenstände neu verteilt waren, spazierten die Jungen über die große Wiese, direkt in den nahen Wald hinein.

Peter trug die Seile, Klaus die Lampe und Heiner die Butterbrote für den Nachmittag. Sie hatten den Eltern erklärt, dass sie Freunde im Nachbardorf besuchen wollen und pünktlich zum Abendessen wieder zurück wären. Peter schwitzte tüchtig beim Aufstieg zur Höhle, das Seil war ganz schön schwer.

Angi hatte keine Probleme, er berührte sein Ohr, setzte sich oben angekommen ins Gras und sonnte sich. Als Heiner den Berg hinaufgestiegen war und Angi in der Sonne sitzen sah, sagte er: »Das nächste Mal nimmst du mich mit.« Als die Freunde endlich gemeinsam vor der Höhle standen und Peter zur Erforschung der Höhle voranging, war Klaus plötzlich gar nicht mehr neugierig. Er wollte draußen vor dem Eingang warten. Er meinte, es wäre doch sicherer, wenn einer von ihnen den Eingang bewachen würde.

»Feigling!«, sagte Peter. »Zuerst hast du eine große Klappe und nun kneifst du. Aber das mit der Wache ist gar nicht so dumm gedacht von dir, die Aufgabe wird Heiner übernehmen.« »Aber ich möchte hier draußen nicht allein bleiben«, protestierte Heiner. »Einer von uns muss Wache halten und das bist du«, sagte Peter mit fester Stimme. »Ich muss die Führung übernehmen und das Seil tragen, Klaus muss leuchten, und Angi brauchen wir für alle Fälle. Du versteckst dich dort hinter den Büschen, und wenn etwas passiert oder wenn wir nicht vor Sonnenuntergang aus der Höhle herausgekommen sind, läufst du zum Forsthaus zurück und holst Hilfe!«

Heiner fügte sich und Peter, Klaus und Angi betraten vorsichtig die dunkle Höhle. Nach ein paar Schritten stolperte Peter über einen dicken Stein. »Klaus, du musst vorangehen; wenn du mit der Lampe hinter mir gehst, kann ich nichts sehen.«

»Immer soll ich vorne gehen, wenn es brenzlig wird«, maulte Klaus. »Kannst du nicht die Lampe nehmen?«

»Wenn es sein muss, aber dann trägst du das Seil.« Damit war Klaus einverstanden, er trug das Seil und Peter die Lampe.

Und Peter ging weiter voran in die dunkle Höhle hinein. Auf dem Boden lagen Blechdosen und Holzbalken herum. »Hier hat bestimmt schon einmal jemand übernachtet, seht doch nur, was hier alles herumliegt!«, sagte Peter und hielt die Lampe über die am Boden liegenden Gegenstände. Im selben Augenblick streifte etwas über Peters Gesicht. Peter bekam eine Gänsehaut. Beinahe hätte er die Lampe fallen lassen und wäre zurückgelaufen.

Aber es waren nur Spinnengewebe. »Wenn ich jetzt noch eine Spinne sehe, drehe ich durch«, dachte Peter. Dann stolperte er auch noch über ein Stück Holz.

Peter bückte sich und hob es auf. »Siehst du etwas Interessantes?«, fragte

Klaus. »Nein, es ist nur wegen der Spinnengewebe«, antwortete Peter. Er hielt das Stück Holz in der linken Hand und wedelte damit durch die Luft. Wenn er etwas nicht leiden konnte, dann waren es Spinnen.

Langsam, Schritt für Schritt, gingen die Jungen immer tiefer in die Höhle hinein. Plötzlich sah Peter kleine glühende Punkte vor sich, und ehe er noch etwas sagen konnte, flatterte und rauschte es um ihn herum. »Was ist das denn?«, rief Klaus und duckte sich. Auch Peter machte sich so klein wie möglich. »Fledermäuse, ich glaube, es sind Fledermäuse!«, rief Peter mit zittriger Stimme. Er drehte sich um und sah, dass Angi verschwunden war. »Wo ist Angi geblieben?«, fragte Peter ängstlich.

Aber auch Klaus hatte Angis Verschwinden nicht bemerkt. Er saß in der Hocke und hielt beide Arme über seinen Kopf. Er traute sich nicht wieder aufzustehen. Nach einer Weile fragte Klaus: »Waren das alle Fledermäuse? Ich hasse diese Blutsauger. Ich glaube, wir sollten doch lieber wieder zurückgehen. Ohne Angi ist es zu gefährlich.« Peter hob die Lampe in die Höhe und rief: »Angi, wo bist du? Komm zurück, du kannst uns doch hier nicht allein lassen!«

Angi stand am Höhleneingang und antwortete: »Ich mag die Höhle nicht, ich komme nicht wieder hinein!« »Wie sollen wir die Höhle erforschen, wenn ich nur von Angsthasen umgeben bin?«, schimpfte Peter. »Also gut, wir gehen wieder zurück. Aber das ist noch nicht das Ende, wir gehen noch einmal in die Höhle, aber zuerst müssen wir Angi beruhigen.«

Am Höhleneingang standen Heiner und Angi beieinander. Peter erklärte Angi, dass er sich vor Fledermäusen nicht fürchten müsse.

Aber Angi war anderer Meinung. Schließlich hatte ihm Gisela erklärt, dass Mäuse kleine Kinder fräßen, wenn sie zu langsam gingen. Und sie seien schließlich sehr langsam in die Höhle hineingegangen. Angi ließ sich nicht mehr überreden, auch nur noch einen Schritt in die Höhle zu gehen.

»Wie sollen wir ohne dich die Höhle erforschen?«, fragte Peter. »Wir möchten wissen, was dort in der Höhle ist.« Angi sah Peter an und sagte: »Steine, viele Steine und Schmutz, und es ist dort ganz dunkel.« »Das wissen wir auch«, antwortete Peter, »aber vielleicht finden wir dort noch etwas Besonderes. Vielleicht finden wir einen Schatz in der Höhle oder eine Goldader. Irgendetwas muss es doch in der Höhle geben.« Angi sah angestrengt in die Höhle hinein, dann schüttelte er den Kopf. »Kein Schatz, kein Gold, nur Steine.«

»Dann brauchen wir die Höhle auch nicht zu erforschen«, meinte Klaus. Angis Aussage überzeugte daraufhin auch Peter, und die Freunde spazierten zurück zum Forsthaus. Unterwegs schlug Peter vor: »Eigentlich könnten wir doch wieder einmal mit der Tasse irgendwo hinfliegen. Was meint ihr, sollen wir nach Frankreich zum Disneyland fliegen?«

»Oh ja, das wäre prima, da wollte ich schon immer einmal hin!«, rief Heiner begeistert aus. Klaus war auch dafür, nur Angi ging teilnahmslos neben ihnen her.

»Angi, möchtest du nicht auch mitkommen?«, fragte Peter. Aber Angi war in Gedanken wieder einmal bei seinen Eltern – wohin sie wohl im Augenblick gerade flögen und ob sie ihn schon vergessen hatten. »Angi!«, rief Peter noch einmal. »Sollen wir zum Disneyland fliegen?«

Angi schüttelte den Kopf und sagte: »Zu meinen Eltern und Geschwistern möchte ich fliegen.« Die drei Freunde blieben stehen und sahen Angi erstaunt an. Und Klaus wollte sofort von Angi wissen: »Gefällt es dir bei uns nicht mehr?«

»Doch, es gefällt mir hier, aber meine Eltern fehlen mir so sehr.«

Die Freunde gingen schweigend weiter, bis sie das Forsthaus erreicht hatten.

Am nächsten Tag gingen sie trotzdem zum Wiesenhügel und baten Angi, mit ihnen zum Disneyland zu fliegen. Nachdem Heiner Angi erzählt hatte, was es dort alles zu sehen gibt, wurde Angi auch neugierig. »Tatsächlich, sie ist noch da!«, rief Klaus, als sie die Tasse erreicht hatten. Peter kontrollierte zuerst das Inventar, und nachdem er alles gefunden hatte, bestätigte er: »Es ist noch alles vorhanden, aber was müssen wir noch beachten, damit wir nicht wieder zum Nordpol fliegen? Angi muss unbedingt die richtige Route bestimmen.« Peter sah Angi an. Und Angi erklärte sich bereit für den Flug.

»Also, dann lasst uns nach Frankreich zum Disneyland fliegen!« Angi gab den Befehl und die Tasse hob ab. Die Tasse flog sehr schnell und es dauerte nicht lange, da erspähten die vier Freunde auch schon die ersten bunten Türme.

Im Disneyland

Dort ist es!«, rief Heiner. »Ich kann schon die bunten Türme und die große Mickymaus sehen.« Nun wurde auch Angi neugierig, er berührte sein Ohr und wollte sofort hinunterfliegen. Peter hatte Angis Handbewegung bemerkt.

»Halt!«, rief er und packte schnell zu. Angi sah Peter erstaunt an und fragte, warum er seine Hand festhalte. »Du kannst uns doch nicht hier oben allein lassen, du musst zuerst die Tasse aufsetzen.« Nun verstand Angi, was Peter meinte, er war mit seinen Gedanken bereits unten bei den vielen bunten Türmen gewesen.

»Aber denk bitte daran, wir müssen zuerst wieder unsichtbar sein!«, erinnerte Peter Angi. Angi suchte etwas abseits, hinter ein paar Büschen, einen Landeplatz aus und setzte die Tasse hinter den Büschen auf.

Peter überzeugte sich noch, ob die Tasse auch wirklich unsichtbar ist. Angi hatte bereits die Leiter herbeigezaubert. Und dann hatten die Freunde es sehr eilig, in den Park zu gelangen. Jeder wollte der Erste sein. Am Eingang hielten sie sich an den Händen und sahen Angi erwartungsvoll an. Als Angi nicht reagierte, gab Peter ihm einen kleinen Schubs.

»Nun mach schon, wir müssen doch unsichtbar sein! Wir haben doch kein Eintrittsgeld.« Vorsichtig, ohne jemand zu berühren, schlichen sich die Jungen in den Park. »Lasst uns zuerst eine Fahrt mit dem Zug machen!«, schlug Peter vor. Aber Angi sah nur zur großen Mickymaus hin und blieb wie versteinert stehen. »Willst du wissen, was da drunter ist?«, fragte Peter. »Du kannst doch durch alles hindurchsehen, sag deinem Helfer Bescheid!« Angi berührte sein Ohr und sah, was sich unter der Figur bewegte. Enttäuscht wandte er sich ab und folgte den drei Freunden.

Die vier vergnügten sich, bis die Sonne langsam unterging. Nun wurde es wieder höchste Zeit zurückzufliegen. Sie verließen den Vergnügungspark und stiegen in die fliegende Tasse. Angi gab den Befehl und die Tasse flog hinauf in den Abendhimmel.

Unterwegs betrachtete Peter die Sterne hoch oben am Himmel. Sie flogen vorüber und er dachte an das Raumschiff, mit dem Angis Eltern durch das All flogen. »Angi, könntest du uns nicht einmal zeigen, wie euer Raumschiff aussieht?«, fragte Peter erwartungsvoll. Angi war einverstanden und schaute ebenfalls hinauf zu den Sternen. Er dachte: »Wo mögen die Eltern jetzt sein? Und wann kommen sie zurück und holen mich?« »Wir sind zu Hause!«, unterbrach Heiner Angis Überlegungen. »Alle aussteigen!«

Auf dem Weg zum Forsthaus überlegte Peter weiter: »Wie kann Angi uns das Raumschiff zeigen?« Plötzlich erinnerte er sich an das Videogerät im Kinderzimmer. Jetzt hatte es Peter sehr eilig, und er sprach zu Klaus und Heiner: »Wir essen schnell und sagen zu den Eltern, dass wir müde sind. Dann gehen wir schnell in unser Zimmer, und Angi muss uns sein Raumschiff zeigen.« Die Freunde waren so neugierig, dass sie Peters Vorschlag folgten. Gleich nach dem Abendessen waren die Jungen angeblich so müde. Darum zogen sie sich alsbald in ihr Zimmer zurück.

Das große Raumschiff

So schnell waren die Jungen noch nie in ihrem Zimmer verschwunden.

»Komm, Angi, sag bitte deinem Helfer, er möchte uns einen Fernseher bringen, wir möchten euer Raumschiff sehen!« Angi erfüllte Peter den Wunsch, er berührte sein Ohr und sagte: »Na gut, Helfer, bring uns bitte ein Fernsehgerät, ich möchte unser Schiff sehen!« Kaum hatte Angi die Worte gesprochen, stand ein neuer Fernseher auf dem kleinen Tisch. Peter schloss den Fernseher an und dachte: »Hoffentlich haben wir Empfang!« Zuerst konnten die Freunde gar nichts sehen, aber nachdem Angi geholfen hatte den Fernseher anzuschließen, verschlug es den Freunden die Sprache.

Auf dem Bildschirm erschien ein riesengroßes Raumschiff, mit Lichtern überflutet, und es raste mit unvorstellbarer Geschwindigkeit durch das All. »Das, das ist euer Raumschiff?«, stotterte Peter. Angi nickte stumm und sogleich kullerten ein paar Tränen über sein Gesicht. Er seufzte tief und wandte sich ab.

Er wollte nicht mehr hinsehen. Die Freunde jedoch starrten wie gebannt auf den Bildschirm. »Das hab ich mir doch gedacht«, sagte Gisela, »dass ihr noch nicht müde seid.« Die drei fuhren, wie von der Tarantel gestochen, herum. Aber Gisela stand schon hinter ihnen, sah auf den Bildschirm und fragte: »Was schaut ihr euch denn da an? Ist das ein Raumschiff? So einen Koloss hab ich ja noch nie gesehen. Da kann man ja Angst bekommen. Woher habt ihr denn das Video?«

»Ach, das ist kein Video, wir wissen auch nicht, woher das Bild auf einmal gekommen ist«, schwindelte Peter und sah Angi auffordernd an. Angi verstand Peters stummen Hinweis und ließ das Bild verschwinden.

Peter zeigte zum Bildschirm hin und sagte zu Gisela: »Siehst du, so plötzlich, wie es aufgetaucht ist, ist es auch wieder verschwunden.«

Gisela schüttelte den Kopf und ermahnte die Freunde: »Seht euch nicht so aufregende Videos an, sonst könnt ihr nicht einschlafen! Gute Nacht!«

Dann verließ sie das Zimmer. Die drei sahen sich an und waren immer noch sprachlos über das, was sie soeben gesehen hatten.

Klaus fragte Angi zuerst: »Sag mal, Angi, könnt ihr mit eurem Raumschiff auch die Erde zerstören?« Angi sah Klaus an und nickte zustimmend.

»Wir zerstören aber nur selten Planeten«, beruhigte Angi die Freunde. Es dauerte lange, bis die Jungen die Bilder verkraftet hatten. Sie lagen noch lange wach in ihren Betten und diskutierten über das riesengroße Raumschiff.

Auch in den nächsten Tagen sprachen die Jungen noch ein paar Mal über das große Raumschiff.

Ein Urlaub in Italien

Dann begannen die Schulferien und Peter rief: »Und jetzt auf nach Italien!« Die Freunde stürmten über den Schulhof und schwangen sich auf ihre Fahrräder.

»Wir holen Angi ab!« »Aber dann machen wir einen Umweg, vielleicht ist er auch schon zu Hause«, protestierte Klaus. Doch Peter fuhr unbeirrt zum Kindergarten hinüber.

Aber Peter und Klaus kamen zu spät. Der Kindergarten war bereits geschlossen. »Wir müssen Angi unbedingt noch einholen, bevor er zu Hause ankommt!«, rief Peter und sauste mit einem Höllentempo los. »Warum hast du es denn so eilig?«, schnaufte Klaus. »Angi läuft dir doch nicht davon.« Aber Peter fuhr, als wäre der Teufel hinter ihm her. Endlich erblickte er Angi.

Angi saß mit seiner Freundin Inge am Straßenrand. Schon von weitem rief Peter: »Angi, warte auf uns!« Zuerst hörte Angi Peters Rufen nicht. Er war so vertieft ins Spiel mit Inge. »Was macht ihr denn da?«, fragte Peter, als er die zwei erreicht hatte. Angi und Inge sahen Peter erstaunt an. »Wir spielen«, antwortete Inge. »Was habt ihr denn da?« Peter sah, dass Angi und Inge kleine bunte Ringe in den Händen hielten. Die Ringe bewegten sich auf und ab. Bewegten sich aufeinander zu und drehten sich in Spiralen wieder weg.

Das sah so schön aus, dass Peter staunend zusah. Dann war auch Klaus angekommen und sah dem Spiel der beiden zu. Peter war so beeindruckt von dem Spiel, dass er beinahe das Wichtigste vergessen hätte. Dann stand Inge vom Boden auf und sagte zu Angi: »Komm mich bald besuchen, dann können wir weiterspielen!«

Sie stieg auf ihr Rad und winkte Angi noch ein paar Mal zu. Angi sah ihr nach, bis sie hinter dem kleinen Wäldchen verschwunden war. Dann drehte er sich um und sah Peter neugierig an. Peter stand vor Angi und trampelte von einem Bein auf das andere. Er war verlegen.

Aber dann nahm er all seinen Mut zusammen und bat Angi um Folgendes: »Angi, ich brauche dringend deine Hilfe.«

Peter öffnete seine Schultasche und holte ein Blatt Papier hervor. Angi sah neugierig auf das Stück Papier. Es war Peters Zeugnis. Und Peter erklärte: »Angi, wir haben heute unsere Zeugnisse bekommen, und ich habe eine Vier in Mathematik.«

»Au Backe!«, grinste Klaus vor sich hin. »Du musst eine Drei daraus machen«, forderte Peter und sah Angi bittend an. Angi ließ sich nicht lange bitten und sagte: »Gut, eine Drei.« Peter nahm sein Zeugnis zurück und wäre beinahe in Ohnmacht gefallen. Auf dem Zeugnis stand außer einer großen Drei nichts weiter.

»Bist du verrückt geworden?«, schrie Peter. »Du sollst doch nur in Mathematik aus der Vier eine Drei machen. Die anderen Zensuren müssen alle stehen bleiben.«

Angi sah noch einmal auf das Zeugnis und beruhigte Peter: »Alles wieder da, nur eine Drei in Mathematik.«

»Na Gott sei Dank, ich dachte, ich hebe ab«, sagte Peter und seufzte erleichtert, nachdem er sich überzeugt hatte, dass jetzt alles wieder seine Richtigkeit hatte.

»Aber verratet mich ja nicht! Wenn die Eltern das erfahren, bekomme ich höllischen Ärger!« »Warum musst du eine Drei haben?«, fragte Angi neugierig.

»Was denkst du denn, ich kann doch nicht mit einer Vier nach Hause kommen!«

»Da wirst du wohl ein bisschen mehr lernen müssen«, hänselte ihn Klaus. »Warum lässt du dir nicht von Angi helfen? Du weißt doch, dass er alles kann.«

»Das werde ich wohl tun müssen, aber jetzt sind Ferien und wir fahren zuerst einmal nach Bella Italia!« Peter setzte sich auf sein Fahrrad und rief: »Folgt mir!«

Als sie zu Hause ankamen, trugen die Eltern bereits die Koffer in das Auto.

»Da seid ihr ja, überlegt schon einmal, was ihr alles mitnehmen wollt!«, riet die Mutter ihren Kindern. Klaus sah Peter an und erinnerte ihn: »Peter, packe dein Mathematikbuch ein!«

Peter lief sofort rot an. Der Vater drehte sich um und sah Peter auffordernd an. »Natürlich, es hat ja heute Zeugnisse gegeben. Besteht Grund zur Sorge? Zeigt sie doch gleich einmal her!«

Zuerst gab Klaus dem Vater sein Zeugnis. »Na ja, gar nicht so schlecht, aber in Sport könntest du dich schon noch ein wenig anstrengen. Aber im Großen und Ganzen bin ich zufrieden mit deinen Leistungen.«

Jetzt war Peter an der Reihe. Er sah zuerst Angi an und dann noch einmal auf seine Mathematikzensur. Die Drei stand noch da. Puterrot im Gesicht und mit heißen Ohren reichte er dem Vater sein Zeugnis. »Es ist doch gar nicht so schlecht. Warum bist du denn so rot im Gesicht? Dafür besteht doch absolut kein Grund. Also ich bin mit euren Zeugnissen ganz zufrieden. Und wenn ihr euch im nächsten Jahr noch ein kleines bisschen steigert, wäre ich noch zufriedener. Also habt ihr euch euren Urlaub auch redlich verdient. Morgen früh fahren wir los.« Der Vater drehte sich um und verstaute weiter das Gepäck im Auto.

Peter sah Angi noch einmal schuldbewusst an und sagte: »Ich nehme das Mathematikbuch mit und lerne. Das verspreche ich. Hilfst du mir?« Angi versprach, Peter beim Lernen behilflich zu sein.

Der Urlaub in Italien

Am nächsten Tag in der Frühe brach die Familie auf. Die Sonne erschien am Horizont und färbte den Himmel rot. Es war ein wunderschöner Sonnenaufgang, der besonders Angi tief beeindruckte. Er fragte sogleich: »Woher kommt das Licht?« Daraufhin erklärte der Vater dem Angi: »Also, mein Junge, mit der Sonne verhält es sich folgendermaßen: Die Erde dreht sich um die Sonne, sie ist schon immer da gewesen. Wenn die Sonne nicht wäre, könnten wir auf der Erde nicht existieren. Die Sonne wärmt mit ihrer Energie und ihrem Licht die Erde. Durch sie entstand alles Leben auf der Erde. Menschen, Pflanzen und Tiere.« Angi überlegte trotzdem weiter, woher sie wohl gekommen war, aber er wollte nicht noch einmal fragen. Aber er schaute noch einmal nachdenklich zum Himmel hinauf. Währenddessen ging die Fahrt weiter und es gab viel Neues zu sehen.

Städte, Wälder und Berge flogen während der Fahrt vorbei. Plötzlich unterbrach der Vater die Stille mit den Worten: »So, meine Lieben, an der nächsten Raststätte bleiben wir stehen und gönnen uns eine kleine Pause.«

Als sie den Parkplatz erreicht hatten, fuhr der Vater in die nächste freie Parklücke. Die Mutter holte aus dem Kofferraum eine Tasche mit Proviant. Sie packte Butterbrote, Obst und gekochte Eier aus.

Die Eier schmeckten den Kindern besonders gut. »Jetzt gehen wir noch zur Toilette und dann fahren wir weiter«, erklärte der Vater. Die Jungen folgten dem Vater in einem kleinen Abstand.

Im Eingangsbereich der Raststätte blieben sie stehen. Der Vater sah sich um und fragte: »Wo bleibt ihr denn?« Die vier standen immer noch im Eingangsbereich. Zwei Spielautomaten hatten die Aufmerksamkeit der Jungen auf sich gezogen. Ein junger Mann spielte an beiden Automaten. Und Angi sah besonders interessiert zu. Plötzlich drehte er sich um und sagte: »Peter, darf ich auch einmal mitspielen?«

»Nein, Angi, das geht nicht, es spielt doch schon jemand an den Spielautomaten. Kommt, der Vater wartet auf uns!« Als die Jungen von der Toilette zurückkamen, waren beide Spielautomaten frei. Und wieder forderte Angi: »Peter, bitte, ich möchte einmal spielen!«

»Angi, du hast doch kein Geld, und ohne Geld kannst du auch nicht spielen.« Angi sah Peter an, und Peter zeigte ihm ein Geldstück. Angi berührte sofort sein Ohr und hielt daraufhin eine paar Ein-Euro-Münzen in seiner Hand. Erwartungsvoll sahen die Freunde Peter an und forderten ihn auf, ein Spiel zu wagen.

Angi reichte Peter eine Münze und Peter steckte sie in den Spielautomaten. Der Spielautomat sprang an und der Euro war verspielt.

»Noch einmal, ich möchte auch einmal spielen«, verlangte Angi.

»Ihr müsst auch die Knöpfe drücken«, sagte der junge Mann, der vorher an den Automaten gespielt hatte. Nun steckte Angi einen Euro in den Automaten und drückte die Knöpfe so schnell, dass niemand mit den Augen folgen konnte. Plötzlich machte das Gerät einen fürchterlichen Lärm und Angi lief ängstlich davon. Direkt dem Vater in die Arme.

»Wo bleibt ihr denn? Wir warten schon auf euch.«

Angi zeigte zurück und sagte: »Ich habe nur ein bisschen gespielt, aber nun macht das Gerät einen schrecklichen Lärm.« Der Vater ging zurück und betrat die Raststätte, um die Jungen abzuholen. Und Angi folgte ihm zögernd, mit einem geringen Abstand. Die drei Jungen standen noch immer vor den Spielautomaten.

»Was macht ihr denn hier? Wisst ihr nicht, dass Kinder unter 18 Jahren noch nicht spielen dürfen?«, schimpfte der Vater sogleich. »Aber Angi wollte doch so gern einmal spielen«, entschuldigte Peter sich und sah den Vater ängstlich an. »Und er hat sogar gewonnen, sieh doch nur, das ganze Geld hat der Automat ausgespuckt!« Angi sah, dass Heiner immer noch vor dem anderen Spielautomaten stand.

»Du hast Glück gehabt, aber hier kommt nichts raus«, sagte Heiner enttäuscht.

Angi hatte noch zwei Münzen in der Tasche, eine davon steckte er in den Spielautomaten und drückte wieder auf die bunten Knöpfe. Danach lief er schnell zum Vater hin und versteckte sich hinter ihm. Schon ratterte der Automat los und die Münzen fielen heraus.

»Du spielst ja auch noch. Ich habe doch erklärt, dass ihr noch nicht spielen dürft«, ermahnte der Vater Heiner. »Aber wir haben doch gewonnen!«, rief Klaus begeistert aus.

»Aber jetzt ist Schluss damit, steckt das Geld ein und kommt mit, wir wollen doch weiterfahren!«

Die Freunde stopften sich die Hosentaschen voll und eilten schwer bepackt zum Auto zurück. Der Vater ging voraus und berichtete der Mutter und Gisela: »Diese Bengels haben die Spielautomaten geplündert, könnt ihr euch das vorstellen?«

»Oh, schade, warum habt ihr mich nicht mitspielen lassen?«, beschwerte sich Gisela. Aber die Jungen gaben Gisela großzügig einen Teil von dem gewonnenen Geld ab.

Danach fuhren sie weiter. »Kinder, lasst uns ein Lied singen!«, forderte die Mutter die Familie auf. Fröhlich stimmten alle ein und sangen ein Lied nach dem anderen.

Dann erschienen die ersten Berge vor ihnen. Kurz darauf sagte der Vater: »Ich glaube, ich werde so langsam müde«, und gähnte ausgiebig. »Aber wir sind ja auch gleich da, nur noch ein paar Kilometer, dann haben wir unser Etappenziel für heute erreicht.«

Nach weiteren zwei Abfahrten fuhr der Vater von der Autobahn runter und meinte: »Jetzt müssen wir nur noch den Sonnenhof finden.« Nach ein paar Minuten erreichten sie einen kleinen Gasthof. »Da ist er ja!«, rief die Mutter. Der Vater parkte das Auto vor dem Haus und die Familie stieg aus. Angi und Heiner rannten zuerst in das Gasthaus. Der Rest der Familie folgte den beiden. Als die gesamte Familie im kleinen Gasthof versammelt war, meldeten sie sich, zuerst für eine Übernachtung, bei dem Portier an.

Danach erhielten sie die Zimmerschlüssel. Peter und Angi bekamen ein Zimmer zugewiesen. Und Klaus und Heiner durften ebenfalls in einem Zimmer schlafen. Gisela bekam ein Zimmer für sich allein.

Zuerst wurden die Zimmer begutachtet. Anschließend durften die Jungen noch die Gegend ein wenig erforschen. »Aber denkt daran, geht nicht so weit weg, ihr seid hier fremd! Wir möchten auch bald zu Abend essen und danach früh schlafen gehen, denn morgen früh fahren wir sehr schnell weiter«, ermahnte der Vater die Jungen.

Die Freunde rannten los und sahen sich die Gegend an. Auf einer Weide grasten Kühe. Denen schauten sie eine Weile zu. Dann entdeckten die Freunde einen kleinen Bach. Aber das Gras war an den Bachrändern sehr feucht.

Angi wollte in das Wasser schauen. Aber er war unvorsichtig, er ging zu nahe an den Graben heran und rutschte mit beiden Füßen in den Bach. Peter und Klaus kamen sofort angelaufen und zogen Angi aus dem Wasser. Aber sie konnten nicht mehr verhindern, dass Angis Schuhe voll Wasser liefen.

»Zieh die Schuhe aus und schütte das Wasser raus!«, sagte Peter. »Ich denke, du gehst nicht gern baden, und nun hattest du es so eilig.« Die Jungen lachten und Angi schüttete das Wasser aus seinen Schuhen. Ihm war nicht zum Lachen zu Mute.

Kurz darauf entdeckte Heiner am Wiesenrand Walderdbeeren. Die Jungen vergaßen Angis Bad und machten sich über die Erdbeeren her. Sie aßen so viele und blieben so lange im Erdbeerfeld, bis es schon langsam dunkel wurde. Peter sah sich um und rief: »Jungens, wir müssen sofort zurück zum Gasthaus! Wir sollten doch nicht so lange wegbleiben.«

Als sie das Gasthaus erreichten, war es bereits dunkel. Der Vater hatte die Stirn kraus gezogen, und die Mutter sah die Jungen vorwurfsvoll an. »Kinder, so geht das nicht«, sagte sie vorwurfsvoll. »Wir warten schon eine ganze Weile mit dem Abendessen auf euch.«

Peter und Klaus antworteten gleichzeitig: »Wir haben so viele Erdbeeren gegessen, wir haben gar keinen Hunger mehr.« »Aber ich glaube, ein paar Würstchen mit Pommes passen doch noch rein«, ermunterte die Mutter die Jungen.

Das ließen die Freunde sich nicht zweimal sagen. Nachdem sich alle satt gegessen hatten, befahl der Vater: »So, und nun ab mit euch, waschen und in die Betten!« Die Jungen stürmten die Treppen zu ihren Zimmern hinauf, hüpften in ihre Betten und schliefen sofort ein.

Am nächsten Tag ging die Fahrt in Richtung Süden weiter. Bald wurden die Berge zu beiden Seiten höher und die Landschaft immer schöner.

Dann erreichten sie die Einfahrt zu einem großen Tunnel, den sie zur anderen Seite jenseits der Berge durchfahren mussten. Angi sah nur das große schwarze Loch und überlegte nicht lange. Er berührte sein Ohr und stand augenblicklich auf der anderen Straßenseite. Fassungslos sah Peter auf den leeren Platz neben sich.

Was sollte er jetzt tun? »Anhalten, mir ist schlecht!«, rief Peter und öffnete bereits die Wagentür. Ruckartig blieb der Vater am Straßenrand stehen.

So schnell war Peter noch nie gelaufen. Da stand er auch schon neben Angi. »Was ist denn los mit dir? Du kannst doch nicht einfach aussteigen!«, schimpfte Peter.

Angi zeigte auf den Tunneleingang. »Ich möchte nicht in das große, schwarze Loch hinein«, antwortete Angi. »Aber wir müssen da durchfahren, wenn wir nach Italien wollen.« »Ich nicht, ich möchte nicht hinfahren«, antwortete Angi.

»Und was willst du machen, wenn wir in Italien sind?«, fragte Peter. Angi hob die Schultern und sah Peter unschlüssig an.

»Also du möchtest doch nicht allein zurückbleiben, außerdem, hast du vielleicht auch einmal an mich gedacht, als du einfach so mir nichts, dir nichts aus dem Auto ausgestiegen bist? Wie soll ich dem Vater jetzt erklären, warum ich nicht auf dich aufgepasst habe? Schließlich ist es sehr gefährlich, mitten auf einer Autostraße herumzulaufen. Ich bekomme jetzt mächtigen Ärger.«

Das bedauerte Angi. Aber er hatte Angst vor dem Tunnel. »Also, Angi, hör mir jetzt genau zu, wir gehen jetzt sofort zum Auto zurück! Erstens fahren wir alle gemeinsam durch den Tunnel. Und zweitens haben wir keine Angst, denn dort drinnen sind Lichter und am anderen Ende des Tunnels fahren wir wieder hinaus. Und wenn du trotzdem Angst hast, machst du einfach die Augen zu. Außerdem sitze ich neben dir, und wenn du willst, halte ich dich fest.«

Peter nahm Angis Hand und lief mit ihm zurück zum Auto. Der Vater sah Peter bitterböse an und schimpfte: »Peter, ich fasse es nicht, was machst du für einen Unsinn, läufst über die Fahrbahn und nimmst auch noch Angi mit! Konntest du nicht diese Straßenseite benutzen? Übrigens, geht es dir jetzt besser?«

»Es tut mir leid. Ja, Papa, es geht mir wieder besser.« »Es war meine Schuld, ich bin zuerst zur anderen Seite gelaufen«, sagte Angi. »Peter hat mir nur wieder herübergeholfen.«

»So etwas darf nicht noch einmal passieren. Wisst ihr denn nicht, wie gefährlich es ist, die Straße zu überqueren? Ihr könntet überfahren werden«, schimpfte der Vater weiter. »Sind die Türen verschlossen? Dann fahren wir jetzt weiter.«

Angi sah Peter an und rückte ein bisschen näher zu ihm hin. Er schloss seine Augen, und seine Ohren wackelten ein wenig. Nach einigen Minuten öffnete Angi seine Augen, aber als er sah, dass es noch immer dunkel war, machte er sie schleunigst wieder zu und krallte sich an Peter fest. Nachdem die Familie den Tunnel durchfahren hatte, ermunterte Peter Angi: »Angi, du kannst die Augen wieder aufmachen.«

Angi blinzelte vorsichtig in die Sonne. Dann rief er: »Sie haben auch ein Licht!«

»Aber Angi«, sagte Gisela ungeduldig, »wir haben dir doch schon erklärt, dass das die Sonne ist, und sie scheint überall auf der Erde. Besonders heiß scheint sie allerdings hier in Italien, wo wir soeben angekommen sind.«

»Sind wir schon da?«, fragte Angi neugierig.

»In Italien ja, aber wir müssen noch ein paar Stunden fahren, ehe wir am Meer sind«, antwortete Gisela. »Wir fahren nicht ans Meer, sondern an die Adria«, berichtigte der Vater. »Ist da kein Wasser?«, wollte Angi wissen.

»Aber selbstverständlich, mein Kleiner, da gibt es genauso viel Wasser wie am Meer.«

Das gefiel Angi ganz und gar nicht, aber er sagte nichts mehr dazu. Er sah sich die Gegend an und wäre viel lieber hier in den Bergen geblieben. Er schaute den vor ihnen liegenden Abhang hinauf und erkannte, dass ein paar dicke Steine den Hang herunterrollten.

»Anhalten, sofort stehen bleiben!«, schrie Angi entsetzt. Vor Schreck lenkte der Vater das Auto an den Randstreifen der Fahrbahn und blieb stehen. Er drehte sich um und sah Angi fragend an.

Angi zeigte nach vorn. »Junge, warum jagst du uns so einen Schrecken ein? Was ist denn los?« Da hörten und sahen sie auch schon, wie die Felsbrocken auf die Fahrbahn fielen.

Einen Augenblick lang war es ganz still im Auto. Dann richteten sich alle Augen auf Angi und die Mutter fragte: »Angi, woher wusstest du, dass die Steine herunterfallen? Du hast uns allen das Leben gerettet.«

»Angi kann hellsehen«, sagte Klaus.

Peter gab Klaus sofort einen Stoß in die Rippen. Klaus konnte sich daraufhin ein »Au!« nicht verkneifen. Nun trafen noch weitere Autos an der Unfallstelle ein und sicherten mit Warnschildern die Fahrbahn. Andere Autofahrer wieder telefonierten mit der Straßenwacht. Interessiert sahen alle dem Treiben zu.

»Soll ich?«, fragte Angi. Aber Peter schüttelte den Kopf und blickte Angi mahnend an. Es dauerte eine ganze Weile, ehe sie weiterfahren konnten. Bald darauf machte Peter Angi auf den nächsten Tunnel aufmerksam. Es kamen noch mehrere, aber so langsam gewöhnte Angi sich daran. »Wir müssen noch einmal übernachten, aber morgen erreichen wir unseren Urlaubsort«, unterbrach der Vater plötzlich die Stille im Auto.

Je länger sie fuhren, desto wärmer wurde es, und die Jungen bekamen allmählich Durst. Dann hatten sie endlich ihr Hotel erreicht. Und die ganze Familie hatte nur den einen Wunsch, etwas trinken und sich auszuziehen.

Angi wunderte sich, wie die Menschen hier sprachen. Er flüsterte Heiner zu und fragte ihn, warum die Menschen in Italien so anders sprachen. Heiner klärte Angi auf, dass das Italiener waren, und die sprachen nun einmal so. Auch Heiner verstand kein Wort von dem, was gesprochen wurde. Daraufhin berührte Angi sein Ohr und im selben Augenblick verstand er die Sprache.

Der Vater stellte den Wagen ab, kam herein und erklärte dem Mann hinter der Rezeption, dass er Zimmer auf den Namen Krämer bestellt hatte. Aber der Italiener verstand kein Deutsch. Sofort kam Angi dem Vater zu Hilfe. »Vier Zimmer für Krämer«, sagte er auf Italienisch. Verdutzt sahen der Vater und der Portier Angi an.

Daraufhin erwiderte der Mann hinter der Rezeption: »Natürlich, für Krämer vier Zimmer.« Er drehte sich um und nahm vier Schlüssel vom Brett hinter sich. Dann bat er den Vater noch um die Personalausweise. Nachdem der Portier sich von der Richtigkeit der Personalien überzeugt hatte, überreichte er dem Vater die Zimmerschlüssel.

»Ich glaube, wir haben heute ein kleines Rätsel gelöst. Wahrscheinlich kommst du aus Italien«, meinte der Vater und sah Angi an. »Wo solltest du sonst die Sprache gelernt haben?« Alle sahen Angi neugierig an.

Aber Angi schüttelte den Kopf. Peter nahm Angis Hand und zog ihn hinter sich her. »Wo ist unser Zimmer?«, rief er. Die Familie folgte Peter und Angi, und die anderen Familienmitglieder suchten ebenfalls ihre Zimmer.

»Ihr müsst auf den Schlüssel sehen«, sagte der Vater, »da steht die Zimmernummer drauf.« Nachdem sie alle ihre Zimmer gefunden hatten, zogen sie sich zuerst leichtere Kleidung über. Als alle fertig umgezogen waren, suchte die Familie gemeinsam den Speisesaal auf.

Sie waren alle hungrig und sehr durstig. Selbstverständlich gab es Spagetti zum Abendessen. Angi sah immer wieder von seinem Teller hinüber zu den anderen Familienmitgliedern und er dachte: »Was ist das nur für ein merkwürdiges Essen?«

Peter wickelte gerade die langen Fäden um seine Gabel. Die Mutter bemerkte Angis Unsicherheit und half ihm. »Aber die komischen langen Fäden schmecken mir gut«, dachte Angi, nachdem er ein paar von den Spagetti gegessen hatte.

Während sie noch gemütlich beieinandersaßen und ihr Dessert aßen, betraten mehrere Kinder und Erwachsene den Gastraum. Sie setzten sich an einen großen Tisch und plapperten laut und lustig durcheinander. »Da drüben sitzen Deutsche«, sagte ein Junge in Peters Alter. »Lass sie doch!«, beschwichtigte ein Mann den großen Jungen. »Das sind Touristen, ihr wisst doch, wie wichtig sie für unser Land sind. Außerdem sind sie doch sehr nett.« »Aber der eine Junge ist doof«, sagte der größere Junge.

Das ärgerte Angi und er fragte den Jungen: »Wer ist doof?«, und sah ihn fragend an. Der Junge schaute Angi erstaunt an und fragte neugierig: »Sprichst du Italienisch?« Angi nickte ihm zustimmend zu. »Der da drüben ist trotzdem doof«, wiederholte der Junge mit den schwarzen Haaren. »Klaus ist mein Helfer und mein Freund und er ist sehr nett«, protestierte Angi und seine Ohren wackelten ein wenig. »Ach nee, dein Helfer, was ist das denn? Kann er dir auch helfen, wenn ich dir deinen vorlauten Mund stopfe?« »Das brauchst du nicht; wenn du mir etwas in den Mund stopfst, bestrafe ich dich. Ich kann schon allein essen«, ermahnte Angi den vorlauten Bengel.

Der Junge nahm eine Zitronenscheibe und warf Angi an den Kopf. Angi berührte sein Ohr, und die Schüssel mit den Spagetti, welche die Bedienung soeben auf den Tisch stellen wollte, landete auf dem Kopf des Jungen.

Angi lachte laut und alle sahen, wie die Spagetti langsam über das Gesicht des Jungen rutschten. Daraufhin sprang der Junge wütend auf und schrie die Kellnerin an. Diese stotterte und entschuldigte sich.

Sie wollte dem Jungen helfen und die Nudeln von seinem Kopf entfernen. Aber der wütende Junge stieß die Kellnerin zur Seite und wollte Angi die Schüssel an den Kopf werfen. Aber Angi berührte sein Ohr, und der Junge hielt die Schüssel hoch über seinen Kopf. Nun fielen auch noch die restlichen Spagetti aus der Schüssel und dem Jungen auf den Kopf.

Der Junge sah aus wie ein Christbaum voll mit Lametta. Alle Anwesenden lachten und der Mann, der neben dem Jungen saß, versuchte ihn zu beruhigen. Aber der Junge war außer sich vor Wut, er stieß den Mann zur Seite und stürzte auf Angi zu.

Angi berührte schnell wieder sein Ohr, der Junge stolperte über den nächsten Stuhl und fiel mit seiner Schüssel und den Spagetti der Länge nach hin.

Nun standen zwei Männer auf, halfen dem Jungen hoch und versuchten wieder ihn zu beruhigen. Sie redeten auf ihn ein, aber der Junge beruhigte sich nicht. Er fühlte sich in seiner Ehre getroffen. »Ich stopfe dem kleinen Scheißer das Maul, seht doch nur, wie er grinst!«, rief er wütend aus. Angi lachte und sagte: »Reicht es dir immer noch nicht, soll ich dich noch mehr bestrafen?« »Du hast mich bestraft? Dass ich nicht lache!«, schimpfte der Junge aufgebracht weiter.

Der Mann neben ihm sprach noch einmal auf den Jungen ein und füllte seinen Teller mit neuen Spagetti. Nun stocherte der Junge wütend auf seinem Teller herum. Er sah Angi an. Angi sah ihn an und grinste wieder. Dann nickte er dem Jungen zu.

Plumps, da fiel die Gabel des Jungen auf den Boden. Der Junge krabbelte unter den Tisch und suchte seine Gabel. Als er sie gefunden hatte, kam er wieder unter dem Tisch hervorgekrochen und sah zu Angi hinüber. Angi nickte dem Jungen noch einmal zu.

Wütend steckte der Junge die Gabel in die Spagetti und wollte die Spagetti essen, dabei stach er sich mit der Gabel in seine Lippe. Das tat so weh, dass der Junge die Gabel fallen ließ und wütend aus dem Raum stürmte. »Reicht es dir jetzt?«, rief Angi ihm nach. »Wenn ich dich erwische!«, schrie der Junge, schon halb auf dem Hof angekommen, zurück.

Endlich kehrte wieder Ruhe ein, und alle konnten zu Ende essen. Peter und Klaus hatten das ganze Theater verfolgt und sich köstlich amüsiert. Nur die Mutter fragte Angi: »Was ist denn passiert?«

»Das war ein böser Junge«, antwortete Angi.

»Aber das kannst du doch nicht behaupten, du kennst ihn doch gar nicht.«

»Er hat Klaus beschimpft, er ist böse«, wiederholte Angi.

»Lasst uns nach dem Essen noch einen kleinen Spaziergang machen!«, schlug die Mutter vor. Damit waren alle einverstanden.

Als sie den Hof betraten, saß der Junge draußen auf einem Geländer. Als er Angi erblickte, lief er im Gesicht rot an und starrte Angi böse an.

Die Eltern und Gisela gingen schon ein kleines Stück voraus und Angi folgte ihnen mit einem kleinen Abstand. Die Gelegenheit wollte der Junge nutzen, siegessicher ging er Angi entgegen.

Angi ahnte, was der Junge im Schilde führte, er berührte kurz sein Ohr, und Peter, der schon so etwas geahnt hatte, sagte: »Schnell, Angi, puste ihn weg!« Angi atmete tief ein und blies den Jungen in hohem Bogen über den Hof, direkt in das nächste Gebüsch hinein.

Dort blieb der angriffslustige Junge in den Ästen hängen und zappelte und schrie aus vollem Halse. Die vier Freunde amüsierten sich köstlich. Sie lachten und liefen hinter den Eltern her.

Als sie von ihrem Spaziergang zurückkamen, war von dem Jungen weit und breit nichts mehr zu sehen. Am nächsten Morgen fuhren sie weiter ihrem Urlaubsort entgegen.

Angi staunte immer wieder über die hohen Berge, die rechts und links entlang der Autobahn standen, und fragte den Vater: »Können wir nicht hierbleiben?«

Damit war Peter ganz und gar nicht einverstanden und protestierte sofort: »Nein, Angi, wir wollen doch ans Meer fahren!« Sogar Heiner protestierte sofort. Und auch die übrigen Familienmitglieder wollten keine Berge besteigen, sondern im warmen Wasser planschen und in der warmen Sonne liegen.

Bald wurden die Berge kleiner und zu beiden Seiten der Autobahn lagen Felder und Städte. Der Vater erklärte der Familie: »Es dauert nicht mehr lange, bis ihr das Wasser sehen könnt. Wir machen noch eine Mittagspause, und dann kommt die letzte Etappe unserer Fahrt.«

Natürlich gab es Pizza zu Mittag. Und als die Sonne so langsam unterging, hatten sie ihr Urlaubsziel endlich erreicht. »Kinder, könnt ihr schon das Wasser riechen?«, fragte die Mutter. Alle schnupperten um die Wette. Aber nur Gisela meinte auch schon einen Hauch Wasser zu riechen.

Dann endlich lag das Wasser vor ihnen. »Seht doch nur, wie viel Wasser dort ist, soweit man sehen kann, nur Wasser!«, rief Gisela erfreut aus. Am liebsten wären die Kinder sofort aus dem Auto gestiegen und zum Strand hinuntergestürmt, aber sie mussten zuerst ihr Hotel finden.

Ein paar Mal mussten sie Passanten fragen und Angi die Rolle des Übersetzers übernehmen, weil er allein die italienische Sprache beherrschte. Aber dann hatten sie endlich das Hotel gefunden. Es war das schönste und größte Hotel am Strand, und den Kindern verschlug es die Sprache.

Auch die Mutter und Gisela waren von dem prächtigen Hotel stark beeindruckt. Der Vater war sichtlich stolz. Und an der Rezeption wurde die Familie dann auch sofort sehr herzlich empfangen.

Gisela wurde besonders liebevoll von einem jungen hübschen Pagen angelächelt. Angi verstand natürlich alles, was der junge Mann sagte, und als der Page Gisela auch noch mit »süßer Maus« betitelte, widersprach er laut: »Gisela ist keine Maus«, schimpfte Angi und sah den Pagen drohend an. Die Familie lachte und Gisela bekam einen ganz roten Kopf. Der Page wurde verlegen und beschäftigte sich umgehend mit dem Gepäck der Gäste.

Gisela bekam wieder ihr Einzelzimmer. Peter teilte sein Zimmer mit Angi. Und Klaus und Heiner sollten auch zusammen wohnen. Die Eltern hatten die Zimmereinteilung angeordnet, damit die Kleinen unter der Aufsicht der größeren Jungen standen. Peter war mit der Einteilung voll und ganz zufrieden. So konnte er immer ein Auge auf Angi werfen. Nur Klaus murrte ein wenig. Aber als der Vater die Familie aufforderte: »Kinder, lasst uns zum Strand gehen!«, waren alle begeistert. Und jeder wollte der Erste am Wasser sein.

Nur Angi blieb zurück und suchte die Nähe der Mutter. Die Mutter sah Angi an und fragte ihn: »Angi, was ist denn los, möchtest du nicht auch das Wasser sehen?« Angi schüttelte den Kopf und blieb ganz dicht an der Seite der Mutter.

Am Strand war noch toll was los. Kinder planschten im Wasser oder buddelten im Sand herum. Angi erblickte die untergehende Sonne und fragte sogleich die Mutter: »Wohin geht sie jetzt? Will sie auch ins Wasser gehen?«

»Aber nein, Angi, die Sonne wandert jetzt zur anderen Seite der Erde, und morgen früh kommt sie wieder zu uns zurück und lacht dich an. Komm, wir ziehen unsere Schuhe aus und gehen mit den Füßen im Wasser entlang!« Aber Angi blieb stehen und behielt seine Schuhe an. Die Mutter hatte bereits ihre Schuhe ausgezogen und sah Angi fordernd an: »Angi, komm, es wird wunderschön, das Wasser ist schön warm!«

Aber Angi ging noch ein paar Schritte zurück und wollte absolut nicht ins Wasser gehen. Die Mutter ging auf Angi zu und hielt ihm ihre Hand hin. »Angi, warum kommst du nicht? Hast du etwa Angst vor dem Wasser?«, fragte sie.

»Ich gehe nicht ins Wasser, da gehe ich unter und mein Helfer möchte nicht, dass ich ins Wasser gehe«, antwortete Angi.

»Aber jetzt bin ich dein Helfer, ich halte dich fest und passe auf dich auf. Du kannst nicht untergehen. Das Wasser ist hier ganz flach. Sieh doch, die vielen Kinder dort, sie alle können noch nicht schwimmen und spielen trotzdem im Wasser!«

Aber Angi setzte sich in den Sand und weigerte sich strikt, auch nur einen Fuß breit ins Wasser zu gehen.

Währenddessen planschten die übrigen Familienmitglieder schon lustig mit den Füßen im Wasser herum. Und sie winkten der Mutter und Angi fröhlich zu. »Angi, ich möchte dich nicht zu etwas zwingen, was dir keine Freude bereitet. Aber ich glaube ganz sicher, dass du es dir schon bald überlegst und genau wie alle anderen ins Wasser gehst. Sei aber jetzt bitte so lieb und rühre dich nicht vom Fleck! Denn wir wollen dich nicht verlieren. Ich gehe auch nur einen kleinen Augenblick mit den Füßen ins Wasser, um mich abzukühlen. Sieh mich an, mir ist so warm!« Angi versprach der Mutter ganz fest, so lange sitzen zu bleiben und zu warten, bis sie wieder zurückkäme.

Er sah den Kindern zu und blieb so lange ruhig im Sand sitzen, bis die Familie wieder vollständig versammelt vor ihm stand und der Vater erklärte: »Jetzt müssen wir aber zuerst unsere Koffer auspacken und anschließend Abendbrot essen gehen.«

Peter wäre noch sehr gern am Strand geblieben, er meinte: »Schade, müssen wir wirklich schon gehen? Es ist so schön hier im Wasser.« Und Klaus gab Peter recht. Auch er wäre noch gern am Strand geblieben. »Aber Kinder, wir bleiben doch noch drei Wochen hier, ihr werdet noch genug Wasser und Sonne bekommen«, beruhigte der Vater seine Söhne.

Im Hoteleingang stand der Page und lächelte Gisela erneut zu. Und Gisela wurde ganz rot im Gesicht. Und Angi ärgerte sich schon wieder über den Pagen. Er mochte ihn nicht. Und darum überlegte er, wie er Gisela vor dem Mausemann beschützen könnte.

Nachdem alle Koffer ausgepackt waren und die Familie sich umgezogen hatte, fuhren sie gemeinsam mit dem Lift hinunter zum Restaurant. Das Restaurant war hell erleuchtet und die Familie blieb, vom Glanz der Lichter geblendet und verunsichert, am Eingang stehen. Sofort eilte ein Kellner herbei und führte die Familie zu einem großen freien Tisch hin. Er fragte sofort nach ihren Wünschen und brachte kurz darauf die bestellten Getränke und die Speisekarten.

Danach erklärte er der Familie, dass jeder Gast sich außerdem am kalten Büfett bedienen dürfe. Das ließen sich die Jungen nicht zweimal sagen. Sie stürmten zum Büfett hin und bedienten sich an den vielen köstlichen Speisen. Es gab so viele wunderbare Sachen, dass sie aßen, bis sie keine Luft mehr bekamen.

Angi war besonders mit dem Moss zufrieden, davon stand auf dem Büfett eine besonders große Schüssel. Bald schnaufte Peter: »Ich kann nicht mehr. Gibt es hier immer so viel und so gutes Essen?« »Das wollen wir doch hoffen, wir haben schließlich auch einen stolzen Preis dafür bezahlt«, erklärte der Vater und sah die Familie zufrieden an.

Die Mutter sah ebenfalls von einem zum anderen und lächelte glücklich. »Aber jetzt gehen wir alle schlafen, denn wir haben einen anstrengenden Tag hinter uns.« Auch die Jungen spürten, wie müde sie waren. Und kurz darauf lag die ganze Familie im tiefsten Schlaf.

Mitten in der Nacht sprang Angi mit einem Satz aus dem Bett. Und Peter bekam einen tüchtigen Schreck. Er riss die Augen auf und wollte ebenfalls aus dem Bett springen. Er sah Angi an und fragte: »Angi, was ist denn passiert?« »Es kommt zu mir«, schluchzte Angi ängstlich und zitterte am ganzen Körper.

»Was kommt zu dir?«, wollte Peter wissen. »Das Wasser, das Wasser!«, rief Angi.

»Unsinn, das Wasser kommt nicht bis ins Hotel, es ist doch dort draußen am Strand und da bleibt es auch. Leg dich wieder ins Bett und schlafe weiter!«

»Aber wenn es doch kommt ... ich habe große Angst und bekomme keine Luft, wenn es wieder in meinen Mund fließt. Darf ich zu dir in dein Bett kommen? Du bist doch mein Helfer.« »Meinetwegen, komm zu mir, aber dann lass uns weiterschlafen, ich bin müde und will morgen früh aufstehen!«

Angi hüpfte aus seinem Bett und kletterte in Peters Bett. Dort klammerte er sich an Peter fest.

»Halt mich nicht ganz so fest, Angi, ich bekomme gar keine Luft!«, stöhnte Peter.

»Ist es doch schon hier?«, fragte Angi ängstlich. »Was?«, wollte Peter wissen.

»Das Wasser. Weil du keine Luft bekommst.« »Nein, nicht das Wasser, du drückst mir die Luft ab«, sagte Peter. Angi lockerte seine Arme und schlief kurz darauf wieder ein.

Am nächsten Morgen stand dieser Mausemann, wie Angi den Pagen betitelte, schon wieder an der Tür. Nun sprach er Gisela auch noch mit »Amore mio« an. Das verstand Angi nicht, er ärgerte sich und beschloss den Pagen wegzuzaubern.

Aber er musste warten, bis er allein mit ihm war. Er setzte sich in den nächsten Sessel und wartete geduldig ab. »Angi, warum sitzt du dort im Sessel, komm mit, wir gehen alle an den Strand!«, forderte Peter ihn auf und wollte Angi aus dem Sessel hochziehen. Aber Angi sah zum Pagen hinüber und blieb sitzen.

Peter bemerkte, dass Angi den Pagen beobachtete. »Willst du etwas von ihm?«, fragte er.

»Er soll weg«, bestimmte Angi. »Mach keinen Unsinn und komm mit uns zum Strand!«, mahnte Peter noch einmal. »Ich komme gleich nach«, antwortete Angi und blieb weiterhin im Sessel sitzen. Und Peter folgte den anderen Familienmitgliedern.

Am Strand angekommen, hatte er Angi schnell vergessen. Erst als die Mutter Angi vermisste, drehte er sich um und sah Angi vor dem Hotel stehen. Angi betrachtete den Blumentopf vor dem Eingang.

Die Mutter blieb vor Peter stehen und schimpfte mit ihm: »Peter, wo ist Angi? Warum hast du Angi nicht mitgebracht, du solltest doch auf ihn aufpassen!«

Schuldbewusst lief Peter zum Hotel, um Angi zu holen. Und Angi kam Peter bereits entgegen, trotzdem schimpfte Peter mit ihm: »Angi, du wolltest doch sofort nachkommen!« Angi sah Peter zufrieden vor sich hinlächelnd an und folgte ihm sogleich zum Strand hinunter. Die

Sonne brannte vom Himmel, und die Familie ging immer wieder ins Wasser, um sich abzukühlen.

Nur Angi hatte sich unter einem Sonnenschirm verkrochen und langweilte sich fürchterlich. Er schaute den Kindern beim Baden und Spielen zu. Aber so recht fand er keine Freude am Strandleben.

Plötzlich stand der Vater mit einem bunten Gummiboot vor Angi. »Hier, Angi, das Boot ist für dich, und einen Schwimmring habe ich dir auch noch mitgebracht«, sagte er und legte die Gegenstände vor Angi in den Sand. Aber Angi wollte nichts von den Dingen wissen. Auch als der Vater Angi zum Wasser mitnehmen wollte, weigerte dieser sich und blieb unter dem Sonnenschirm sitzen. Währenddessen vergnügte die Familie sich mit Schwimmen und Sonnenbaden.

Aber als die Familie am späten Nachmittag zum Hotel zurückkam, herrschte dort große Aufregung. Der Eingang war vollgestellt mit Koffern, und ein paar Leute rannten aufgeregt hin und her. »Was ist denn passiert?«, fragte der Vater den Portier.

»Der Hotelpage ist spurlos verschwunden, als hätte es ihn nie gegeben. Wir haben ihn schon überall gesucht, aber bisher hat ihn niemand gefunden.«

Peter stand neben Angi, der zufrieden vor sich hinlächelte. »Angi, weißt du vielleicht, wo der Page ist?«, fragte Peter leise. Angi sah Peter an und nickte zustimmend.

»Zeig ihn mir!«, verlangte Peter. Angi ging voraus und blieb vor dem großen Blumentopf stehen. »Was ist, wo ist der Page?«, wollte Peter wissen.

Angi zeigte in den Blumentopf. »Dort drin ist er«, sagte Angi mit einem zufriedenen Lächeln im Gesicht. »Was redest du, da passt er doch gar nicht rein!« Angi bückte sich und drückte die Blumen ein wenig zur Seite. Peter sah in die Blumen und war sprachlos. Zwischen den Blumen sprang ein klitzekleiner Page herum. Er jammerte und schrie vor sich hin: »Ich will hier raus, lasst mich hier raus!«

»Hallo, Jungs, was macht ihr mit den Blumen?«, ertönte plötzlich die

Stimme eines Hotelangestellten hinter Peter und Angi. »Ach, nichts, wir möchten nur einmal daran riechen«, stotterte Peter verlegen und wurde krebsrot im Gesicht.

»Dagegen habe ich nichts einzuwenden, aber zerdrück sie bitte nicht!« Dann ging der Angestellte weiter, und Peter atmete tief durch. Das war gerade noch einmal gut gegangen.

Aber dann befasste Peter sich wieder mit Angi. »Angi, du musst den Pagen sofort wieder herausholen. Hast du denn nicht gesehen, dass die Empfangshalle angefüllt mit Koffern ist? Das gibt mächtigen Ärger.«
»Er soll Gisela zufrieden lassen, sie ist keine Amoremaus«, protestierte Angi. »Sag es ihm persönlich, dann wird er sich hüten Gisela noch einmal zu belästigen!«, flüsterte Peter. Angi war zwar nicht einverstanden, trotzdem sah er ein, dass er den Pagen zurückzaubern musste.

»Versprichst du, in Zukunft Gisela in Ruhe zu lassen?«, fragte Angi den Pagen.

»Ja, ich verspreche dir, was du willst, mach mich nur wieder so, wie ich war, und hole mich doch bitte, bitte hier heraus!«, rief der Page.

Angi berührte sein Ohr und der Page stand vor Peter und Angi. Er war total verstört und sah die zwei mit angsterfüllten Augen an. »Wehe, wenn du ein Wort über das Geschehene berichtest, dann macht Angi einen Fisch aus dir und setzt dich ins Meer!«, warnte Peter.

»Nichts sage ich, gar nichts, zu keinem ein Wort, das verspreche ich euch bei dem Leben meiner Mutter!« Da kamen auch schon ein paar Gäste herbei und riefen: »Da ist er ja! Page, wo waren Sie denn so lange? Bringen Sie endlich unser Gepäck aufs Zimmer!« Der Page rannte wie ein Hase davon. Im Hotel bekam er noch eine Standpauke verpasst. Anschließend hatte er so viel Gepäck zu transportieren, dass er erst spät am Abend mit seiner Arbeit fertig war.

Eine Woche war bereits vergangen, da kam ein kleiner Junge auf Angi zu und fragte ihn: »Möchtest du mit mir spielen?« Angi gefiel der kleine Junge. Er stimmte zu und sagte: »Also gut, du wirst mein Freund und mein Helfer. Sollen wir eine Sandburg bauen?« Der kleine

Junge war einverstanden, und so bauten sie gemeinsam eine Sandburg und schaufelten viel Sand hin und her.

Die Burg bekam noch einen Wassergraben und der kleine Freund lief immer wieder zum Strand und holte einen Eimer Wasser nach dem anderen. Das Wasser schüttete er in den Graben. Nach einer Weile sagte er zu Angi: »Jetzt musst du aber auch einmal Wasser holen.« Angi war so vertieft in das Spiel, er nahm den Eimer und lief zum Wasser hin. Plötzlich blieb er stehen und betrachtete das Wasser. Da rief sein Freund auch schon: »Angi, nun mach schon, bring Wasser her!« Angi ging vorsichtig in das Wasser und füllte den Eimer damit, dabei umspülten die Wellen seine Füße. Sogleich sprang Angi ängstlich zurück.

Ein paar Kinder hatten Angi beobachtet und amüsierten sich köstlich darüber. Sie riefen und lachten über Angi: »Seht euch diesen Feigling an, er ist wasserscheu!« Beleidigt ging Angi zu seinem Freund zurück und verlangte von ihm: »Maik, du musst wieder Wasser holen.«

Aber Maik bestand darauf, dass Angi Wasser holen musste. Er sagte: »Ich habe schon so viel Wasser geholt, jetzt bist du an der Reihe.« Währenddessen war der Wassergraben bereits wieder leer gelaufen und der Freund sah Angi vorwurfsvoll an.

Aber Angi wusste sich zu helfen. Er berührte sein Ohr und der Graben war bis oben angefüllt mit Wasser. Maik sah verblüfft auf den vollen Graben und fragte Angi, woher denn plötzlich so viel Wasser gekommen sei. Angi zuckte nur mit den Schultern und sagte nichts dazu. »Kannst du zaubern?«, wollte sein kleiner Freund wissen.

Ein paar Kinder waren neugierig näher gekommen. Sie gesellten sich zu den Freunden und fragten neugierig: »Wer kann hier zaubern?« Angi erkannte die Kinder. Sie hatten ihn vorhin ausgelacht. Angi sah von einem Kind zum anderen, aber er antwortete nicht.

Angis Freund jedoch zeigte auf Angi und sagte: »Angi kann Wasser in den Graben zaubern.« »Angi, was ist das denn für ein komischer Name? Heißt du etwa so?«, fragte eines der Kinder. »Es ist kein komischer Name«, antwortete Angi und seine Ohren wackelten ein bisschen. Ein Junge zerstörte mit dem Fuß den Wassergraben und sah Angi grinsend an.

Peter war auf die Kinder aufmerksam geworden. Er kam herbei und fragte Angi, was denn los sei. »Er kann Wasser herbeizaubern«, sagte Angis kleiner Freund.

Peter sah Angi drohend an und Angi wusste sofort, warum. Die anderen Kinder lachten und liefen davon. »Angi kann nicht zaubern«, sagte Maik. »Aber er will kein Wasser für unseren Graben holen.«

Peter betrachtete den zerstörten Graben und sah, dass ein kleiner Fisch darin lag. »Angi, sieh doch nur, da zappelt doch etwas! Angi, du musst sofort einen Eimer mit Wasser holen, sonst stirbt der kleine Fisch. Er braucht dringend Wasser.«

Angi rannte los und füllte den Eimer mit Wasser. Peter rief Angi schon entgegen: »Sieh her, hier ist er, schnell, schütte das Wasser auf den Fisch!«

Angi goss das Wasser in den Graben. »Es reicht aber noch nicht, du musst noch mehr Wasser holen!«, verlangte Peter.

Angi lief immer wieder zum Wasser hin, füllte einen Eimer nach dem anderen mit Wasser und schüttete es in den Graben. Dabei hatte er gar nicht bemerkt, dass das Wasser seine Beine umspült hatte und er immer tiefer ins Wasser gegangen war.

Peter hatte Angi überlistet. Endlich war er ins Wasser gegangen. Nun wollte Angi aber auch endlich den Fisch sehen. Und immer wenn das Wasser weniger wurde, lief Angi schnell zum Wasser hin und holte Nachschub. Nach einer Weile fragte Peter Angi: »Hat es dir im Wasser gefallen?« Angi sah Peter erstaunt an.

»Das Wasser?«, fragte Angi. »Du bist in das Wasser gegangen und bist nicht untergegangen, es hat dir nichts getan.« Angi sah noch einmal zum Wasser hin und dann den kleinen Fisch an.

Denn jetzt verlangte Peter: »Aber nun müsst ihr den Fisch zurück ins Wasser setzen. Er hat bestimmt schon Hunger. Morgen könnt ihr neue Fische fangen. Im Meer schwimmen noch genug Fische.« Zuerst wollten die zwei den Fisch behalten, aber dann ließen sie sich doch von Peter überreden und setzten den kleinen Fisch zurück ins Wasser.

»Er fährt davon!«, rief Angi sichtlich enttäuscht.

»Er schwimmt davon«, berichtigte Peter.

»Du musst auch noch schwimmen lernen, denk daran! Morgen fangen wir mit dem Unterricht an. Jetzt hast du hoffentlich keine Angst mehr vor dem Wasser. Außerdem besitzt du einen Schwimmring und das schöne Boot. Das soll doch nicht im Hotelzimmer verstauben.«

»Du hast ein Boot?«, fragte Angis Freund ganz aufgeregt. »Warum hast du es nicht mitgebracht? Morgen fahren wir mit deinem Boot!«, rief er begeistert aus.

So ganz geheuer war Angi bei dem Gedanken nicht. Aber wenn sein Freund keine Angst vor dem Wasser hatte und der kleine Fisch auch schon schwimmen konnte, wollte Angi es am nächsten Tag auch einmal versuchen. »Bis morgen ist es schließlich noch so lange hin«, dachte Angi.

Nach dem Abendessen ertönte in der Hotelbar Musik. Angi war neugierig und wollte wissen, woher die Musik kommt. In der Hotelbar tanzten junge Leute, und es ging dort sehr lustig zu. Gisela war begeistert, und sie wollte auch einmal tanzen.

Da kam auch schon ein junger Mann und forderte Gisela zum Tanzen auf. Der Vater erlaubte aber nur einen Tanz. »Gisela ist noch zu jung«, sagte er.

Aber niemand hatte in diesem Augenblick auf Angi geachtet. Erst als er zu spielen begann, wurden die Gäste auf ihn aufmerksam. Angi hatte das Klavier entdeckt und war spontan darauf zugesteuert. Nun saß er davor und spielte seine wundervolle Melodie.

Augenblicklich wurde es still im Lokal und die Gäste hörten zu. Erst als Angi sein Spiel beendet hatte, brach ein Beifallssturm über Angi herein. Die Gäste jubelten und beklatschten Angi, und der Beifall wollte kein Ende nehmen.

Die Gäste flüsterten miteinander. »Wundervoll, so ein kleiner Junge! Wo hat er nur so gut spielen gelernt? Und was ist das für eine wunderbare Musik? So etwas Schönes haben wir ja noch nie gehört«, flüsterten die anwesenden Gäste. »Weiterspielen!«, riefen einige.

Aber der Vater erklärte, Angi werde in den nächsten Tagen noch einmal etwas vorspielen. Erst als der Vater versprach, dass er Angis nächstes Spiel frühzeitig ankündigen werde, gaben die Hotelgäste der Familie den Weg frei, und sie konnte ihre Zimmer aufsuchen.

Am nächsten Morgen stand die Sonne bereits wieder hoch oben am Himmel und lachte den Kindern entgegen. Angi zögerte ein wenig. Aber Peter erklärte der Familie, dass sie das Boot und den Schwimmring mitnehmen müssten, da Angi ab sofort schwimmen lernen wolle.

Alle sahen Angi erstaunt an. »Ist das auch wahr? Hast du keine Angst mehr vor dem Wasser?«, fragte der Vater. »Wir wollen dich zu nichts zwingen.« Angi sah den Vater skeptisch an, aber dann ging er doch mit zum Strand.

Als die Familie am Wasser eintraf, stand Angis kleiner Freund schon dort. »Angi, wo bleibst du denn, ich warte schon so lange auf das Boot!«, rief der kleine Maik schon von weitem und stürmte Angi entgegen. »Ist das ein schönes Boot, darf ich auch wirklich damit fahren?«, fragte er ganz aufgeregt. »Natürlich darfst du mit dem Boot fahren«, antwortete Peter. »Immer wenn ich Angi Schwimmunterricht erteile, darfst du das Boot benutzen.«

Peter zögerte nicht lange. Er dachte: »Bevor Angi es sich wieder anders überlegt, fangen wir lieber sofort mit dem Schwimmunterricht an.« Er forderte Angi auf: »Zuerst legen wir dir den Schwimmreifen um, dann zeige ich dir, wie du schwimmen musst. Wir müssen aber ein bisschen tiefer in das Wasser gehen, sonst können wir nicht schwimmen.«

Nachdem Peter Angi den Schwimmreifen umgelegt hatte, nahm er Angis Hand. Ganz behutsam, Schritt für Schritt, gingen sie gemeinsam immer tiefer in das Wasser rein. Plötzlich blieb Angi stehen und sagte: »Genug Wasser.« Peter war einverstanden, er wollte nur sehen, wie weit Angi in das Wasser geht. »So, Angi, jetzt musst du genau aufpassen, ich zeige dir nun, wie man schwimmt«, sagte Peter und nickte Angi zu. Peter legte sich vorsichtig ins Wasser und machte mit den Händen Schwimmbewegungen. Und Angi sah Peter zu. »Willst du es auch einmal versuchen?«, fragte Peter.

Angi zögerte, aber dann war er einverstanden. Vorsichtig, aber genau wie Peter es gezeigt hatte, wiederholte Angi die gleichen Bewegungen. »Prima, genauso musst du es machen!«, rief Peter und freute sich, weil Angi sich überhaupt nicht dumm und ängstlich anstellte. »Wenn du so schnell weiterlernst, kannst du in ein paar Tagen schwimmen.«

Angi freute sich. »Aber jetzt wird es ein bisschen schwieriger, du musst auch deine Beine schwimmen lassen«, sagte Peter. Angi nickte wiedei und sah Peter zu. Peter stieß sich vom Boden ab und schwamm im Kreis um Angi herum. Und Angi beobachtete Peter ganz genau. »So«, sagte Peter, »hast du Mut? Möchtest du es auch einmal versuchen? Du brauchst übrigens keine Angst zu haben, untergehen kannst du nicht. Der Reifen hält dich über Wasser.«

Angi schwamm um Peter herum, als hätte er in seinem Leben nichts anderes getan.

»Wie machst du das schon wieder? Du kannst doch schwimmen. Warum sagst du, du könntest es nicht?« »Ich hab es doch gerade gelernt«, antwortete Angi und sah Peter erstaunt an.

»Kannst du es denn auch ohne den Ring?« Angi nickte und sagte: »Aber ja, es ist doch ganz einfach.« Peter nahm den Schwimmring an sich und Angi schwamm im Kreis um Peter herum. »Das ist nicht zu fassen!« Peter konnte nicht glauben, dass Angi so schnell schwimmen gelernt hatte.

»Hast du nun keine Angst mehr, dass du untergehen könntest?« Angi sah Peter zufrieden an und schüttelte den Kopf. »Wenn du so schnell schwimmen lernst, kannst du auch so schnell tauchen lernen«, forderte Peter daraufhin. »Pass bitte auf, ich zeige dir jetzt, wie man taucht! Also, zuerst musst du ganz tief einatmen. Dann musst du die Luft anhalten und unter Wasser schwimmen. Dabei lässt du immer ein wenig Luft aus deinem Mund heraus. Ich zeige es dir jetzt.«

Peter atmete ganz tief ein und tauchte in das Wasser ein. Angi beobachtete genau, was Peter machte. Er bemerkte auch die kleinen Luftblasen, die immer wieder zur Wasseroberfläche aufstiegen. Dann tauchte Peter schnaufend und nach Luft schnappend aus dem Wasser auf. Angi sah aber keinen Sinn darin, unter Wasser zu schwimmen, und wollte sich die Tauchübungen für den nächsten Tag aufheben. Peter war einverstanden und lobte Angi, weil er schon so gut schwimmen konnte.

Plötzlich schrien ein paar Leute aufgeregt durcheinander und zeigten hinaus auf das Wasser. Andere wieder liefen in das Wasser und schrien. Angi sah sein schönes buntes Boot weit draußen schwimmen, aber es war leer.

»Angi, wo ist dein Freund?« Peter verstand sofort, was passiert war. »Angi, dein Freund ist ins Wasser gefallen. Wenn er nur nicht ertrinkt!«

Noch einmal tauchte der kleine Kopf seines Freundes auf, danach versank er sofort wieder im Wasser. »Sie müssen ihn retten, sie müssen tauchen!«, rief Peter entsetzt.

Angi erkannte, dass sich sein Freund in großer Gefahr befand, er verließ das Wasser, berührte sein Ohr und lief sofort wieder zurück ins Wasser. Dann schwamm er blitzschnell zu seinem kleinen Freund hin.

Bevor die Rettungsschwimmer Angis Freund erreicht hatten, tauchte Angi bereits tief in das Wasser hinein, und als der erste Rettungsschwimmer die Stelle erreicht hatte, an der der kleine Maik untergegangen war, tauchte Angi schon mit seinem Freund aus dem Wasser auf. Der Rettungsschwimmer fasste blitzschnell zu und brachte den kleinen Jungen ans Ufer. Nun kamen auch noch ein paar Männer und wollten Angi retten. Aber Angi schwamm allein zurück.

Am Strand hatten sich viele Menschen versammelt und sahen den Rettern zu. Auch der Vater und die Mutter, Gisela, Klaus und Heiner standen am Strand und sahen Angi aus dem Wasser kommen.

»Aber Angi, was machst du denn im Wasser, du kannst doch gar nicht schwimmen!«, rief der Vater entsetzt und lief Angi entgegen. Angi sah nur seinen kleinen Freund und antwortete nicht. Die Rettungsschwimmer übergaben den kleinen Jungen einem Notarzt und sahen den Vater erstaunt an.

»Was sagen Sie da, der Kleine kann nicht schwimmen? Wenn er nicht so tief in das Wasser getaucht wäre und den kleinen Jungen herausgeholt hätte, wäre der Junge ertrunken. Wir hätten den kleinen Jungen niemals aus der Tiefe herausholen können, wir hätten ihn nicht retten können ohne die Hilfe des Kleinen dort.« Sprachlos sah der Vater den Rettungsschwimmer an. Dann sah er sich suchend um. Wo war Angi jetzt?

Endlich entdeckte er ihn. Angi kniete neben seinem kleinen Freund und die Menschen standen neugierig um die Kinder herum. »Es ist zu spät«, flüsterten sie. »Der Kleine ist ertrunken.« Da kamen auch schon mehrere Sanitäter und wollten den kleinen Maik abholen. Angi ließ keinen Blick von seinem Freund. Er sah ihm ins Gesicht und hielt ihn mit beiden Händen fest.

Nun wollten die Sanitäter Angi zur Seite schieben, aber er ließ seinen Freund nicht los. »Gestattet doch dem Kleinen, sich von seinem Freund zu verabschieden!«, sagte jemand. »Es ist doch sowieso schon zu spät für den Jungen.« Respektvoll traten die Sanitäter zurück und gaben Angi noch eine Minute Zeit. Angi sprach mit seinem Freund: »Maik, du musst jetzt ganz tief ausatmen und deine Augen wieder aufmachen«, verlangte Angi.

Jetzt wollten die Sanitäter aber nicht länger warten und einer berührte Angi an der Schulter. Da sprang Angi auf und schrie ihn an: »Ihr bleibt alle stehen und niemand berührt uns!« Dann beugte er sich wieder über seinen Freund. Jemand murmelte: »Er hat ihn aus dem

Wasser geholt.« Plötzlich sprudelte Wasser aus Maiks kleinem Mund, und er hustete und spuckte. Angi schüttelte seinen Freund und rief immer wieder: »Ja, atme, atme, so machst du es richtig!«

Der Notarzt schüttelte den Kopf. So etwas hatte er noch nicht erlebt. Der Junge war ertrunken. Es bestand keine Hoffnung mehr, das hatte er einwandfrei festgestellt.

Und nun machte dieser kleine Junge die Augen wieder auf und sah erstaunt die vielen Menschen an, die um ihn herumstanden. Angi aber sprang auf, lachte und tanzte um seinen kleinen Freund herum. Peter und Klaus sahen sich an. Sie wussten, dass für Angi nichts unmöglich war.

Sichtlich zufrieden verteilten sich die Menschen wieder am Strand, aber immer wieder kamen ein paar Leute, die einen Blick auf Angi werfen wollten.

Der Vater und die Mutter fragten sich immer wieder, wie das überhaupt möglich war, weil Angi doch gar nicht schwimmen konnte. Nun wurde es Zeit, dass Peter die Eltern aufklärte: »Also, hört zu, ich habe Angi vorhin gezeigt, wie man schwimmt und taucht.« »Aber so schnell kann niemand schwimmen und tauchen lernen«, widersprach der Vater.

»Habt ihr eine Ahnung, was Angi alles kann!«, sagte Klaus. Und Heiner gab auch noch seinen Senf dazu, indem er erklärte: »Zaubern kann er auch noch.«

Aber daraufhin sah Peter Heiner böse an. Heiner durfte doch nicht verraten, was Angi alles konnte. »Kinder, nun übertreibt mal nicht, niemand kann zaubern!«, sagte der Vater. »Und nun ab ins Hotel, für heute ist Schluss, und das Boot kommt sofort in den Müll, damit so etwas nicht noch einmal passiert!«

Der restliche Urlaub verlief ohne besondere Vorfälle. Die Familie genoss das Faulenzen und das Verwöhntwerden. Angi spielte weiter mit seinem kleinen Freund und ging auch immer wieder ins Wasser, um sich abzukühlen.

Aber so schön der Urlaub auch war, er ging zu Ende. Die Kinder verabschiedeten sich traurig von den neuen Freunden. Auch Gisela war ein wenig traurig und fragte, ob die Familie im nächsten Jahr wieder ihren Urlaub an diesem Ort verbringen wolle.

Angi sah Gisela an und danach zu dem Pagen hin, der ebenfalls traurig herüberschaute. Eigentlich war er ja gar nicht so übel, und Angi bedauerte, dass er dem Pagen so übel mitgespielt hatte. Er wollte zu ihm gehen und sich bei ihm entschuldigen.

Als der junge Mann Angi kommen sah, wollte er ganz schnell ins Hotel flüchten. Aber Angi rief ihm zu: »Bleib doch bitte stehen, ich möchte dir einen Wunsch erfüllen!«

Misstrauisch blieb der Page stehen und sah Angi ängstlich an. »Es tut mir leid, was ich dir angetan habe, ich möchte dir etwas schenken.« »Du willst mir etwas schenken? Du besitzt doch selbst nichts, du bist doch noch ein kleiner Junge.«

Aber Angi fragte den Pagen noch einmal: »Hast du einen Wunsch? Ich werde ihn dir erfüllen.« Nachdenklich sah der Page Angi an. Und er erinnerte sich, was dieser kleine Junge mit ihm gemacht hatte. Außerdem hatte er von der Rettung des kleinen Maik gehört. Auch da sollte dieser Junge beteiligt gewesen sein.

Also dachte er: »Ich kann es ja einmal versuchen«, und sah Angi neugierig an. »Ich hätte da schon einen großen Wunsch, aber den kannst du mir sicher nicht erfüllen.« »Aber ja, ich kann dir jeden Wunsch erfüllen«, antwortete Angi und stand abwartend vor dem jungen Mann. »Du musst mir nur eines versprechen, es darf niemand wissen, sonst schimpft Peter mit mir.«

»Also gut, ich verspreche es.« Der Page sah Angi an und äußerte seinen Herzenswunsch: »Ich wünsche mir ein schönes Auto.«

Angi berührte sein Ohr und zauberte so ein schönes Auto herbei, wie er es schon im Kindergarten herbeigezaubert hatte. Angi wollte dem jungen Mann das Auto überreichen. Aber der sah Angi enttäuscht an und sagte: »Aus dem Alter bin ich schon lange raus, mit solchen Autos spiele ich nicht mehr.« Angi war enttäuscht. »Gefällt es dir nicht?« Der Page schüttelte den Kopf und sagte: »Ich hätte gern ein richtiges Auto, verstehst du? Ein großes, ich möchte mich hineinsetzen und damit spazieren fahren.«

Angi lachte und verstand, was der Page von ihm verlangte: »Jetzt weiß ich, was du haben möchtest. Wie soll es denn aussehen?« Der Page zeigte zum Parkplatz vor dem Hotel hin. »Siehst du dort den roten Sportwagen, so einen hätte ich gern.« Angi war einverstanden. Er berührte sein Ohr und schon stand der gleiche rote Sportwagen auf dem Parkplatz.

Der Page starrte Angi an und stotterte: »Wie, wie hast du das gemacht? Ist das Auto wirklich für mich? So richtig mit Schlüssel und Papieren?« Angi nickte und ging zu dem roten Auto hin. Er zeigte auf den Schlüssel, der im Zündschloss steckte. Dann berührte er noch einmal seinen Helfer, und auch die Wagenpapiere lagen auf dem Vordersitz. »Das ist nicht dein Ernst, das ist nicht wahr! Kneif mich, ich träume! Und der gehört jetzt wirklich mir allein? Darf ich mich hineinsetzen?«

Angi bestätigte dem Pagen noch einmal, dass der Wagen ihm gehörte. Plötzlich rief Peter. Angi drehte sich um und lief Peter entgegen. »Aber warum läufst du denn davon, warte doch, ich glaube es nicht, ich danke dir tausend Mal!«, rief der Page Angi nach.

»Was will der denn von dir? Und warum bedankt er sich?«, wollte Peter sogleich wissen und sah zu dem Pagen hin, der neben dem roten Sportwagen stand und ihn zärtlich streichelte. »Angi, du hast doch nicht etwa dem Pagen das Auto geschenkt?«, fragte Peter und sah Angi streng an. »Ich war böse zu ihm«, antwortete Angi und bemühte sich schnell aus Peters Nähe zu verschwinden.

»Das glaube ich nicht, ich hoffe nur, dass du nicht noch mehr Autos verschenkst, denn dann können die Autofabriken schließen.« Peter war wirklich wütend auf Angi. Aber dann ging er ebenfalls zu der wartenden Familie hin. Die Familie stand vor dem vollgepackten Auto und wartete auf Peter und Angi. Endlich konnte die Familie einsteigen und abfahren.

Die Landschaft flog vorüber, und drei Tage später näherte die Familie sich wieder ihrem Heimatort. »Wir machen noch eine kleine Pause«, unterbrach der Vater die Stille und fuhr den nächsten Rastplatz an. »Pommes, Pommes!«, riefen Peter und Klaus wie aus einem Mund. »Esst doch lieber zuerst eine heiße Suppe, die wird euch guttun!«, verlangte die Mutter. »Wie langweilig!«, maulte Peter. Aber die Mutter setzte sich durch und bestellte für jeden eine Tasse heiße Suppe. Anschließend durften die Kinder noch essen, was sie sich wünschten. So kamen Peter und Klaus doch noch zu einer Portion Pommes mit Majo. Aber dann wurde es auch schon wieder Zeit, die Dämmerung hatte bereits eingesetzt und die Familie wollte nicht zu spät im Forsthaus eintreffen. Angi und Heiner saßen bald darauf eng umschlungen beieinander und schliefen.

Angi war im Traum wieder einmal bei seiner Familie, im großen schnellen Raumschiff, und spielte mit seiner kleinen Schwester. Er wollte ihr gerade von seinem Besuch auf der Erde erzählen, da rief der Vater: »Alle aussteigen, wir sind wieder zu Hause!«

Vom Schlaf noch ganz benommen, sahen Angi und Heiner sich an, und Angi hätte beinahe angefangen zu weinen. Er hatte so große Sehnsucht nach seiner Familie. Aber als er das liebe Gesicht seiner Ersatzmumi sah, beruhigte er sich schnell wieder, und er stieg, wie die restliche Familie, aus dem Auto.

Wieder im Forsthaus

Als sie im Forsthaus ankamen, war alles beim Alten. Die Familie holte das Gepäck ins Haus, und anschließend fielen alle todmüde in ihre Betten.

Der Sommer ging vorüber, und es war kalt geworden. Als dann eines Tages der erste Schnee fiel, war Angi sprachlos. Er schaute zum Fenster hinaus und bestaunte die dicken, weißen Schneeflocken, die vereinzelt vom Himmel herabfielen.

Er rüttelte Heiner aus dem Schlaf und rief: »Heiner, sieh doch, die Wolken fallen vom Himmel!« Heiner rieb sich den Schlaf aus den Augen und fragte: »Was sagst du da, die Wolken fallen vom Himmel? Das geht doch gar nicht.« »Aber sieh doch nur, es ist wahr!«, rief Angi aufgeregt. Heiner eilte neugierig geworden zum Fenster hin, schaute hinaus und lachte.

»Das ist Schnee, es schneit, das sind keine Wolken.« »Wie man es nimmt«, ertönte die Stimme von Klaus aus dem Hintergrund. Er war durch den Lärm aufgewacht und wollte wissen, was passiert war. Heiner und Angi sahen Klaus neugierig an.

»Mit dem Schnee verhält es sich folgendermaßen: Die Luft wird kalt und es regnet nicht, das Wasser gefriert und es bilden sich kleine Eiskristalle oder Schneeflocken, und diese fallen genau wie Regentropfen vom Himmel herab. So einfach ist das. Hast du vergessen, dass wir schon einmal in Schnee und Eis festsaßen? Aber jetzt wascht euch und kommt frühstücken! Wir müssen zur Schule gehen.«

Angi konnte es kaum erwarten hinauszustürmen. Er lief zur Tür hinaus, und ehe er wusste, was passieren würde, fiel er hin und rutschte auf dem Hosenboden die drei Treppenstufen hinunter. Die Freunde lachten, weil Angi nach seiner Rutschpartie so ein verdutztes Gesicht gemacht hatte. Nur die Mutter lachte nicht und fragte Angi besorgt, ob er sich wehgetan habe.

Angi war so erstaunt, dass er nicht einmal die Schmerzen an seinem Hinterteil bemerkt hatte. Auch seine Hände waren nass und kalt. Angi fasste neugierig in den Schnee. Er war eiskalt und seltsamerweise schmolzen die Flocken in seiner Hand dahin.

»Sie mögen mich nicht«, sagte Angi und wollte aufstehen. Aber seine Füße rutschten sofort wieder auf dem Schnee aus. »Warte, ich helfe dir!«, rief Heiner und ging vorsichtig die Treppen hinunter.

Heiner reichte Angi die Hand und sagte: »Du musst vorsichtig aufstehen, dann fällst du auch nicht hin. Du weißt doch, der Schnee ist rutschig.« Endlich stand Angi wieder auf den Beinen und blickte misstrauisch auf den Schnee.

Hand in Hand gingen die Freunde zurück ins Haus. »Hast du dir auch wirklich nicht wehgetan?«, fragte die Mutter noch einmal. Angi berührte noch einmal sein Hinterteil und schüttelte tapfer den Kopf. Bevor die Jungen zur Schule gingen, zog die Mutter Angi noch ein Paar neue Winterschuhe an. Die Sohlen hatten tiefe Rillen und Angi hatte einen besseren Halt. Vor dem Kindergarten verabschiedeten sich die Freunde wie üblich, aber dann drehte Peter sich noch einmal um und rief: »Angi, nach der Schule bauen wir einen Schneemann!«

Angi kannte keinen Schneemann und überlegte. Im Kindergarten angekommen, fragte er sogleich Tante Ilse: »Tante Ilse, was ist ein Schneemann?« »Sag mal, Angi, willst du mich auf den Arm nehmen?« Angi schüttelte den Kopf. »Nein, ich möchte dich nicht auf den Arm nehmen, ich möchte wissen, was ein Schneemann ist.« Und dabei sah Angi Tante Ilse neugierig an. »Du weißt wirklich nicht, was ein Schneemann ist?«, fragte sie noch einmal und sah Angi zweifelnd an. Angi schüttelte noch einmal den Kopf.

»Weiß noch jemand von euch nicht, was ein Schneemann ist?«, fragte sie. Aber alle Kinder außer Angi hatten schon einmal einen Schneemann gesehen oder gebaut.

»So, dann gehen wir jetzt alle gemeinsam auf den Hof und bauen für Angi einen Schneemann.« Die Kinder waren begeistert und liefen freudig erregt hinaus auf den Hof. Jeder von ihnen versuchte etwas anderes. Ein paar Kinder schaufelten Schnee auf einen Haufen, andere wieder versuchen Schneebälle zu formen.

Nun übernahm die Kindergärtnerin das Kommando. »Kinder, so geht das nicht, wir müssen alle gemeinsam drei dicke Schneebälle rollen. Zuerst formen wir einen kleinen Schneeball und den rollen wir so lange durch den Schnee, bis er dick genug ist. Seht her, ich zeige euch, wie ihr die Schneebälle rollen müsst!«

Aufmerksam sah Angi zu. »Angi, möchtest du nicht auch mithelfen?«, rief Tante Ilse. »Sie mögen mich nicht, sie laufen vor mir davon«, antwortete Angi. »Wer läuft vor dir davon?« »Die da, die weißen kalten Dinger.« »Du meinst den Schnee? Das musst du mir zeigen.«

Angi nahm ein wenig Schnee in die Hand und zeigte Tante Ilse, wie der Schnee in seiner Hand zerschmolz. »Aber Angi, das ist doch ganz normal. Der Schnee schmilzt auch in meiner Hand. Du bist aber auch manchmal ein kleiner komischer Kerl.«

Auf dem Hof lagen schon ein paar dicke Schneebälle und Angi bemerkte, wie sehr sich die Kinder anstrengten und schwitzten. Beinahe hätte er seinen Helfer herbeigerufen, aber im letzten Augenblick dachte er an Peter, denn Peter würde sicher mit ihm schimpfen.

Bald darauf rief Tante Ilse: »Halt, es ist genug, die Rollen werden zu schwer, wir müssen sie noch aufeinanderstellen!« Die Kinder strengten sich mächtig an und halfen fleißig mit.

Endlich hatten sie es geschafft. Zwei dicke und ein kleiner Schneeball standen aufeinander. Angi sah sich den weißen Schneehaufen von allen Seiten an und wunderte sich. »Ist das ein Schneemann?«, fragte er.

»Er ist doch noch nicht fertig!«, riefen ein paar Kinder durcheinander. »Wir müssen noch einen Hut, einen Besen, eine Karotte und schwarze Augen holen.«

»Nein, Kohlen!«, riefen andere Kinder dazwischen.

»Das ist das Problem«, erklärte Tante Ilse. »Woher bekommen wir jetzt die restlichen Gegenstände? Denn ohne sie ist es nur ein halber Schneemann.«

Inge zupfte an Angis Jacke. »Du kannst doch zaubern«, flüsterte sie leise.

»Pst!«, zischte Angi und sah Inge an. »Das dürfen wir doch nicht verraten, sonst schimpft Peter mit mir.« »Also, Kinder, hört mir bitte zu, wir gehen jetzt ins Haus und wärmen uns auf, die restlichen Gegenstände bringen wir morgen mit, und dann vervollständigen wir den Schneemann.«

Am Mittag warteten Angi und Inge so lange, bis Tante Ilse und die Kinder den Kindergarten verlassen hatten. Sie standen vor dem Schneemann und Inge erklärte Angi, was dem Schneemann noch fehlt. »Zuerst brauchen wir einen Hut.«

Angi verstand, der Vater hatte doch so ein Ding, mit dem schönen großen Pinsel obendrauf. Angi berührte sein Ohr und sagte: »Hut.« Aber es tat sich nichts. Angi stand im Schnee und sein Zauber funktionierte nicht.

»Was ist denn los?«, wollte Inge wissen. »Kannst du nicht mehr zaubern?«

Angi überlegte, dann suchte er sich einen schneefreien Fleck und zauberte den Hut herbei. Inge war zufrieden mit dem schönen Hut. »Jetzt brauchen wir noch die Augen«, forderte sie. Angi nickte und plötzlich hatte der Schneemann große blaue Augen. Als Inge die Augen sah, bekam sie einen fürchterlichen Schreck.

»Nein, nein!«, schrie sie. »Mach sie wieder weg!« Angi verstand die Welt nicht mehr. Inge hatte sich doch Augen gewünscht. Also zauberte Angi die Augen schnell wieder weg.

Als Inge sich wieder beruhigt hatte, machte sie ihre Augen wieder auf und nahm die Hände vom Gesicht. »Angi, du sollst Kohlen und keine Augen herbeizaubern, Kohlen, Angi, verstehst du?«

Aber Angi kannte keine Kohlen und sah Inge ratlos an. »Hast du noch nie Kohlen gesehen? Sie sehen aus wie schwarze Steine, und sie sollen so groß sein.« Inge zeigte Angi, wie groß und wie rund die schwarzen Steine sein müssten. »Zwei Stück brauchen wir für die Augen und eine dicke rote Karotte für die Nase.«

Aber Angi musste noch einen kleinen Augenblick warten, er hatte schon drei Wünsche verbraucht. Nach kurzer Zeit probierte er es wieder und die Kohlen und die Karotte fielen zu Inges Zufriedenheit aus. Inge drückte die Kohlen und die Karotte fest in den oberen Schneeball. Aber dann wusste Inge nicht weiter, wie war das noch einmal mit dem Mund? »Er hat noch keinen Mund«, sagte Angi. »Nein, nein, keinen Mund!«, schrie Inge. Aber ihr fiel auch gerade nicht ein, woraus der Mund gemacht werden musste.

Aber einen Mund durfte Angi auf keinen Fall herbeizaubern. Aber dann erinnerte Inge sich, dass dem Schneemann auch noch ein Besen fehlt: »Angi, der Schneemann braucht auch noch einen Besen.« Den durfte Angi noch herbeizaubern. Angi und Inge betrachteten noch einmal ausgiebig ihr Werk, danach liefen sie schnell davon. Angi sah sich noch einmal um und fand den Schneemann doch ein bisschen komisch. Am nächsten Tag standen alle Kinder um den Schneemann herum, und Tante Ilse fragte erstaunt: »Wer hat denn unseren Schneemann fertiggestellt?« Doch keines der Kinder wusste, wer den Schneemann bestückt hatte.

»Aber der Mund wurde vergessen«, stellte Tante Ilse fest. Sie holte ein paar kleine Kohlen aus ihrer Tasche und drückte dem Schneemann einen Mund unter die Nase.

Nachdem der Schneemann fertiggestellt war, gingen alle zufrieden zurück in das Kindergartengebäude. Am Mittag verließen Angi und Inge wieder als Letzte den Kindergarten. »Na, ihr zwei, habt ihr am Schneemann die Augen und die Nase angebracht?«, fragte da plötzlich eine Stimme hinter ihnen. Angi und Inge sahen sich ertappt.

Tante Ilse stand hinter ihnen und wartete auf eine Antwort. Inge erklärte unverzüglich, dass Angi auch den Hut und den Besen herbeigezaubert hatte.

»So, so, Angi hat die Gegenstände herbeigezaubert. Das habe ich mir doch gedacht, und was habt ihr heute vor?«

»Nichts«, antwortete Angi. »So, dann geht jetzt schnell nach Hause! Die Eltern warten doch sicher schon mit dem Mittagessen auf euch.«

Angi und Inge machten sich sofort auf den Heimweg. Aber Angi wollte noch ein paar Schneemänner herbeizaubern. Einer allein kam ihm so einsam vor.

Am Waldweg bog Inge ab, und Angi trottete so vor sich hin. Dabei kam ihm der Gedanke: »Wenn ich schon keine Schneemänner auf den Kindergartenhof stellen kann, stelle ich sie eben neben der Straße auf.«

Die Straße war frei vom Schnee, und Angi konnte ohne große Mühe seinen Helfer herbeirufen. Er berührte sein Ohr, und schon stand der erste Schneemann am Straßenrand. Dann ging er weiter und stellte den nächsten Schneemann auf.

Angi stellte so lange Schneemänner am Rand der Straße auf, bis er das Forsthaus erreicht hatte. Dann sah er sich noch einmal um und ging zufrieden ins Haus. Es war noch keine Stunde vergangen, da kamen Peter und Klaus von der Schule zurück. Klaus konnte sich ein Grinsen nicht verkneifen. Peter dagegen hatte einen krebsroten Kopf und sah Angi bitterböse an. Angi verstand Peters Grimassen nicht. In dem Moment fuhr der Förster auf den Hof.

Peter wurde kreidebleich. »Jetzt kommt bestimmt alles raus«, dachte er. Aber der Vater strahlte über das ganze Gesicht. »Kinder, Kinder, wann habt ihr denn die vielen Schneemänner gebaut? Das ist ja nicht zu fassen! So etwas hätte ich euch gar nicht zugetraut. Das war ja richtige Schwerstarbeit. Aber da hat doch bestimmt die ganze Klasse mitgeholfen.« Peter und Klaus nickten nur und aßen schweigend ihr Mittagessen. Nach dem Essen sagte Peter: »Wir gehen noch einmal zu den Schneemännern hin.« Er winkte Angi und Heiner zu und die zwei folgten Peter und Klaus.

Draußen angekommen hielt Peter Angi zuerst einmal eine tüchtige

Standpauke. »Was hast du dir eigentlich dabei gedacht? Wie sollen wir die Sache mit den Schneemännern erklären, wenn herauskommt, dass die Schüler unserer Klasse nicht mitgeholfen haben? Willst du sagen, dass du die Schneemänner mal so eben dort hingezaubert hast? Wir haben jetzt viel Arbeit vor uns. Hast du nicht gesehen, dass der ganze Schnee im Umkreis eines Schneemannes zertreten und weggerollt ist? Und um deine Schneemänner ist kein einziger Fußabdruck zu sehen. Also müssen wir jetzt um jeden Schneemann den Schnee zertreten, sonst glaubt kein Mensch, dass dort Schneemänner gebaut wurden, denn vom Himmel fallen Schneemänner nicht.«

Als die Freunde den ersten Schneemann erreicht hatten, machten sich Peter, Klaus und Heiner sofort an die Arbeit. Und Angi sah ihnen bei der Arbeit zu. »Willst du uns nicht helfen, schließlich hast du uns die Suppe eingebrockt!«, rief Peter Angi zu.

Angi gehorchte und lief ein paar Mal um den nächsten Schneemann herum. Anschließend betrachtete er die Fußspuren genau. »Jetzt zum nächsten Schneemann!«, rief Peter. Angi lief voraus und suchte sich einen schneefreien Fleck. Dann zauberte er die Spuren in den Schnee. Als die Jungen den nächsten Schneemann erreicht hatten, sagte Angi nur: »Fertig.«

Peter sah sich die Spuren im Schnee gründlich an und grinste zufrieden. Dann klopfte er Angi auf die Schulter. »Natürlich, so einfach ist das. Das hast du gut gemacht. Also mach bitte bei den anderen Schneemännern auch noch die nötigen Spuren, und die Sache ist gelaufen, aber mach nie wieder solch unüberlegte Aktionen, sonst fallen wir doch noch auf, okay?« Wieder versöhnt traten die Jungen den Heimweg an.

Ein kleiner Ausflug

Endlich ging der Winter seinem Ende zu, und die Jungen wollten wieder einmal etwas unternehmen. »Eigentlich könnten wir einen kleinen Ausflug mit unserer Tasse machen«, meinte Peter. »Aber wir dürfen nicht so weit von zu Hause wegfliegen.«

»Und wohin sollen wir fliegen?« »Wir steigen in die Tasse und fliegen einfach eine kleine Runde«, schlug Klaus vor. Heiner stürmte voraus und rief: »Angi, wo ist die Tasse? Mach sie sichtbar!« Angi berührte sein Ohr und die Tasse stand sichtbar vor ihnen. Und sie war noch genau so, wie die Freunde sie verlassen hatten.

»Angi, ruf die Leiter!«, rief Klaus. Einer nach dem anderen kletterte die Leiter hinauf und stieg in die Tasse. Peter bestand darauf, dass Angi die Tasse zuerst wieder unsichtbar macht. Dann setzten sie sich auf die kleinen Bänke und sahen sich ratlos an.

Sie überlegten, wohin sie fliegen sollten. Klaus machte den Vorschlag, doch einmal nach Amerika zu fliegen. »Da ist zu viel Wasser auf der Flugroute, wer weiß, wo wir dann wieder landen?«, winkte Peter ab. Dann schlug Peter vor, einfach zu einem kleinen Rundflug zu starten. Aber die Tasse müsse ganz langsam fliegen, sodass sie auch etwas sehen könnten. Mit dem Vorschlag erklärten sich die Freunde einverstanden. Peter hatte wie immer die beste Idee.

Daraufhin setzte Angi die Tasse in Bewegung. »Aber nicht zu hoch!«, mahnte Peter. Langsam flogen sie über den Wald, über die angrenzenden Wiesen und kurz darauf über die Autobahn.

Angi sah interessiert zu den vielen Autos hinunter. Er wollte wissen, wohin die Autos fahren. Und dann folgte er einfach den Autos. Plötzlich kam ein Flugzeug von rechts direkt auf sie zugeflogen. Peter bekam einen fürchterlichen Schreck und rief: »Angi, sieh doch nur, das Flugzeug rammt uns!« Angi erkannte die Gefahr sofort und berührte schnell sein Ohr. Die Tasse reagierte blitzschnell. Sie stürzte wie ein Stein fünfzig Meter ab. Die Jungen purzelten kreuz und quer durch die Tasse, aber Angi hatte einen Zusammenstoß mit dem Flugzeug verhindert.

Und das Flugzeug brauste über sie hinweg. »Puh, das war knapp!«, rief Peter. Heiner stöhnte und hielt sich die Nase. Klaus hatte sich den Daumen verstaucht und er fragte: »Was ist denn überhaupt passiert?« »Ja, hast du nicht gesehen, dass uns beinahe ein Flugzeug gerammt hätte?«, fragte Peter. Aber Klaus hatte aus dem anderen Fenster geschaut und nicht bemerkt, in welch großer Gefahr sie gerade schwebten. Außerdem schmerzte sein Daumen.

Darum streckte er Angi sogleich seinen Daumen entgegen, und Angi musste die Schmerzen wegzaubern. »Wo sind wir denn überhaupt?«, wollte Klaus anschließend wissen. Peter meinte, dass sie wohl soeben über den Frankfurter Flughafen geflogen seien.

Angi hatte den Vorfall nicht besonders ernst genommen und flog bereits weiter an der Autobahn entlang. Plötzlich teilte sich die Autobahn, und Angi überlegte, welcher der Bahnen er folgen sollte. Doch dann entschied er sich für die linke Spur. Sie flogen über Felder und Wälder und ließen sich einfach von Angi leiten. Doch plötzlich schrie Peter: »Halt, Angi, langsam, vor uns liegt viel Wasser! Flieg nicht über das Wasser!« Klaus stand neben Peter und hatte ebenfalls in der Ferne das Wasser erspäht. Er rief: »Schiffe, seht doch nur, so viele große Schiffe, ich glaube, wir fliegen gerade über Hamburg hinweg!«

Peter wollte sich die Schiffe einmal genauer ansehen und bat Angi, doch vorsichtig nach einem geeigneten Standplatz Ausschau zu halten und so nah wie möglich bei den großen Schiffen zu landen.

Bald darauf entdeckte Angi einen geeigneten Platz und setzte die Tasse auf. Peter sah aus dem kleinen Fenster und fragte: »Angi, worauf bist du soeben gelandet? Wir stehen so hoch über der Erde.«

Angi öffnete die Tür und stieg als Erster die Leiter hinunter. Auch Peter, Klaus und Heiner verließen nacheinander die Tasse.

»Au Backe, wir stehen auf einem Container! Wenn das mal gut geht!«, bemängelte Peter und sah sich um.

Der ganze Platz stand voll mit den gleichen Containern. »Was soll schon passieren, die stehen hier sicher noch ein paar Tage herum«, beruhigte Klaus seinen Bruder.

»Also gut, fasst euch an! Angi, hilfst du uns, wir können schließlich nicht hier oben stehen bleiben!« Angi berührte sein Ohr und, schwupp, standen die vier Freunde unten zwischen den Containern.

»Jetzt lasst uns den Hafen mit all seinen Schiffen begutachten!«, bestimmte Peter.

Aber der Platz war so unübersichtlich, und die Freunde sahen sich ratlos an.

Im selben Augenblick kam auch schon ein großer Kran angefahren und der Kranführer rief: »Kinder haben hier nichts zu suchen. Verlasst sofort den Platz!« Peter sah Angi an und Angi verstand, was Peter von ihm wollte. Die Freunde verbanden ihre Hände miteinander, bildeten eine Kette und wurden sofort wieder unsichtbar. Und der Kranführer suchte vergeblich nach den Kindern. Sie waren ganz plötzlich vom Erdboden verschwunden. Trotzdem musste er den Vorfall melden, danach arbeitete der Kranführer weiter.

Als Angi sein Ohr wieder losließ, standen die Jungen vor einem großen Schiff. Heiner stand vor Staunen der Mund weit offen. So ein großes Schiff hatte er noch nicht gesehen. Auch Peter, Klaus und Angi staunten. »Was meint ihr, sollen wir uns das Schiff einmal näher ansehen?«, fragte Klaus. Peter überlegte und sah nachdenklich zur Landebrücke hin. Aber seine Neugier war stärker, auch er wollte sich das Schiff ansehen. Die Freunde blickten in die Runde und schlichen immer näher zur Landebrücke hin.

Plötzlich kam ein Matrose vom Schiff herunter. »Na, ihr vier, ihr wollt doch nicht schon als Matrosen anheuern? Dazu seid ihr wohl noch ein bisschen zu jung. Kommt mal in zehn Jahren wieder!« Dann ging er weiter. Nun war der Weg frei, und die Jungen schlichen eilig auf das Schiff.

Sie blieben dicht beieinander, damit sie sich bei Bedarf schnell unsichtbar machen könnten. Als die Freunde das Oberdeck erreicht hatten, entdeckten sie eine offene Tür. Sie sahen sich noch einmal kurz um, passierten die Tür und stiegen die steile Treppe hinunter. Unten im Schiff angekommen, durchquerten sie Gänge und mehrere große Räume.

Das Schiff war ein großes Containerschiff. Plötzlich wurde es laut auf dem Schiff. Es rumpelte und polterte und die Jungen sahen sich ängstlich an. »Lasst uns schnell verschwinden!«, riet Peter.

Die Freunde wollten das Schiff auf dem schnellsten Weg verlassen, aber so schnell fanden sie den Ausgang nicht. Sie liefen durch mehrere Gänge, aber ohne Angis Hilfe hätten sie den Ausgang überhaupt nicht wiedergefunden. Im letzten Augenblick verließen die Freunde das Schiff.

Endlich hatten sie wieder festen Boden unter den Füßen. Sie hatten sich doch länger auf dem Schiff aufgehalten, als sie gedacht hatten, denn es dämmerte bereits.

»Jetzt wird es aber wieder Zeit, dass wir zurück in unsere Tasse gehen«, sagte Peter. »Angi, führe uns bitte zum Containerplatz, dorthin, wo unsere Tasse steht!«

Angi ging voran und wies den Jungen den Weg.

Ein Ausflug nach Amerika

Dann blieb er plötzlich stehen, aber der Platz war leer. Die Container waren verschwunden.

Peter blickte in die Runde und sah Angi erstaunt an. »Angi, was ist los? Hier stehen doch keine Container. Du musst dich irren. Das ist der falsche Platz.« Angi aber beharrte darauf, dass dies der richtige Platz sei, wo die Container gestanden hatten. Er erinnerte sich genau. Hier hatten die Container gestanden, und jetzt waren sie verschwunden und mit ihnen die Tasse.

»Was machen wir denn jetzt?«, fragte Peter. »Anfassen!«, sagte Angi. »Natürlich, zaubere uns dorthin, wo unsere Tasse jetzt steht!«

Die Jungen ergriffen ihre Hände und Angi berührte sein Ohr. Tatsächlich hatten die Freunde kurz darauf wieder festen Boden unter den Füßen. Und sie hofften, vor ihrer Tasse zu stehen. Es dämmerte bereits, trotzdem erkannte Peter noch, dass er auf einem Container stand. Ihm gegenüber standen Klaus, Heiner und Angi. »Was ist los?«, fragte Peter.

Angi zeigte auf die Tasse und strahlte über das ganze Gesicht. Da stand sie direkt vor ihnen. Aber warum schwankte der Boden unter ihren Füßen?

»Das darf doch nicht wahr sein!«, rief Peter. »Das halte ich nicht aus! Wir sind auf einem Schiff und es fährt bereits.« Und keiner von ihnen ahnte, wohin das Schiff sie bringen würde. Und auch Angi konnte nichts mehr dagegen tun. Denn auf dem Wasser versagte Angis Helfer. Und die Eltern würden sich wieder, wie schon so oft, große Sorgen um sie machen.

»Wir müssen das Beste aus der Sache machen«, dachte Peter. »Zuerst werden wir uns in unsere Tasse zurückziehen. Morgen erkunden wir dann das Schiff.« Die Jungen folgten Peters Anweisungen. Sie stiegen in die Tasse, machten es sich bequem und legten sich schlafen.

Am nächsten Morgen wurden die Jungen in ihren Hängematten hin- und hergeschüttelt. Während der Nacht war ein Sturm aufgezogen. Und das Schiff schaukelte mächtig. Die Wellen wurden immer höher, und die Tasse rutschte auf dem Container bedenklich von einer zur anderen Seite. »Schnell, Angi, du musst die Tasse befestigen, sonst stürzt sie ins Wasser und wir treiben irgendwo im Ozean und kommen nie wieder nach Hause!«

Angi berührte sein Ohr und murmelte: »Fest stehen.« Die Tasse reagierte, aber das Schiff schwankte weiter, und die Jungen rutschten in der Tasse hin und her.

»Wir müssen runter in das Schiff gehen, hier oben schaukelt es zu sehr«, sagte Peter.

»Genau«, meinte auch Klaus. »Hier oben werden wir seekrank. Wenn die Tasse nur nicht über Bord geht! Übrigens hätte ich gern ein gutes Frühstück, so mit frischen Brötchen, Eiern mit Speck, und etwas Heißes zu trinken, mir wird es hier oben zu kalt und ungemütlich. Ich hoffe nur, dass dieser Pott nicht in die Antarktis fährt.«

»Das glaube ich nicht, wahrscheinlich werden die Container nach Amerika gebracht«, meinte Peter. »Oh ja, Amerika, da möchte ich hinfliegen, wenn ich groß bin!«, rief Heiner und strahlte über das ganze Gesicht.

»Was ist Amerika?«, fragte Angi, neugierig geworden. »Amerika ist das Land der unbegrenzten Möglichkeiten. Dort kannst du vom Tellerwäscher zum Millionär aufsteigen«, gab Peter seinen Kommentar dazu. »Wir haben doch Angi, der uns alle zu Millionären machen kann, also müssen wir nicht unbedingt nach Amerika«, sagte Klaus.

»Aber Amerika ist ganz toll und überhaupt, wenn wir dort hinfahren, bleibe ich gleich da«, bekräftigte Heiner noch einmal. »Amerika hin, Amerika her«, meinte Klaus. »Trotzdem möchte ich jetzt zuerst einmal frühstücken. Lasst uns die Küche suchen! Angi, du musst uns den Weg zeigen, sonst suchen wir noch, bis ich verhungert bin.«

Angi nickte Klaus zu, berührte den Chip hinter seinem Ohr und ging voran. Und die drei Freunde folgten Angi hinunter in das Schiff. Die Gänge wollten kein Ende nehmen. »Sind wir bald da?«, fragte Klaus ungeduldig. »Wie lange sollen wir denn hier noch herumlaufen?«

Im selben Augenblick blieb Angi auch schon vor einer Tür stehen. »Küche«, sagte er und zeigte auf die Tür vor ihm. Klaus wollte gerade die Klinke berühren, da ertönte Gesang und Pfeifen aus der Küche. »Mist, was machen wir denn jetzt?« Peter sah Angi an und überlegte. »Man müsste den Koch herauslocken. Angi, sieh jetzt genau hin, ich klopfe jetzt an die Tür, und wir verstecken uns dahinter, sodass der Koch die Tür öffnen kann! Dann musst du ihn unschädlich machen.«

»Aber warum sollen wir uns verstecken, wenn Angi uns alle unsichtbar machen kann?«, fragte Klaus. »Natürlich, ich bin eine Null, wie konnte ich das nur vergessen? Aber du kannst einen auch nervös machen mit deinem Frühstück. Warum musst du auch unbedingt in die Küche gehen?«

»Da ist es viel gemütlicher, wir frühstücken zu Hause doch auch immer in der Küche.«

»Also gut, Angi, zaubere den Koch weg, sobald er herauskommt!«, verlangte Peter. »Also Angi, pass genau auf, ich klopfe jetzt an die Tür!« Angi machte die Jungen unsichtbar und nach einem lauten »Wer stört mein Allerheiligstes?« wurde die Tür mit einem Ruck aufgestoßen.

Die Tür knallte Peter voll auf die Nase. »Au!«, schrie Peter auf. Der Koch wollte hinter die Tür sehen, denn er hatte den Widerstand gespürt, aber Angi hatte bereits den Finger am Ohr und der Koch vergaß, was er soeben gehört und gespürt hatte. Er marschierte geradewegs aus der Küche raus und ging den langen Gang entlang. Jetzt war Klaus nicht mehr zu halten. Er stürmte als Erster in die Küche hinein.

Peter dagegen hielt mit beiden Händen seine Nase bedeckt, jammerte und aus seiner Nase tropfte Blut. Angi berührte Peters Nase und sofort waren der Schmerz und das Blut verschwunden. »Danke, Angi, vielen Dank! Wenn wir dich nicht hätten!«, sagte Peter und sah Angi schuldbewusst an. Denn wenn er daran zurückdachte, wie er Angi am Anfang beschimpft hatte, überkam ihn immer noch ein ungutes Gefühl.

Als die Jungen die Küche betraten, hatte Klaus es sich schon gemütlich gemacht. »Wir brauchen nichts herzurichten, der Koch hat anscheinend schon auf uns gewartet. Seht her, der Tisch ist bereits gedeckt! Hier steht alles vom Feinsten.« »Oh, oh, wenn das mal gut geht, der Tisch wurde bestimmt für die Besatzung gedeckt und gleich kommen die Männer und wollen frühstücken!«, warnte Peter. »Angi, schließ die Tür zu!«, rief Heiner.

Angi drehte sich zur Tür hin und sagte: »Tür zu!« Es war keine Sekunde zu früh. Denn vor der Tür wurden Stimmen laut und dann wurde an der Türklinke gerüttelt. »He, Smutje, bist du verrückt geworden, warum ist die Tür zu?«, riefen die Männer.

Sogleich forderte Peter Angi auf: »Wir müssen sie wegschicken, sag ihnen, sie wären zu früh gekommen und sie sollen in einer Stunde wiederkommen! Du musst aber die Stimme des Kochs nachahmen.«

Angi brüllte mit voller Stimme durch die Tür und die Männer zogen sich murrend zurück. Nun ließen die Jungen sich das Frühstück in aller Ruhe schmecken. Sie wussten, dass sie eine Stunde Zeit hatten. Und Klaus stand ein zufriedenes Grinsen im Gesicht. »Angi, damit die Männer keinen Verdacht schöpfen, musst du schnell noch alle Uhren auf dem Schiff um eine Stunde zurückstellen«, befahl Peter. »Und wenn wir gleich wieder zurückgehen, muss alles so aussehen, wie wir es vorgefunden haben. Wo hast du eigentlich den Koch hingeschickt? Den müssen wir vorher auch wieder zurückholen, wenn wir nicht auffallen wollen.«

»In die Tasse«, antwortete Angi so nebenbei. »Was?«, schrie Peter. »Bist du verrückt geworden? Du hast ihn in unsere Tasse gezaubert?« Angi nickte. »Los, schnell, bring uns auf dem schnellsten Weg dorthin, wir müssen sehen, was er macht!«

Die Jungen ergriffen ihre Hände und Angi berührte sein Ohr. Wie der Wind sausten sie die Gänge entlang und standen alsbald auf dem Container vor ihrer fliegenden Tasse. »Da haben wir den Salat!«, rief Peter und zeigte zum Tassenrand hinauf. Oben aus der Tür schauten ein paar Haare heraus, und der Koch schrie wie am Spieß. »Hilfe, Hilfe, hört mich denn keiner? Ich bin hier oben eingesperrt, in so einem komischen Ding. Hilfe, zu Hilfe!«

Peter sah Angi fordernd an. Angi amüsierte sich köstlich. »Hallo, großer Meister, aufwachen! Du musst ihn zurück in die Küche zaubern und sag ihm, dass er alles nur geträumt hat!« Angi gehorchte und zauberte den Koch zurück in seine Küche.

»Hast du auch nicht vergessen ihm zu sagen, dass alles nur ein Traum war?«, fragte Peter vorsichtshalber noch einmal nach. Angi nickte zustimmend. Der Koch jedoch stand in der Küche, sah sich dort um, schüttelte den Kopf und überlegte. Was war das für ein komischer Traum gewesen, war er eingeschlafen?

Weiter kam er nicht mit seinen Gedanken, denn nun kamen die Seeleute erneut in die Küche, um ihr Frühstück einzunehmen. »Was ist denn mit euch los, warum kommt ihr heute eine Stunde später?«, fragte der Koch. »Nun wird der Hund in der Pfanne verrückt, du hast uns doch zurückgeschickt, weil es noch zu früh war«, antwortete einer der Seeleute. »Zu früh, es ist bereits neun Uhr.« »Dann geht deine Uhr eine Stunde vor, unsere Uhren stehen alle auf acht Uhr.« Die Seeleute setzten sich an den Frühstückstisch und ließen sich das Frühstück schmecken.

Der Koch hielt seine Uhr an sein Ohr und stellte fest, dass die Uhr ganz normal lief. Dennoch stellte er seine Uhr um eine Stunde zurück. Er verstand die Welt nicht mehr, seine Uhr ging immer supergenau. Dann überlegte er. Was hatten die Männer eben gesagt, er sollte sie weggeschickt haben? Daran konnte er sich überhaupt nicht erinnern. Was war das heute nur für ein komischer Tag? Erst träumte er von einer riesigen Tasse und nun sollte er auch noch seine Männer zurückgeschickt haben. Der Koch schüttelte wieder und wieder den Kopf.

»Bekommen wir keinen Kaffee mehr?«, maulte einer der Seeleute. »Aber natürlich, ich komme schon«, antwortete der Koch und eilte mit der großen blechernen Kaffeekanne zum Tisch.

Unterdessen saßen Angi und die übrigen drei Freunde in der Tasse und fühlten sich schlecht. »Was war bloß mit dem Frühstück los?«, fragte Klaus. »Mir ist auch so übel«, sagte Heiner. »Es liegt nicht am Frühstück, wir sind alle seekrank«, klärte Peter die drei auf. »Angi muss uns helfen, sonst hängen wir gleich alle über der Reling und schmeißen unser Frühstück wieder hinaus.«

Peter erklärte Angi die Seekrankheit und Angi berührte zuerst Peter, danach Heiner und Klaus. »Seekrankheit weg, alle sollen wieder gesund werden!«, sagte Angi. Peter sah von einem zum anderen. »Na, was sagt ihr? Spürt ihr noch was? Ist noch einem von euch übel?« Die Jungen atmeten tief ein und danach wieder aus, und keinem von ihnen war noch übel. Es ging ihnen wieder gut, aber was nun? Was sollten sie jetzt unternehmen?

Eigentlich war das Schiff so riesengroß, dass sie es noch einmal ausgiebig besichtigen könnten. Die Jungen kletterten aus der Tasse. Und Angi musste wieder vorangehen. Zuerst streiften sie zwischen den Containern umher. Klaus wollte wissen, was sich so alles in den Containern befand. »Das kann uns Angi sagen«, meinte Peter. Sie gingen von einem Container zum anderen, aber Angi konnte nichts Interessantes finden. »Dann lasst uns eine Etage tiefer gehen, vielleicht gibt es dort etwas zu sehen!«, schlug Klaus daraufhin vor. Angi führte die Freunde über eine eiserne Leiter tiefer in das Schiff hinein.

»Ich werde verrückt!«, rief Peter. »Seht euch das an, Autos, überall nagelneue Autos!« Peter warf einen Blick durch die Scheibe des ersten Autos. Der Schlüssel steckte im Schloss. Peter überlegte: Dann war die Tür nicht verschlossen. Und richtig, die Autotür ließ sich ohne Mühe öffnen.

Peter stieg in das Auto und drehte das Lenkrad hin und her. Angi, Klaus und Heiner standen vor dem Auto und sahen Peter zu. »Was ist? Wollt ihr nicht einsteigen? Wir drehen ein paar Runden!«, forderte Peter die drei Freunde auf. Klaus, Heiner und Angi stiegen daraufhin zu Peter in das Auto. Aber Klaus äußerte Bedenken: »Willst du wirklich losfahren? Du besitzt doch noch gar keinen Führerschein.« »Ach, Autofahren kann doch nicht so schwer sein, es wird so sein wie mit einem Autoskooter auf dem Rummelplatz«, antwortete Peter und drehte den Zündschlüssel herum.

Der Motor sprang an, das Auto machte einen Satz nach vorn und fuhr auf das vor ihm stehende Auto auf. Dann gab es noch einen kurzen Ruck und der Motor war aus. Peter zitterten vor Schreck die Knie, und als Klaus ihn auch noch hänselte, dass es wohl doch nicht ganz so einfach sei, ein Auto zu fahren, sagte Peter: »Wenn du es besser kannst, bitte!« Er stieg aus und wollte mit Klaus den Platz wechseln. Klaus stieg ebenfalls aus, ging um das Auto herum und sah sich den Schaden genau an. »Mit dem können wir nicht mehr fahren, da läuft Wasser raus«, sagte er. »Außerdem fahre ich nicht mit so einem verbeulten Auto, nachher heißt es noch, ich hätte den Schaden verursacht.«

Peter, Angi und Heiner stiegen nun ebenfalls aus und betrachteten das Auto ausgiebig. Sie waren sich einig, dass damit niemand mehr fahren kann. »Ich nehme den Grünen dort«, sagte Klaus und steuerte auf ein grünes Auto zu. Er öffnete die Tür und drehte sich um. »Was ist? Habt ihr keinen Mut mehr? Dann drehe ich eben allein ein paar Runden.« Er setzte sich in das grüne Auto und überlegte. Er hatte gesehen, dass Peter das Auto angelassen hatte, ohne den Gang rauszunehmen.

Neugierig geworden kamen Peter, Heiner und Angi herbei und stiegen in das Auto ein. »Also«, sagte Klaus, »zuerst müssen wir den Gang rausnehmen und dann die Kupplung treten.« Er suchte die Kupplung, aber das Auto besaß keine Kupplung. »Natürlich, es ist ein Automatikwagen«, stellte Klaus fest. »Das macht die Sache einfacher.«

Dann sah sich Klaus die Gangschaltung genauer an. Sie stand auf

»P«. »Das muss Parken heißen«, überlegte Klaus. »Dann kann ich die Zündung einschalten.« Er drehte den Zündschlüssel herum und der Motor lief. »Aber welchen Gang muss ich jetzt nehmen?«, dachte Klaus. Vorsichtig schob er den Hebel nach vorn. Im selben Augenblick fuhr das Auto los. »Halt, ich habe doch noch gar kein Gas gegeben!«, rief Klaus und suchte verzweifelt die Bremse.

Aber es war schon zu spät. Genau wie vorher bei Peter fuhr das Auto auf das vor ihm stehende Auto auf. Es erfolgte der gleiche Zusammenstoß wie vorher bei Peter. »Du kannst es auch nicht besser als ich«, grinste Peter. »Die blöde Bremse, ich konnte sie so schnell nicht finden!«, antwortete Klaus schuldbewusst.

»Und was machen wir jetzt?«, fragte Peter. Beide drehten sich gleichzeitig um und sahen Angi an. »Genau, du kannst doch alles, du fährst uns«, sagten Peter und Klaus gemeinsam. Angi nickte nur. Und wieder suchten sich die Jungen ein anderes Auto aus und stiegen ein. Angi berührte sein Ohr und sagte: »Fahren!« Aber auch dieses Auto fuhr auf das vor ihm stehende Auto auf. »Angi, bist du genauso blöd wie wir? Ich denke, du kannst alles! Warum fährst du nicht im Kreis herum, du musst im Kreis herum fahren oder um die Autos herum!«, schimpfte Peter. Angi ließ den Kopf hängen. »Nun steigt schon aus, hier stehen noch genug andere Autos herum!«

Die Jungen stiegen wieder in ein anderes Auto ein und endlich klappte es. Sie fuhren kreuz und quer über das Autodeck, bis sie die Lust verloren hatten. »Schluss mit Autofahren!«, sagte Peter. »Aber jetzt muss Angi zuerst die Autos wieder reparieren.« Klaus wurde gleich darauf ungeduldig, und er forderte Peter auf: »Aber dann lasst uns zurück in die Küche gehen, ich habe schon wieder Hunger!« »Du kannst wohl auch an nichts anderes denken!«, schimpfte Peter. »Aber du hast recht, wir können uns vorsichtig hineinschleichen. Angi muss uns aber vorher unsichtbar machen, damit der Koch uns nicht sieht.« Angi ging wieder voran und zeigte ihnen den Weg.

In der Küche angekommen rempelte Klaus zuerst einmal den Koch an. Der drehte sich um und wunderte sich. »Was war das? Da ist doch niemand.« Er schüttelte den Kopf und dachte: »Bist du schon so alt, dass du phantasierst?« Dann ging er weiter seiner Arbeit nach. Er buk Fisch, bereitete Salat und Kartoffeln zu. Der Fisch roch so gut, dass Peter nicht mehr an sich halten konnte. Er stibitzte ein Stück von einem Teller mit fertig gebackenem Fisch. Angi machte es Peter nach. Und bald aßen auch Heiner und Klaus von dem Fisch. Unterdessen bereitete der Koch weiteren Fisch zu. Den wollte er auf denselben Teller legen, auf den er den ersten Fisch gelegt hatte. Er sah auf den Teller und stellte verwundert fest, dass nur noch zwei Stücke Fisch auf dem Teller lagen.

Er sah sich um und suchte den Dieb. Hatten die Ratten den Weg bis in die Küche gefunden? Der Koch stellte sich Fragen über Fragen. Er wusste doch genau, dass er den Fisch auf den Teller gelegt hatte. Was blieb ihm anderes übrig? Wenn er seine Mannschaft nicht verärgern wollte, musste er noch einmal Fisch backen. Schließlich würde ihm doch niemand glauben. Oder man würde ihn beschimpfen, er solle gefälligst seine Küche von Ratten frei halten. Gleich in der kommenden Nacht wollte er Rattengift auslegen.

In der Zwischenzeit hatten es sich die Jungen am Tisch bequem gemacht. Sie warteten darauf, dass der Koch noch etwas Leckeres auftischen würde. Angi war bereits so satt, dass ihm plötzlich ein Rülpser herausrutschte. Peter sah Angi bitterböse an und hielt seine Hand vor dessen Mund. Angi nickte Peter zustimmend zu. Klaus und Heiner konnten sich vor Lachen nicht halten. Sie kicherten leise vor sich hin und hielten sich ebenfalls eine Hand vor den Mund.

Daraufhin drehte sich der Koch blitzschnell um und rief: »Wer ist da? Zeig dich, du Fischdieb!« Er nahm einen großen Holzlöffel, eilte zur Tür und riss sie auf. Aber es war niemand da und er dachte: »Ich habe doch genau gehört, dass jemand gerülpst hat. Es gibt doch keine Unsichtbaren. Ich werde noch wachsamer sein und irgendwann erwische ich den Dieb. Wir haben bestimmt einen blinden Passagier an Bord. Der kann was erleben, wenn ich den in die Finger bekomme!«

Peter gab den Freunden ein Zeichen. Er wollte die Küche verlassen. Leise schob er seinen Stuhl zurück. Natürlich krachte Angis Stuhl gegen den dahinter stehenden Blechschrank. »Jetzt habe ich dich!«, rief der Koch und sauste um den Tisch herum. Aber es war wieder nichts zu sehen. Nun wurde dem Koch auch noch schwarz vor Augen. Angi hatte schnell sein Ohr berührt.

Jetzt konnten die vier die Tür öffnen und die Küche verlassen. Das wäre nun wirklich zu komisch gewesen, wenn sich auch noch die Tür von allein geöffnet hätte.

Die Jungen liefen den langen Gang entlang und Peter rief: »Lasst uns in die Tasse steigen! Angi soll uns noch eine große Schüssel mit Moss herbeizaubern!« Und die Freunde stimmten begeistert zu. Anschließend legten sich die Jungen in ihre Schlafstellen und verschliefen den restlichen Tag. Der nächste Tag war wie gehabt.

Es war stürmisch. Die Wellen waren riesengroß und der Wind blies immer stärker. Was würde passieren, wenn das Schiff unterginge? Ob sie dann auch untergingen mit ihrer Tasse? Und wie sollten sie dann je wieder zurück nach Hause kommen? Peter machte sich große Sorgen. Natürlich sagte er nichts, denn die Kleinen sollten sich nicht fürchten. Aber schließlich waren da auch noch Angis Zauberkräfte. Die Zeit verging. Ab und zu suchten die Jungen die Küche auf und stahlen dem Koch alles, was ihnen schmeckte.

Der Koch war verzweifelt, immer wieder musste er nachkochen. »Wir müssen dem Koch für sein Essen auch einmal eine Freude bereiten«, erklärte Peter eines Tages. »Aber was können wir für den Koch tun?« »Wir stellen ihm einfach ein paar Kisten mit frischen Fischen vor die Küchentür«, schlug Klaus vor. »Nur Fische? Wir könnten doch auch noch frisches Obst dazustellen«, ergänzte Peter den Vorschlag von Klaus. »Angi, streng dich an, also Fisch und Obst!« »Ich möchte das dumme Gesicht vom Koch sehen«, meinte Klaus. »Angi, mach uns unsichtbar!«

Klaus klopfte an die Kombüsentür und die Freunde verhielten sich mucksmäuschenstill. Der Koch jedoch rief: »Komm doch rein! Muss ich hier auch noch selbst die Tür öffnen?« Als niemand in die Küche kam, eilte der Koch murrend zur Tür. Er öffnete die Tür und stand staunend vor den Kisten mit dem Fisch und dem frischen Obst. »Da wird doch der Hund in der Pfanne verrückt, dauernd verschwinden Lebensmittel, und nun stehen hier Kisten mit frischem Fisch und Obst, wie von Geisterhand herbeigezaubert, vor der Tür!«

Der Koch verstand die Welt nicht mehr. Er schüttelte nur den Kopf und dachte: »Nimm, was du kriegen kannst, die Hälfte verschwindet sowieso wieder!« Dann trug er die Kisten schnell in seine Küche. Die Jungen hatten ihren Spaß und waren mit sich und der Welt zufrieden. Sie hatten den Schaden wiedergutgemacht und zurückgegeben, was sie dem Koch genommen hatten.

So langsam wurde es den Jungen zu langweilig auf dem Schiff. Wasser, Wind und darüber der Himmel. Wenn sie doch endlich in einen Hafen einlaufen würden! Aber es dauerte noch Tage, bis sie endlich wieder Land erblickten. Nun waren sie gespannt, wohin das Schiff sie gebracht hatte.

Die vier Freunde saßen in der Tasse und sahen neugierig und aufgeregt aus den kleinen Fenstern. »Könnt ihr schon etwas erkennen?« fragte Heiner. »Nö«, sagte Klaus. »Ich sehe nur Häuser. Es sind Wolkenkratzer, ich glaube, wir sind tatsächlich in Amerika.«

»Also doch, und ich hab ja schon gesagt, dass ich in Amerika bleibe«, sagte Heiner. Angi sah Heiner an und fragte ihn: »Willst du mich wirklich allein lassen?«

»Amerika ist ein tolles Land, Peter hat gesagt, dort kannst du sogar Millionär werden.«

»Was ist ein Millionär?«, wollte Angi nun wissen. »Ein Millionär ist ein reicher Mann«, erklärte Peter. Angi versprach Heiner: »Wenn du bei mir bleibst, mache ich auch einen Millionär aus dir.« Aber Heiner schlug den Freunden vor: »Lasst uns doch alle in Amerika bleiben!« Aber Angi wollte nicht in Amerika bleiben. Und Peter und Klaus wollten auch lieber wieder nach Hause fliegen.

Aber Peter überlegte, denn Amerika war schon ein interessantes Land, das man sich schon einmal ansehen sollte. Also schlug er den Freunden vor: »Jungens, hört zu, wo wir schon einmal hier sind, sehen wir uns auf jeden Fall Amerika an, aber jetzt lasst uns zuerst einmal ankommen!« Je weiter sie in den Hafen fuhren, umso größer wurden die Wolkenkratzer. Und nun stand es endgültig fest, sie waren im Hafen von New York.

New York

Hoffentlich laden sie unseren Container zuerst aus!«, meinte Klaus.

»Ja, und dann fliegen wir zuerst zum Disneyland!«, rief Heiner begeistert aus. Angi wollte natürlich sofort wissen, was Disneyland ist. Peter klärte Angi auf, was es dort alles zu sehen gäbe, und Angi sollte sich erinnern, schließlich waren sie schon einmal in Frankreich im Disneyland gewesen. Auch Angi war der Meinung, dass sie zuerst dort hinfliegen sollten. Peter aber war anderer Meinung. Das Wichtigste war jetzt, zuerst einmal den Eltern eine Nachricht zu schicken, um sie zu beruhigen. Zu berichten, dass es ihnen gut ging und sie bald wieder nach Hause kommen würden. Das sahen die Freunde ein und nahmen Peters Vorschlag an.

Dann endlich wurden die Container vom Schiff gehoben. Und es dauerte nicht lange, da wurde auch der Container der Jungen an Land befördert. Die Tasse wackelte hin und her, und die Jungen wurden tüchtig durchgeschüttelt. Bis der Container mit einem Ruck abgestellt wurde.

Peter verlangte, dass Angi zuerst die Flugfähigkeit der Tasse überprüft. »Aber sei vorsichtig, flieg nicht über das Wasser!«, warnte Peter Angi. »Wer weiß, wo die Tasse sonst wieder hinfliegt?« Angi gab den Befehl zum Fliegen, und die Tasse steuerte direkt auf die Hochhäuser zu. Sie flog langsam im Kreis um die Hochhäuser herum. Angi staunte, denn so große Häuser hatte Angi noch nicht gesehen. Und so ließ er die Tasse noch eine Runde um die großen Häuser drehen. Plötzlich sah Peter Klaus an. »Was ist los?«, fragte Klaus.

»Mich trifft der Schlag. Sind wir denn total blöd oder was?«

»Warum?«, wollte Klaus wissen.

»Ja, hast du denn nicht bemerkt, dass Angis Zauber auf dem Schiff funktioniert hat?«

Klaus gab Peter recht, trotzdem wusste er immer noch nicht, was Peter meinte.

»Begreifst du immer noch nicht, was ich meine? Du weißt doch, dass Angis Zauber im Wasser nicht funktioniert. Aber Angi hat doch auf dem Schiff auch gezaubert.«

»Ja, da hast du vollkommen recht.« Klaus sah Peter sichtlich überrascht an.

»Und wir sitzen die ganze Zeit über auf dem Schiff. Wahrscheinlich hätte der Stahlboden ausgereicht und die Tasse wäre geflogen. Angis Zauberei ist für mich immer noch ein Geheimnis. Aber ich werde schon noch dahinterkommen.«

Peter und Klaus zerbrachen sich die Köpfe, aber im Augenblick konnten sie das Rätsel nicht lösen. Und so langsam musste Peter eine Entscheidung treffen, denn die Tasse konnte schließlich nicht länger um die Hochhäuser kreisen. »Also, wir sehen uns jetzt zuerst einmal New York an und schicken das Telegramm an unsere Eltern ab«, entschied Peter.

Jetzt fehlte nur noch ein geeigneter Landeplatz. Angi wollte auf einem der Hochhäuser landen. Aber Peter lehnte ab und erklärte: »Nein, Angi, lande nicht auf einem Hochhaus, der Weg von einem Hochhaus hinunter ist viel zu anstrengend!«

Im selben Augenblick fielen Peter die laufenden Aktienkurse an einem Gebäude auf. »Angi, flieg dorthin!«, rief Peter. »Ich wollte schon immer einmal die Börse sehen.«

Aber auch da fanden die Freunde keinen geeigneten Landeplatz. »Also müssen wir doch auf irgendeinem Dach landen«, stellte Peter fest. »Angi, sieh dort drüben, das Hotel ist nicht ganz so hoch!«, meinte Klaus und zeigte zu einem Hotel ganz in der Nähe der Börse. Den Platz hielt auch Peter für geeignet und erklärte sich mit dem Landeplatz einverstanden. Daraufhin setzte Angi die Tasse auf dem Hoteldach auf. Danach bestellte er die Leiter und die Freunde stiegen nacheinander aus der Tasse.

Auf dem Dach war es kalt, und die Jungen mussten sich mit aller Kraft gegen den kräftigen Wind stemmen. »Hier muss es doch irgendwo eine Tür geben!«, rief Peter und lief suchend voran. Heiner schaute hinunter auf die Straße und meinte: »Hier kommen wir nicht runter, seht doch nur, wie weit oben wir hier sind!« Endlich entdeckte Peter eine Tür und rief den Freunden zu: »Jungens, kommt her zu mir, ich habe die Ausgangstür gefunden!«

Er rüttelte an der Klinke, aber die Tür war verschlossen. »Und nun?«, fragte Heiner. Peter winkte Angi zu sich und sagte zu Heiner: »Wie, was nun? Was ist das für eine dumme Frage? Haben wir Angi oder haben wir ihn nicht? Kann Angi die Tür öffnen oder kann er das nicht?« Peter drehte sich noch einmal um und sah die Tasse stehen. »So geht das nicht, Angi, du musst die Tasse wieder unsichtbar machen.«

Angi berührte sein Ohr und die Tasse war verschwunden. Dann befahl er seinem Helfer die Tür zu öffnen. Peter stemmte sich gegen die schwere Eisentür und einer nach dem anderen passierte den Hoteleingang. Klaus war der Letzte und ließ die Tür so richtig zuknallen. Peter sah Klaus vorwurfsvoll an und fragte: »Musste das jetzt sein? Muss uns denn gleich jeder hören?« Klaus lief rot an. »Der Wind war schuld«, antwortete er. »Ich konnte die Tür nicht mehr festhalten.« Aber offensichtlich war niemand in der Nähe, der sie hätte hören können.

Die Freunde sahen sich zuerst einmal um. Das Wichtigste war jetzt, einen Aufzug zu finden. Aber auf der Etage gab es keinen. »Dann müssen wir eben eine Etage tiefer gehen«, sagte Peter. Endlich entdeckten sie eine Treppe und stiegen die Stufen hinunter. »Das geht doch wohl nicht so weiter?«, fragte Klaus, als sie auch dort vergeblich nach dem Aufzug gesucht hatten. Peter wusste wie üblich Rat. Er erklärte Angi: »Angi, such bitte den Fahrstuhl für uns!«

Aber Angi hatte nur »Stuhl« verstanden. Und schon stand ein alter Stuhl vor Peter. Peter sah Angi ungläubig an und Klaus konnte sich wieder einmal ein Grinsen nicht verkneifen. »Angi, hast du wieder nicht richtig zugehört? Ich habe dir doch gesagt, dass wir den Fahr-stuhl suchen müssen.« Angi zuckte mit den Schultern. Dann berührte er erneut sein Ohr und schon besaß der Stuhl Räder und rollte den Gang entlang.

Jetzt konnte Klaus nicht mehr an sich halten, und er lachte laut los. Nun mussten auch Peter und Heiner lachen. Heiner rannte dem Stuhl nach und hopste auf den Stuhl. Dann fuhr er los. Um die nächste Ecke, in den nächsten Korridor hinein.

Plötzlich ertönte eine tiefe Männerstimme. Aber Peter verstand kein Wort von dem, was dort gesprochen wurde. Er erschrak und ging in den nächsten Korridor hinein, wo Heiner johlend mit dem Stuhl herumkurvte. Heiner fuhr munter weiter und ein Mann schimpfte hinter ihm her.

Aber Heiner konnte den Stuhl nicht anhalten. Ängstlich rief er: »Angi, hilf mir, halt den Stuhl an!« Peter schob Angi in den Korridor hinein und befahl ihm: »Angi, halte sofort den Stuhl an!« Angi ging den Korridor entlang, auch an dem Mann vorbei. Dann berührte er sein Ohr und der Stuhl blieb stehen.

»Ach, sieh mal an, da ist ja noch so ein Bürschchen! Was treibt ihr denn hier oben? Und was ist das für ein komischer Stuhl?« Der Mann sah Angi neugierig an.

Angi stand vor dem Mann und betrachtete ihn zuerst einmal ge-nau. Der Mann trug eine Uniform und seine Sprache war Angi nicht geläufig. Darum berührte er zuerst einmal sein Ohr. Woraufhin der Mann schon wieder ungeduldig fragte: »Was treibt ihr hier oben?« »Wir suchen den Stuhl«, antwortete Angi nun auf die Frage.

»Den habt ihr doch schon gefunden.« Und der fremde Mann zeigte auf Angis Stuhl. »Aber woher kommt denn dieses komische Ding? Ich bin hier der Hausmeister, aber einen Stuhl auf Rollen habe ich hier oben noch nicht gesehen.« Angi sah Heiner an. Dieser war vom Stuhl heruntergeklettert und sah unschlüssig zu ihnen herüber.

»Wir möchten hier raus«, antwortete Angi nun.

»Aber doch nicht mit dem komischen Ding, da müsst ihr zum Fahrstuhl gehen.«

Nun waren auch Peter und Klaus hinzugekommen. »Aber den suchen wir doch schon eine ganze Zeit«, sagte Peter. Der Hausmeister drehte sich um und sah Klaus und Peter erstaunt an. Dann wollte er wissen: »Kommen noch mehr von euch?« Als Peter den Kopf schüttelte, fragte der Hausmeister weiter: »Woher kommt ihr überhaupt? Und was macht ihr hier oben?«

»Wir haben uns verlaufen«, antwortete Peter.

»So, so, verlaufen habt ihr euch. Und jetzt findet ihr den Fahrstuhl nicht wieder. Na ja, in so einem großen Haus hat wohl jeder so seine Schwierigkeiten mit der Orientierung. Anfangs erging es mir ebenso. Also gut, ich werde euch helfen. Folgt mir!« Er drehte sich um, sah noch einmal zu dem komischen Stuhl hin, schüttelte den Kopf und sagte: »So ein komisches Ding! Ich werde ihn entsorgen.«

Dann ging er voran, durch mehrere Gänge, um ein paar Ecken, und plötzlich standen sie vor den Fahrstühlen. »Da ist ja der Fahrstuhl!«, rief Peter auffallend laut. Angi sah zuerst die Stahltür und dann Peter an. Er verstand nicht, was die Türen mit einem Stuhl gemeinsam hatten.

Der Hausmeister drückte auf einen Knopf, und plötzlich öffnete sich eine der Fahrstuhltüren. »Nun los, hinein mit euch!«, befahl der Hausmeister. »Ihr könnt mich ja wieder einmal besuchen, dann ist es hier im Haus nicht so langweilig«, sagte der Hausmeister zum Abschied noch. »Ja, das machen wir«, versprach Peter, »und noch einmal vielen Dank für Ihre Hilfe!« Peter winkte dem Hausmeister noch einmal zu und im selben Augenblick schlossen sich die Fahrstuhltüren.

Angi wurde sofort unruhig. Aber Peter versuchte Angi zu beruhigen. »Bleib cool, Angi, dir passiert nichts! Wir fahren jetzt mit dem Fahrstuhl bis ins Erdgeschoss und dann steigen wir sofort wieder aus.« Angi schnappte sich Peters Arm und krallte sich fest. Es dauerte eine Weile, bis der Fahrstuhl mit einem leichten Ruck stehen blieb. Die Tür ging auf und Angi sprang mit einem Satz aus dem Fahrstuhl.

Er sah sich noch einmal um und entdeckte die Knöpfe des Fahrstuhls. Er war neugierig, was wohl passieren würde, wenn er da draufdrückte. Er erinnerte sich, was geschehen war, als er auf die Knöpfe in seinem Raumschiff gedrückt hatte. Die Neugier trieb Angi dazu, es einmal zu probieren. Er lief zurück zum Fahrstuhl und drückte auf alle Knöpfe.

Sofort ertönte ein lauter Klingelton und alle Fahrstühle standen still. Peter sah Angi streng an. »Angi, jetzt hast du den Fahrstuhl blockiert. Da sitzen jetzt Gäste in irgendeiner Etage fest und können nicht mehr aussteigen. Wie würdest du dich fühlen, wenn du jetzt im Fahrstuhl wärst?« Angi senkte schuldbewusst den Kopf. »Also bring die Sache wieder in Ordnung!«, befahl Peter. Angi berührte sein Ohr und murmelte leise vor sich hin: »Die Lichter löschen und den Fahrstuhl wieder fahren lassen!« Peter nickte zufrieden.

Als der Schaden wieder behoben war, verließen die Jungen das Hotel und traten hinaus auf die Straße. Heiner war begeistert und rief: »Seht euch diese riesigen Häuser an, ich werde wahnsinnig! Angi, sieh doch nur!« Angi sah sich ebenfalls um und staunte genauso. Und auch Peter und Klaus waren beeindruckt. »Das ist schon erstaunlich«, meinte Peter. »Ich hätte nicht gedacht, dass wir so winzig sind.« »Wir sind nicht winzig, die Häuser sind so groß«, widersprach Klaus.

»Schon gut«, sagte Peter, »und was machen wir jetzt?« »Du wolltest doch zur Börse, um dort zu spekulieren«, erinnerte Klaus Peter. »Was ist spekulieren?«, wollte Angi sofort wissen. »Ach, ich möchte nur einmal sehen, wie es an der Börse so zugeht«, meinte Peter. »Also gut, statten wir doch mal eben der Börse einen Besuch ab! Es scheint nicht allzu weit zu sein. Denn dort an dem Gebäude könnt ihr bereits die Aktienkurse laufen sehen.«

Aber die Freunde hatten sich getäuscht. Denn es war doch weiter, als sie gedacht hatten. Aber dann hatten sie es endlich geschafft, und die Freunde standen vor der Börse. »Da kommen wir doch nur rein, wenn Angi uns unsichtbar macht.« Peter sah Angi an und nickte ihm auffordernd zu. »Anfassen!«, rief Heiner. Leise und unsichtbar schlichen die Jungen an den Bewachern vorbei. Peter zog die Freunde hoch hinauf zur Galerie.

Oben angekommen verhielten sich die Freunde mucksmäuschenstill und beobachteten die Händler sowie die laufenden Kurse. Unten auf dem Parkett wurde gerufen: »Kaufen, kaufen, verkaufen, kaufen, verkaufen.« Leise wiederholte Angi die Worte: »Kaufen, verkaufen.« Die Leute liefen hin und her und gaben Zeichen und schrien durcheinander. »Da möchte ich auch einmal mitmachen«, flüsterte Peter.

Angi berührte sein Ohr und befahl: »Kaufen, alle kaufen!« Plötzlich stiegen die Kurse blitzschnell in die Höhe. Und Angi sagte weiterhin: »Kaufen, kaufen!« Die Händler liefen immer aufgeregter durcheinander. Sie schrien immer lauter und wurden immer nervöser. Peter sah Angi an und flüsterte ihm ins Ohr: »Du drehst doch wohl nicht an den Kursen?« »Kaufen, kaufen, alle kaufen!«, flüsterte Angi weiter und sah Peter an. »Peter, du wolltest doch mitspielen.«

»Bist du wahnsinnig, du bringst die ganzen Kurse durcheinander! Hör sofort auf damit!«

Angi sah Peter erstaunt an. Der verlangte nun von Angi: »Runter mit den Kursen, los, wieder verkaufen!« Angi berührte sein Ohr und murmelte: »Verkaufen, verkaufen, verkaufen!« So schnell, wie die Kurse gestiegen waren, fielen sie auch wieder. Und schon schrien und rannten die Händler wieder durcheinander.

Angi hatte seinen Spaß, er hätte das Spiel gern noch einmal gespielt. Aber Peter befahl den Freunden, sofort die Börse wieder zu verlassen. Er flüsterte Klaus zu: »Lasst uns sofort verschwinden! Wenn die uns hier erwischen und dahinterkommen, dass wir für das Durcheinander verantwortlich waren, stecken sie uns garantiert ins Gefängnis!« So leise, wie sie hineingeschlichen waren, verließen die Freunde die Börse wieder. Nun standen sie wieder an der großen breiten Straße.

Die Taxen brausten vorüber. Und die Menschen hasteten die Straßen entlang. Nur Angi hatte schon wieder etwas Interessantes entdeckt.

Neben ihm stand ein merkwürdiger kleiner Junge mit großen weißen Augen und einer ganz dunklen Haut. »Hast du dich schwarz angemalt?«, fragte Angi den schwarzen Jungen. Der Junge sah Angi an, aber er verstand nicht, was Angi von ihm wollte.

Nun wurde Peter auf die beiden aufmerksam und gesellte sich zu ihnen. Da fragte Angi auch schon: »Sollen wir ihn mitnehmen?« Aber Peter schüttelte den Kopf: »Angi, das geht doch nicht. Der Junge wohnt hier. Außerdem, was willst du mit ihm anstellen?« »Waschen, er ist so schmutzig«, antwortete Angi.

»Auch das geht nicht, seine Haut ist so schwarz. Die kannst du nicht sauber waschen.«

Vorsichtig berührte Angi die Haut des Jungen. Anschließend sah er seine Hand an und sagte: »Tatsächlich, er färbt nicht ab.« »Merkwürdig«, dachte Angi. So einen schwarzen Jungen hatte er noch nicht gesehen.

»Lasst uns doch endlich weitergehen!«, verlangte Klaus. »Und wohin sollen wir gehen?«, fragte Heiner. »Wir wollen doch zum Disneyland fliegen.«

»Wir sind hier in New York, da muss es doch noch mehr als nur Wolkenkratzer geben«, erklärte Peter. Angi sah hinauf zu den Wolken. »Wo kratzen die Wolken?«, wollte er wissen.

Peter und Klaus mussten grinsen. »Angi, die großen Häuser, das sind Wolkenkratzer«, klärte Peter Angi auf. Aber Angi sah noch einmal zum Himmel hinauf und wunderte sich.

»Jetzt weiß ich, was wir machen, eine Stadtrundfahrt«, schlug Peter vor. »Wir rufen ein Taxi herbei und sausen los. Angi, du musst Geld herbeizaubern. Amerikanische Dollar.« »Wie sehen sie aus?«, wollte Angi wissen. »Wo sind Dollar?« »Wir müssen eine Bank aufsuchen«, schlug Klaus vor.

Die Freunde begannen mit der Suche. Plötzlich blieb Peter stehen und zeigte zu einem Bettler hin. Der saß vor dem Eingang eines Restaurants und hatte seinen Hut vor sich auf dem Boden stehen. »Angi, sieh dort in dem Hut, da liegen Dollar, die kannst du dir ansehen und dann zauberst du für uns Dollars herbei!«

Angi ging langsam zu dem Bettler hin. Dicht vor ihm blieb er stehen und sah ihn an. Dann beugte er sich über den Hut und betrachtete das Geld. Im Hut lag ein Fünf-Dollar-Schein. »Na, mein Kleiner, was suchst du denn? Willst du mir mein Abendbrot stehlen?«, fragte der Bettler. Angi schüttelte den Kopf: »Nein, nein, ich möchte mir nur das Geld ansehen. Warum hast du nur einen Schein?«

»Du bist gut, den habe ich selbst in den Hut gelegt, damit die Leute mir etwas geben.« »Soll ich dir etwas geben?«, fragte Angi. Der Bettler lachte laut los. »Du kleiner Hungerleider hast doch selbst nichts. Aber wenn du Hunger hast, gebe ich dir gern etwas zu essen.« Er stand auf, nahm seinen Hut und packte Angi am Ärmel von dessen Jacke. »Aber ich möchte doch nur dein Geld sehen«, protestierte Angi und wollte sich befreien.

»Ach, Papperlapapp, du kommst jetzt mit!« Dann zog der Mann Angi mit sich. »Wir gehen jetzt zum besten Imbiss von ganz New York und essen uns satt.« Angi blickte zurück und sah, dass die Freunde ihnen folgten. »Was macht der Bettler, was will er von Angi?«, fragte Heiner. »Weiß ich nicht, aber ich schätze, Angi weiß, was er tut. Im Notfall sind wir bei ihm. Also hinterher!«, sagte Peter.

Da blieb der Bettler auch schon vor einem Imbiss stehen. »Also, mein Junge, was möchtest du essen, einen Big Mac?« Angi war einverstanden. Und schon hatte Angi einen dicken Big Mac in der Hand. Auch der Bettler verdrückte mit Genuss seinen Big Mac. Zufrieden lächelte er Angi zu. »Ich wusste doch, dass du Hunger hast, mein Junge. Siehst du, jetzt sind wir Brüder.« Angi stopfte und stopfte. Dabei sah er immer wieder zu seinen Freunden hin. Die kamen langsam näher zu den beiden ungleichen Freunden hin. Auf einmal fragte Heiner: »Angi, was isst du da? Darf ich auch einmal abbeißen?«

Der Bettler sah Heiner erstaunt an. »Hast du etwa auch Hunger? Gehört ihr zusammen?« Heiner stimmte zu und sagte: »Die auch noch.« Dabei zeigte er auf Klaus und Peter.

»Was, noch mehr von euch, ihr macht mich ja pleite. So viel Geld habe ich heute noch gar nicht eingenommen. Egal, kommt her! Euch kriege ich auch noch satt. Dann lasse ich heute einmal anschreiben und bezahle morgen.«

Als sich die Jungen satt gegessen hatten, fragte der Bettler auch noch, was sie denn trinken wollten. Zufrieden sah er die Jungen an. »So, meine Kinder, aber jetzt muss ich wieder zurück zu meinem Stammplatz und arbeiten.« Er setzte seinen Hut auf den Kopf und trottete langsam davon. Er drehte sich noch einmal um und winkte den Freunden zu, dann verschwand er um die nächste Ecke.

»Da bist du platt, was?«, sagte Klaus. »Ein Bettler gibt uns etwas zu essen und zu trinken.« »Ja, immer die Ärmsten teilen ihren letzten Pfennig«, stimmte Peter Klaus zu und dabei war er sehr nachdenklich. »Dollar«, sagte Angi plötzlich. »Natürlich Dollar, hast du wenigstens gesehen, welches Geld wir brauchen?«, fragte Peter. Angi hatte den Fünf-Dollar-Schein gesehen. Klaus wurde schon wieder ungeduldig und verlangte von Angi: »Na los, zaubere uns das Geld herbei!«

Peter sah sich um, er wollte keine Zeugen haben. Peter zeigte zu einem nahen Hauseingang und bat Angi: »Angi, komm, wir gehen dort hinein, es muss ja nicht jeder sehen, wie du zauberst!« »Wie viele Dollar möchtest du denn haben?«, fragte Angi. »Mach mal so fünfzig Scheine!«, antwortete Peter. Angi berührte sein Ohr und zauberte fünfzig Fünf-Dollar-Scheine herbei.

»Cool«, meinte Klaus, als er das Geld sah. »Das reicht erst einmal«, meinte Peter. »Sollten wir mehr brauchen, kann Angi schnell noch etwas herbeizaubern. Also los, Brüder, suchen wir uns ein Taxi!« Die Jungen stellten sich an die Straße, winkten und winkten, aber kein Taxi hielt an. Peter sah Angi an. »Ich glaube, du musst nachhelfen. Halt einfach das nächste Taxi an!«

Angi berührte sein Ohr, und als das nächste Taxi gerade an ihnen vorbeifahren wollte, sagte er: »Sofort anhalten!« Ruckartig stand das Taxi still. Beinahe wäre der Fahrer mit dem Kopf gegen die Scheibe geflogen. Die Jungen liefen zum Taxi und wollten die Türen öffnen. »Was soll das? Habt ihr überhaupt Geld?« Angi ging zum Fahrer und hielt ihm das Geld hin. »Oh ja, dann steigt mal ein!«, rief der Fahrer. »Hat man euch nicht angesehen, dass ihr reich seid. Wo soll es denn hingehen?«

»Eine Stadtrundfahrt, bitte!«, befahl Peter.

»So, eine Stadtrundfahrt, aber natürlich, die Herren.«

Als sie um die nächste Ecke fuhren, sah Angi den Bettler. »Halt!«, rief er.

»Wie, was denn, ich denke, ihr wollt eine Stadtrundfahrt machen?«

»Ja, gleich!« Angi öffnete die Tür und lief hinüber zu dem Bettler.

»Hallo, mein Junge, was willst du denn schon wieder hier?«, fragte dieser. Angi schaute in den Hut. Und wieder lag nur eine Fünf-Dollar-Note im Hut.

»Ja, ja, es sind magere Zeiten, mein Junge. Aber wir werden schon genug zu essen bekommen. Wo sind denn deine Freunde?« Angi zeigte zum Taxi. »Wie denn, was denn, ihr könnt euch ein Taxi leisten? Und ich dachte, ihr wärt so arm. Na, es hat mich trotzdem gefreut, euch satt zu füttern«, sagte er und dabei lachte er Angi mit seinen großen blauen Augen an.

Währenddessen hatte Angi sein Ohr berührt und den Hut voll gezaubert mit Fünf-Dollar-Scheinen. Er winkte dem Bettler noch einmal zu und lief zurück zum Taxi. »Kommt bald wieder einmal vorbei!«, rief der Bettler ihnen noch nach. Dann verschwand das Taxi mit den Jungen im Verkehrsgewühl.

Der Bettler sah, wie die vorbeigehenden Leute zu ihm hinsahen. »Leute, starrt mich nicht so an, gebt mir lieber einen Dollar!«, rief er. »Mann, sei nicht so gierig, hast du noch nicht genug für heute?«, fragte jemand im Vorbeigehen. Der Bettler sah in seinen Hut und kam aus dem Staunen nicht mehr heraus. Woher kam plötzlich das viele Geld? Es hatte doch niemand etwas in den Hut gelegt. Und nun war dieser plötzlich bis zum Rand gefüllt und neben dem Hut lagen auch noch ein paar Scheine.

»Bevor der Wind das Geld davonweht, stecke ich es lieber schnell ein«, dachte der Bettler und stopfte seine Taschen voll. »Was mache ich nur mit so viel Geld?«, dachte er. Er könnte wieder einmal baden und in einem richtigen Bett schlafen. Aber dann müsste er sich ein kleines Zimmer suchen. Entschlossen verließ er seinen Stammplatz und machte sich auf die Suche nach einer preiswerten Pension.

Bald darauf fand er die passende Pension. Dort mietete er sich ein kleines Zimmer, badete ausgiebig in dem schönen warmen Wasser und legte sich in das schöne weiche Bett. Bevor er einschlief, dachte er noch: »Ich werde das Zimmer den Winter über behalten.« Und er überlegte immer noch: »Woher ist nur das viele Geld gekommen?« Aber dann schlief er glücklich und zufrieden ein.

Währenddessen fuhren die Jungen noch kreuz und quer durch die Stadt. Langsam wurde es dunkel und die Lichter der Stadt erstrahlten. Die Jungen waren so vertieft in den Anblick und den Glanz der Lichter der großen Stadt, dass sie erstaunt zum Fahrer hinsahen, als der plötzlich den Wagen anhielt. »So, Feierabend für heute. Also, Jungens, jetzt wird gezahlt und den Rest des Weges müsst ihr zu Fuß weitergehen. Ich wohne hier.« Dabei zeigte er auf ein großes altes Mietshaus.

Peter protestierte sofort: »Aber Sie können uns doch hier nicht aussteigen lassen. Wir wissen doch gar nicht, wo wir sind.« »Ihr seid in New York und ich habe jetzt Feierabend. Nun schiebt schon die Mäuse rüber und dann raus mit euch!«

Peter sah Angi an, er war stocksauer. »Gut«, sagte Peter, »wir steigen jetzt aus, aber wir sind sehr, sehr verärgert über Ihr Verhalten.« Peter nickte Angi noch einmal zu.

Und Angi verstand, was Peter von ihm wollte. »Wir werden jetzt gehen und nicht bezahlen«, sagte Peter. Die Jungen stiegen aus und gingen davon. »Halt, ihr Lümmel, kommt sofort zurück und gebt mir mein Geld für die Fahrt!«

Er wollte aussteigen, aber er bekam die Tür nicht auf. Angi hatte sein Ohr berührt und die Türen verschlossen. Der Taxifahrer rüttelte wütend an der Tür und schimpfte. Dann versuchte er es an einer anderen Tür, aber auch die ließ sich nicht öffnen. Die Jungen drehten sich noch einmal um und sahen, dass der Fahrer schimpfte und an den Türen zerrte. Die Freunde sahen sich an. Wie sollten sie jetzt zurückfinden? Aber Peter erinnerte Angi daran, dass ihre Tasse auf dem Hoteldach stand und Angi sie rufen sollte.

Gerade als Angi sein Ohr berühren wollte, um die Tasse herbeizurufen, kamen aus einer dunklen Ecke ein paar Männer hervor, und die steuerten direkt auf die Jungen zu. »Ja, was haben wir denn hier für einen lustigen Kindergarten? Was habt ihr hier in unserem Revier verloren?« Sie gingen um die Jungen herum und stießen sie hin und her. »Was habt ihr denn Schönes bei euch? Lasst uns doch mal in eure Hosentaschen sehen!«

Dummerweise kam Peter zuerst an die Reihe. »Nein, das glaube ich jetzt nicht. Der Bengel hat die Taschen voll mit Kohle. Seht mal her, alles Fünf-Dollar-Scheine! Jungens, der Abend ist gerettet. Habt ihr auch noch Geld?«, fragte der große schwarze Mann. »Wir haben nichts mehr«, antwortete Heiner und zitterte dabei ängstlich.

»So, ihr habt nichts mehr. Ja, was machen wir denn jetzt mit euch?« Einer der Männer hatte plötzlich ein Messer in der Hand. »Wir bringen sie dort hinüber zur alten Fabrik und dann zack«, er machte eine eindeutige Bewegung mit dem Messer.

Nun bekamen die Freunde schreckliche Angst. Heiner wollte sofort davonlaufen, aber der Messermann packte blitzschnell zu und hielt Heiner an seiner Jacke fest. »Weglaufen willst du, Bürschchen? Dann bist du der Erste, dem ich den Hals abschneide.« Er zog Heiner hinter sich her und die anderen Männer schnappten sich Peter, Klaus und Angi. Peter stemmte sich verzweifelt gegen den angreifenden Mann und rief: »Angi, nun hilf uns doch endlich!«

Aber der Mann hatte Angi im Arm und drückte ihn fest an sich. Angi konnte sein Ohr nicht berühren. Die Männer schleppten die Freunde ein paar Treppen hinunter. Peter ahnte, dass es zur U-Bahn hinunterging.

Jetzt bekam auch Angi schreckliche Angst und weinte und schrie: »Lass mich los, lass mich runter, sonst werde ich sehr böse mit dir!«

Aber der Mann lachte nur und schleppte Angi hinter den anderen her. Klaus stand der Schweiß auf der Stirn und er keuchte: »Lasst uns lieber los und tut uns nichts, sonst passiert etwas Schlimmes mit euch!«

»Was knurrst du da, du kleiner Wurm? Mit euch passiert gleich etwas Schlimmes. Aber zuerst wollen wir noch unseren Spaß mit euch haben.« Nach vielen Treppen und dunklen Gängen zwängten die Männer sich und die Jungen durch eine schmale Tür in ein dunkles, übel riechendes Zimmer. In der Mitte des Zimmers leuchtete eine Glühbirne auf. Die Jungen sahen sich um und zitterten am ganzen Körper.

»Was wollt ihr denn von uns?«, fragte Peter ängstlich. Dabei sah er heimlich zu Angi hin. »Lasst uns doch gehen, wir haben euch doch unser ganzes Geld gegeben!« Der Mann mit dem Messer ließ Heiner los und ging ganz dicht an Peter heran. Peter roch seinen schlechten Atem, beinahe wäre ihm übel geworden.

»Vielleicht habt ihr ja noch mehr Geld, wer weiß? Wir werden es noch bei euren Eltern versuchen. Wie sprecht ihr überhaupt, ich verstehe kein Wort, und woher kommt ihr?« »Wir kommen aus dem Forsthaus, dort sprechen wir immer so«, sagte Angi. Auch Peter hatte Mühe, mit seinem Englisch die Männer zu verstehen, um mit ihnen zu reden. »So, so, aus dem Forsthaus. Und wo steht das Forsthaus?« »In Germany«, erklärte Klaus. »Oh yes, Germany«, wiederholte der Messermann. »Also seid ihr Touristen. Dann werden wir euch als Geiseln hierbehalten und von euren Eltern noch mehr Geld verlangen.« »Aber unsere Eltern wissen doch gar nicht, dass wir hier sind«, sagte Peter. »Das lässt sich schnell ändern, wir werden sie anrufen. Also, wie lautet eure Telefonnummer?«

»Das könnt ihr nicht machen, unsere Eltern würden einen großen Schreck bekommen.«

»Ach, wie traurig, was glaubt ihr wohl, wie ihr euch gleich erschreckt, wenn du uns nicht sofort eure Telefonnummer sagst?« Aber Peter dachte: »Das darf auf keinen Fall geschehen.« Darum nannte er dem Mann eine falsche Nummer. »Nicht so hastig, mein Sohn, ich muss mir die Nummer aufschreiben! Also jetzt noch einmal von vorn!«

Peter hatte die falsche Nummer schon wieder vergessen und stotterte krampfhaft herum. »Du sagst mir doch die richtige Nummer?«, fragte der Messermann und sah Peter tief in die Augen. »Natürlich sage ich die richtige Telefonnummer. Es ist nur so, ich weiß sie noch nicht genau, wir haben erst vor kurzem eine neue Nummer bekommen.«

»Das wollte ich doch sagen, du hast mir nämlich zuerst eine andere Nummer genannt.« »Ja, das war unsere alte«, stotterte Peter, und der Schweiß stand ihm auf der Stirn.

»Bürschchen, spiele keine Spielchen mit uns, sonst bist du dran!« »Nein, nein, ich sage die Wahrheit«, bestätigte Peter noch einmal. »Also, dann gehe ich jetzt und rufe eure Eltern an.« Der Mann ging zur Tür und wollte sie öffnen. Aber Peter hatte Angi angesehen und den Kopf geschüttelt. Darum hatte Angi schnell die Tür verschlossen.

Der Messermann zerrte und drückte an der Tür herum, aber sie ließ sich nicht öffnen. »Die Tür klemmt mal wieder. Na ja, so eilig ist es nun auch wieder nicht. Morgen ist auch noch ein Tag.« Er sah seine Kumpels an und fragte sie, ob noch Bier da sei.

Ein anderer Mann saß in der Ecke. Vor ihm stand eine Flasche Bier und er kaute auf irgendetwas herum. Der Messermann brüllte ihn an: »Sauf nicht alles allein! Reich mir das Bier herüber!« Der andere murmelte vor sich hin und holte aus einer dunklen Ecke mehrere Bierflaschen. Nun tranken sie alle miteinander und sahen immer wieder zu den Jungen hin.

Die vier Freunde standen nebeneinander, und Peter flüsterte mit Angi. »Was heckt ihr zwei da aus? Setzt euch sofort auf die Matratze und es wird kein Wort mehr gesprochen, sonst kleben wir euch das Maul zu!« Peter hörte, dass die Männer noch mehr Bier haben wollten. »Angi, die

brauchen Bier«, flüsterte Peter. »Gib ihnen Bier, damit sie einschlafen!«
Angi berührte sein Ohr und schon standen wieder ein paar Bierflaschen in der Ecke.

Die Männer schluckten und schluckten und bald fiel einer nach dem
anderen rückwärts auf die alte Matratze hinter ihnen. Anschließend
schnarchten sie um die Wette.

Jetzt war der richtige Moment gekommen. Peter flüsterte Angi
ins Ohr: »Lass sie tief schlafen!« Angi sah die Männer an und sagte:
»Schlafen, schlafen, bis morgen schlafen!« Nun öffnete Angi die Tür
und die Jungen schlichen eilig davon.

Als sie endlich wieder auf der Straße standen, fiel ihnen ein Stein
vom Herzen, denn sie waren froh, dass sie den bösen Männern ent-
kommen waren. Sie sahen sich nach allen Seiten um, denn noch so
ein Abenteuer wollten sie lieber nicht erleben.

»Ob der Taxifahrer noch in seinem Taxi sitzt?«, fragte Klaus. Peter
sagte: »Natürlich, den müssen wir wieder befreien.« »Und wenn er uns
verhaut?«, fragte Heiner ängstlich. Peter beruhigte Heiner: »Das wird
Angi verhindern.« Die Freunde gingen zu dem Ort zurück, wo sie das
Taxi verlassen hatten.

Es wurde schon langsam hell. Die Sonne färbte den Himmel oran-
gerot. Und die Freunde waren so müde und so hungrig. Der Taxifahrer
saß noch immer in seinem Taxi und schlief. Heiner wollte sofort in das
Taxi steigen. »Einen Moment noch!«, sagte Peter. »So einfach geht das
nicht. Angi, sag dem Fahrer, er darf sich nicht mehr an das Geschehene
von gestern erinnern. Er darf uns gar nicht kennen.« Vorsichtig gingen
die Jungen zum Taxi hinüber.

Der Fahrer schlief tief und bewegte sich nicht. Angi berührte sein
Ohr und sagte, was Peter ihm vorgegeben hatte. »Jetzt kannst du ihn
wecken«, befahl Peter.

Der Fahrer machte die Augen auf und sah die Jungen erstaunt an.
»Na so was, bin ich doch glatt eingeschlafen. Wie spät ist es denn?
Und was wollt ihr?« »Einsteigen«, antwortete Angi. »Habt ihr denn

überhaupt Geld?«, wollte der Fahrer wissen. »Könnt ihr die Fahrt überhaupt bezahlen?«

Peter lief rot an. Die Männer hatten ihnen doch das Geld abgenommen. Er gab Angi einen kleinen Stoß in die Rippen. »Geld, Angi, du hast doch Geld in deiner Tasche.« Angi schüttelte den Kopf und sagte: »Die Männer haben das Geld.«

»Also habt ihr kein Geld, dann kann ich euch auch nicht fahren.« Er schloss die Wagentür und wollte davonfahren. »Halt!«, rief Peter. »Wir haben Geld! Angi, schnell zaubere Geld her!«, flüsterte Peter. »Sonst müssen wir laufen.« Das wollte Angi auch nicht. Er zauberte schnell wieder Fünf-Dollar-Scheine in Peters Tasche hinein. »Hier ist Geld«, sagte Peter und zeigte dem Fahrer die Scheine.

»Dann verstehen wir uns. Also, dann dürft ihr alle einsteigen. Wo soll die Fahrt denn hingehen?«

»Na, dorthin, wo wir gestern abgefahren sind«, sagte Heiner. Klaus stieß Heiner seinen Ellenbogen in die Rippen. »Au!«, schrie Heiner. »Was weiß ich, wo ihr gestern abgefahren seid«, sagte der Fahrer und sah sich unschlüssig um.

Nun mischte Peter sich ein und erklärte dem Fahrer: »Fahren Sie uns zur Börse, unser Hotel steht dort, wo die Börse ist!« »Sagt das doch gleich!«, brummte der Fahrer und brauste los. Es dauerte nicht lange und die Jungen standen vor dem großen Hotel, auf dem die Tasse stand.

Peter bezahlte, und sofort stiegen neue Fahrgäste in das Taxi. Die Jungen waren zufrieden und wollten das Hotel aufsuchen. Plötzlich blieb Peter stehen. Er drehte sich um und suchte Angi. »Wo ist der denn schon wieder hin?«, fragte er Klaus. »Eben war er doch noch neben mir.«

»Ja, eben, davon haben wir nichts. Wo er jetzt ist, frage ich dich.« »Das weiß ich doch auch nicht«, knurrte Klaus vor sich hin. »Er wird schon nicht verloren gehen.«

»Und wenn doch? Was wird dann aus uns?«, fragte Peter. »Wir müssen ihn sofort suchen.« Peter sah zur Börse hinüber. »Da war doch der Bettler mit dem Hut«, dachte er. Sollte Angi vielleicht ... Natürlich!

»Hier entlang!«, rief Peter Klaus und Heiner zu. Selbstverständlich stand Angi bei dem Bettler und beugte sich über den am Boden liegenden Hut.

Der Bettler sprach Angi sofort an: »Hallo, mein Junge, da bist du ja wieder! Hast du wieder Hunger? Ich habe heute schon gut eingenommen. Das reicht auch noch für deine Freunde. Wo sind sie denn?« Er sah an Angi vorbei und erkannte, dass die Jungen auf dem Weg zu ihnen waren.

Angi interessierte sich wieder einmal für den Hut. »Nichts drin«, stellte er fest. Der Bettler nickte Angi zu und erklärte ihm: »Ach, weißt du, mein Kleiner, ich nehme das Geld immer aus dem Hut und stecke es in meine Tasche. Wenn die Leute sehen, dass Geld im Hut liegt, geben sie mir nichts mehr. Hallo, meine Freunde, wir haben schon auf euch gewartet, lasst uns gemeinsam essen gehen!«

Er setzte seinen Hut auf und ging voran. »Nun kommt schon! Ach, übrigens, da muss ich euch noch etwas erzählen. Denkt doch nur, als ihr letztens bei mir wart und nachdem ihr fortgegangen seid, habe ich wie immer meinen Hut vor mich hingelegt. Und, was soll ich euch sagen, haltet mich nicht für verrückt! Ich erzähle euch die volle Wahrheit. Also, was rede ich lange herum? Es ist niemand gekommen und hat Geld in meinen Hut geworfen, und trotzdem war er plötzlich randvoll. Voll mit Fünf-Dollar-Scheinen. Fragt mich nicht, woher das Geld gekommen ist! Vielleicht kam es vom Christkind. Dabei ist es noch eine Weile hin bis Weihnachten. So, da sind wir.«

Er winkte den Verkäufer zu sich und rief: »Kumpel, wir haben Hunger! Versorge uns mit Essen und Trinken! Aber heute nur vom Feinsten, denn das hier sind meine besten Freunde.«

Jetzt merkten die Jungen erst wieder, wie hungrig sie waren. »Nun fragt mich doch schon, was ich mit dem vielen Geld gemacht habe!«

Der Bettler sah die Jungen ungeduldig an. »Na?« Aber die Jungen wussten darauf keine Antwort und zuckten mit den Schultern.

»Ich bin in eine Pension gegangen und habe in einer richtigen Wanne gebadet. Und anschließend habe ich in einem richtigen Bett geschlafen. Ich sage euch, das war eine Wohltat, so ein heißes Bad. Und geschlafen habe ich wie auf Wolken. Und nun kommt das Schärfste. Ich habe mir ein kleines Zimmer gemietet.« »Das war eine gute Idee«, gab Peter dem Bettler recht und die anderen stimmten ebenfalls zu.

»Jetzt kann der Winter kommen«, sagte der Bettler. »Und vielleicht geben die Leute mir so viel, dass ich mein Zimmer für immer behalten kann.«

Angi nickte und sah den Hut an. Eine Dollarnote rutschte unter dem Hut hervor. Angi flüsterte leise: »Voll, immer voll!« Als sie gegessen und getrunken hatten, erklärte Peter dem Bettler: »Heute sind Sie unser Gast.« »Aber nicht doch, mein Junge, das kannst du mir doch nicht antun. Du beschämst mich. Ich kann mich doch nicht von Kindern aushalten lassen.«

Aber Peter hatte die Rechnung schon bezahlt und die Jungen verabschiedeten sich. »Wir müssen jetzt dringend weiter«, sagte Peter. Danach überquerten sie eilig die Straße und gingen schleunigst in das Hotel. Nur Angi drehte sich noch ein paar Mal um und winkte dem Bettler zu. Dieser winkte den Jungen so lange nach, bis sie im Hoteleingang verschwunden waren.

»Kumpel, verliere dein Geld nicht!«, sagte der Imbissverkäufer zu dem Bettler.

»Was meinst du?«, fragte der Bettler.

»Da, oben aus deinem Hut fällt das Geld heraus.«

Der Bettler nahm seinen Hut vom Kopf, und sogleich fielen ein paar Geldscheine auf den Boden. »So ein Geschäft möchte ich auch einmal machen«, meinte der Imbissverkäufer. Der Bettler wusste nicht, was er sagen sollte. Woher kam schon wieder das viele Geld? Eilig sammelte er die Scheine auf und schenkte dem Verkäufer einen davon. Dann setzte er seinen Hut wieder auf und eilte im Laufschritt zu seiner kleinen Pension. Dort saß er noch lange vor seinem Hut und grübelte, woher schon wieder das viele Geld kam. Er nahm die Scheine aus seinem Hut, und sofort war der Hut wieder bis zum Rand voll mit Geldscheinen.

»Es ist ein Wunder«, dachte der alte Mann. »Aber wer hat das Wunder vollbracht?« Es konnte nur der kleine blonde Junge gewesen sein. »Er muss ein Engel sein, er muss direkt vom Himmel herab zu mir gekommen sein.« Der Bettler überlegte so lange, bis er eingeschlafen war.

»Nun komm doch endlich!«, rief Peter Angi zu. »Du weißt doch, dass wir auf dem schnellsten Weg nach Hause müssen.« Sie betraten das große Hotel, und gerade als sie den Fahrstuhl benutzen wollten, hörten sie: »Ja, wo wollt ihr denn hin?« Der Liftboy versperrte den Jungen den Weg. »Wir wohnen doch hier«, antwortete Klaus.

»Und darf ich fragen, seit wann? Und wie kommt es, dass ich euch hier noch nicht gesehen habe?« »Wir sind gestern Abend erst spät angekommen«, erklärte Peter.

»So, und ihr wohnt alle vier in einem Zimmer, was?«

»Natürlich nicht, wir haben zwei Zimmer«, antwortete Peter. »Ohne eure Eltern, was? Das ist mir doch ein bisschen zu komisch. Das wollen wir doch zuerst einmal überprüfen. Ihr kommt jetzt mit zur Rezeption!« Er ging voran und winkte den Freunden zu, ihm zu folgen.

Peter sah Angi an und flüsterte: »Schnell, alle anfassen!« Angi verstand, was Peter wollte, er berührte sein Ohr, und die Jungen waren unsichtbar. Sie gingen zurück zum Lift und Peter drückte den Knopf für das oberste Stockwerk.

Der Liftboy wollte sich gerade beim Pförtner über die vier Jungen erkundigen. Er sah sich um, aber die Jungen waren verschwunden. Im selben Augenblick schlossen sich die Türen des Lifts, aber der Lift war leer.

»Die Jungen können sich doch nicht in Luft aufgelöst haben. Ich habe doch eben noch mit ihnen gesprochen. Ich phantasiere doch nicht«, dachte er. Trotzdem erkundigte sich der Liftboy bei dem Portier nach vier allein reisenden Jungen, die am Vorabend angeblich zwei Hotelzimmer gebucht hatten. »Hier sind keine vier Jungen eingetragen. Weder gestern Abend noch während des Tages«, erklärte der Portier.

»Wo sind sie denn nur geblieben? Ich werde sie suchen«, dachte der Liftboy. Er eilte zum Lift. Aber dort warteten bereits Gäste und die wollten in das nächste Stockwerk fahren.

Inzwischen waren die Jungen in der letzten Etage angekommen und suchten den Ausgang zum Dach. Endlich standen sie vor der Ausgangstür. Natürlich war sie verschlossen, aber das war ja kein Problem für Angi. Er berührte kurz sein Ohr, und die Tür öffnete sich wie von Geisterhand. Peter sagte: »Schnell, raus hier und, Angi, vergiss nicht, die Tür hinter uns wieder zu verschließen!«

Klaus wollte als Erster wissen, ob die Tasse noch da ist. »Aber ja«, sagte Angi und machte sie sichtbar. »Jungs, wir sind in Sicherheit!«, rief Peter. »Angi, mach die Leiter sichtbar!« Kaum war die Leiter da, stiegen die Freunde in ihre Tasse.

In der Tasse angekommen, fragte Klaus sogleich: »Sollen wir denn wirklich schon zurückfliegen?« »Klaus, es wird höchste Zeit, dass wir uns bei unseren Eltern melden. Die machen sich schon wieder große Sorgen um uns«, mahnte Peter.

»Du hast ja recht, dann lasst uns losfliegen! Angi, worauf wartest du noch?«, rief Klaus. »Hoffentlich geht diesmal alles gut. Schließlich müssen wir schon wieder über Wasser fliegen«, sagte Peter und sein Gesichtsausdruck war alles andere als zuversichtlich.

Die Tasse startete mit einem kleinen Ruck. Heiner plumpste auf den Hosenboden und riss die Augen weit auf. Die drei Freunde wollten sich totlachen. Nur Heiner schimpfte.

Aber Peter beruhigte Heiner und schlug den Freunden vor: »Lasst es uns gemütlich machen, wir legen uns schlafen, und morgen früh sind wir wieder zu Hause!« Aber Klaus protestierte wieder einmal: »Ich habe noch Hunger und mit leerem Magen kann ich nicht einschlafen.« »Ich auch, ich auch!«, riefen Heiner und Angi. Klaus sah Angi an und sagte: »Also, großer Zauberer, wie wäre es, wenn du für uns einen dicken Truthahn herbeizauberst? Dann können wir uns wieder einmal so richtig satt essen. Aber bitte schön knusprig gebraten.« Klaus sah Peter an.

Der schüttelte verständnislos den Kopf. Aber Klaus war der Meinung: »Also, wenn wir schon einmal in Amerika sind, können wir auch einen Truthahn essen. Alle Amerikaner essen Truthähne, das habe ich im Fernsehen gesehen.«

Peter gab nach und sagte: »Also meinetwegen, Angi, bestelle für uns einen dicken Truthahn!« Angi berührte sein Ohr und gab seinem Helfer den Befehl: »Herbei, du großer dicker Truthahn!« Angi hatte die Worte kaum ausgesprochen, da plumpste ein dicker Truthahn direkt neben Heiner auf den Boden. Beinahe wäre Heiner platt gewesen.

»Was ist das denn, so ein riesengroßes Vieh habe ich in meinem ganzen Leben noch nicht gesehen!«, rief Peter. Angi sah Peter schuldbewusst an. »Ist er verkehrt?«, fragte er. Aber Klaus rief sofort: »Nein, nein! Das hast du prima gemacht, aber das Messer fehlt noch, oder sollen wir wie die Wölfe darüber herfallen?« Angi zauberte auch noch ein Messer, Gabeln und Teller herbei, und nachdem die Freunde den dicken Truthahn gemeinsam auf den kleinen Tisch gehoben hatten, schnitt Peter für jeden ein Stück nach dem anderen ab. Die Jungen schmatzten laut vor sich hin. Sogar Peter war zufrieden, denn der Truthahn schmeckte auch ihm ausgezeichnet.

»Ich kann nicht mehr«, schnaufte Heiner. »Was, bist du schon satt?«, fragte Klaus erstaunt. »Ich esse jedenfalls so lange, bis ich platze. Peter, gib mir noch die große Keule, bevor sie ein anderer haben will!«

Peter schnitt die Keule ab und reichte sie Klaus. Der schwenkte sie hoch über seinem Kopf und johlte vor Freude. Angi konnte auch nichts mehr essen und kurz darauf gab auch Peter auf. Nur Klaus knabberte noch immer an seiner Keule herum. So langsam wurde er rot im Gesicht. »Mensch, ich kriege keine Luft mehr!«, stöhnte er.

»Du hast dich überfressen«, erklärte Peter. »Ich hoffe nur, dass du nicht alles wieder rauswirfst. Dann schmeißen wir dich aus der Tasse raus.« »Na gut«, sagte Klaus, »dann höre ich jetzt auch auf zu essen und lege mich ebenfalls schlafen. Aber, Angi, lass ja den Truthahn liegen, den essen wir morgen früh!« Angi hörte schon nichts mehr, er lag in seine Decke gerollt und träumte von seiner Familie und dem Raumschiff.

Klaus wusste nicht, wie er liegen sollte. Wie er sich auch drehte, der Bauch war im Weg. Er schnaufte und stöhnte, und es dauerte eine ganze Weile, bis auch er endlich eingeschlafen war.

Mitten in der Nacht wurde Peter wach. Was war passiert? Die Tasse schaukelte hin und her. Dann drehte sie sich nach allen Seiten und der Truthahn rollte direkt auf Peter zu. Mit einem Satz sprang Peter aus seiner Matte und schrie: »Das Biest will mich erdrücken!«

»Was ist denn los?«, wollte Klaus wissen und sah Peter mit halb geöffneten Augen an.

»Ja, merkst du denn nichts? Die Tasse schaukelt wie wild herum.«

»Lass sie doch, Hauptsache, wir fallen nicht raus, und das geht ja wohl nicht. Die Tür ist doch zu, oder?« Klaus richtete sich auf und sah zur Tür hin.

Im selben Augenblick kippte die Tasse zur Seite und Klaus fiel ebenfalls aus seiner Matte heraus und sauste durch die Tasse. Bevor Klaus gegen die Tür geworfen wurde, kippte die Tasse noch einmal und Klaus sauste wieder zurück zu seinem Schlafplatz.

Da schrie Peter auch schon: »Heiner, Angi, wacht auf und haltet euch fest!«

Heiner war schlagartig wach und hielt sich fest. Und nun rutschten auch noch die Bänke kreuz und quer durch die Tasse. »Was ist nur los? Angi, kannst du nichts machen?«, rief Peter aufgeregt. Aber Angi hatte nicht so schnell reagiert. Er war mit dem Kopf gegen eine Bank gestoßen und in Ohnmacht gefallen. Währenddessen kippte die Tasse wieder in die andere Richtung, und Peter sauste hinüber zu Angi. Er packte zu und hielt sich an Angi fest. »He, Angi, was ist los mit dir, schläfst du noch?«

Aber Angi gab keinen Laut von sich. Nun wurde Peter unruhig, warum reagierte Angi nicht? »Er wird doch wohl nicht tot sein.« Das wäre ja furchtbar, ohne Angi wären sie verloren. Peter bekam entsetzliche Angst und die ersten Tränen liefen über sein Gesicht. Auch Klaus jammerte: »Angi, nun ruf doch endlich deinen Helfer!«

Aber Angi bewegte sich immer noch nicht. Peter schüttelte Angi und rief: »Angi, wach auf, du kannst uns doch jetzt nicht allein lassen!«

Endlich öffnete Angi die Augen und sah Peter erstaunt an. »Was ist denn los mit dir?«, fragte Peter. Aber Angi war noch immer benommen und wusste gar nicht, was Peter von ihm wollte. Nun kippte die Tasse wieder in die andere Richtung und Peter rutschte direkt auf Angi. Er umarmte Angi und hielt ihn so fest, als wollte er ihn nie wieder loslassen. Plötzlich war es ganz still und die Tasse schwankte nicht mehr hin und her.

»Es ist vorbei«, sagte Klaus erleichtert. »Was das wohl war? Wer hat uns nur so hin- und hergeschüttelt. Seht doch nur unseren schönen Truthahn an, der hängt doch glatt an der Türklinke!« »Der wollte bestimmt die Flucht vor dir ergreifen!«, rief Peter.

Endlich konnten die Freunde wieder lachen und bald darauf hatten sie sich auch wieder beruhigt. Sie waren froh, dass sie das Abenteuer heil überstanden hatten.

»Das kann doch nur ein Wirbelsturm gewesen sein«, meinte Peter. Klaus, Angi und Heiner gaben Peter recht. Nach der ausgestandenen Angst kuschelten sie sich wieder in ihre Decken und verschliefen den Rest der Nacht. Nur Peter blieb bei Angi und sah ihn noch ein paar Mal nachdenklich an. Aber dann schlief auch er endlich ein.

»Wo sind wir denn jetzt schon wieder gelandet? Wir sind doch nicht zu Hause«, hörte Peter Heiner sagen. Dieser war zuerst aufgewacht und hatte aus der Tasse hinausgesehen.

Bei den Indianern

Die Wiese ist voll mit großen schwarzen Kühen«, erklärte Heiner. »Mach mich nicht verrückt!«, rief Peter noch halb im Schlaf. »Wir müssen zu Hause sein, und dort gibt es keine schwarzen Kühe.« Er stürzte zum Fenster und es verschlug ihm wieder einmal die Sprache. Jetzt krabbelte auch Angi aus seiner Schlafecke und sah Peter fragend an. »Angi, was ist los, weißt du nicht mehr, wo wir zu Hause sind?«

Angi sah nun ebenfalls hinaus und auf die vielen Tiere, welche seelenruhig die Tasse umzingelt hatten und Gras fraßen. »Das sind Büffel«, erklärte Peter. »Was?«, rief Klaus. »Büffel? Dann sind wir bei den Indianern gelandet.« »Oh ja!«, rief Heiner begeistert. »Das ist prima! Dort wollte ich schon immer einmal hin.«

Aber Peter machte Angi heftige Vorwürfe: »Angi, ich habe dir doch gesagt, dass wir unbedingt nach Hause fliegen müssen. Du weißt genau, dass sich unsere Eltern große Sorgen um uns machen.« Aber Angi konnte auch nicht erklären, was schon wieder schiefgegangen war. Hatte er wieder einen falschen Befehl gegeben?

Die Jungen sahen sich ratlos an. »Ja, nun sind wir immer noch in Amerika«, sagte Klaus. »Also, Leute, lasst uns zuerst frühstücken, und dann sehen wir uns die Umgebung an!«

»Du denkst auch immer nur ans Essen!«, schimpfte Peter.

»Na ja, essen hält eben Leib und Seele zusammen«, antwortete Klaus.

»Also gut, Angi, bestelle für uns ein gutes Frühstück mit Rührei und Speck!«

»Und Honig und Butter und frische Brötchen«, wünschte sich Heiner.

Angi berührte sein Ohr und gab seinem Helfer die Anweisungen. Natürlich vergaß er nicht, auch eine Schüssel Moss zu bestellen. Worauf Peter die Stirn runzelte und kritisierte, wie Angi nur immer dieses

Zeug essen könne, übrigens wäre da auch noch der Rest von dem Truthahn. Aber Angi ließ sich nicht stören und löffelte in aller Ruhe seinen Pudding weg. »Du hättest mir auch ein wenig übrig lassen können«, meinte Heiner. Angi wollte sofort noch einmal Moss nachbestellen. Aber Heiner lehnte ab, das sei nicht nötig, er sei sowieso schon satt. Er wollte lieber Indianer sehen. »Hier gibt es doch welche?«, fragte er Peter. Der meinte: »Wo Büffel sind, sind auch Indianer. Seid ihr mit dem Essen fertig? Dann los, steigt alle aus! Aber ich sage euch, nur ein paar Stunden und dann geht es endgültig zurück nach Hause.«

Heiner wollte als Erster die Leiter hinuntersteigen, aber die Büffel machten keinen Platz, und als sie Heiner die Leiter herabsteigen sahen, wurden sie aggressiv. Blitzschnell kletterte Heiner wieder zurück in die Tasse.

»Was machen wir denn jetzt?«, fragte Klaus unschlüssig. »Da müssen wir uns etwas anderes einfallen lassen, was sollen wir auch inmitten einer Büffelherde machen? Wir wollen Indianer sehen, also los, Angi, flieg uns zu den Indianern!« Angi führte den Befehl aus und die Tasse sauste los.

Angi beobachtete die Gegend unter sich und entdeckte einen freien Platz. Er setzte die Tasse mitten in einem Indianerdorf ab. Plötzlich herrschte große Aufregung im Dorf. Die Indianer liefen durcheinander, zeigten mit den Fingern zur Tasse und verließen fluchtartig das Dorf. Die Indianer rannten, so schnell sie konnten, in den nahen Wald.

»So, das war es wohl«, sagte Peter. »Angi, du hast vergessen, die Tasse unsichtbar zu machen.« »Ja, hab ich vergessen«, bestätigte Angi. »Na ja, nun ist es eben passiert, lasst uns aussteigen, vielleicht kommen die Indianer bald wieder zurück! Und wenn sie sehen, dass wir keine Außerirdischen sind, beruhigen sie sich vielleicht wieder.« Die Jungen stiegen die Leiter runter und Angi machte die Tasse unsichtbar.

Zuerst sahen die Freunde sich im Indianerdorf um. »Lasst uns das Zelt dort besichtigen!«, meinte Heiner und zeigte zu einem Wigwam hin. »Wigwam, das ist ein Wigwam«, berichtigte Klaus. »Von mir aus«, stimmte Heiner zu und ging als Erster in den Wigwam hinein. Peter, Klaus und Angi folgten ihm. Sie sahen sich alles genau an. Überall hingen schöne Felle und bunte Decken. Plötzlich bewegte sich etwas unter einer der bunten Decken.

»Was liegt denn da?«, fragte Peter und hob die Decke ein wenig an. »Ein kleiner Indianer, seht ihn euch an!« Die Freunde kamen herbei und bestaunten den Kleinen.

Der sah die fremden Gesichter und schrie sofort laut los. »Hab keine Angst, wir tun dir nichts!« Peter wollte den kleinen Indianer beruhigen. Doch als Peter sich umdrehte, sah er etwas, was ihm das Blut in den Adern gefrieren ließ. Im Eingang des Wigwams standen mehrere Indianer mit Gewehren in den Händen, und die waren direkt auf die Jungen gerichtet.

Peter machte eine abwehrende Handbewegung und sagte: »Wir wollten dem Kleinen nichts antun, wir wollten ihn nur ansehen. Ganz bestimmt.« Klaus sah Peter an und fragte: »Mit wem sprichst du denn?«

Peter zeigte zum Eingang des Wigwams hin. Die Jungen drehten sich um und erblickten, was Peter so erschreckt hatte. Die Indianer sprachen hastig durcheinander und fuchtelten wild mit den Händen herum. »Angi, was sagen sie?«, wollte Peter wissen.

Angi berührte schnell sein Ohr und verstand nun, was die Indianer sprachen. Einer sagte: »Erschießen und im Wald vergraben.« Andere wieder wollten die Jungen erst einmal fesseln. »Nichts dergleichen dürft ihr tun«, sprach Angi die Indianer an. »Ihr seid alle fortgelaufen und habt den Kleinen hier allein gelassen. Wir wollten ihn nur betrachten. Außerdem sind wir keine bösen Kinder, wir möchten euch nur besuchen.«

Verblüfft sahen die Indianer Angi an, nur einer von ihnen wollte Angi ergreifen. »Fasse mich nicht an!«, warnte Angi den Indianer. »Sonst müsste ich dir sehr wehtun und das möchte ich nicht.« Der

Indianer lachte laut. »Du Wurm, du Ausgeburt einer Blindschleiche, was willst du? Mir wehtun?« »Nein, ich möchte es nicht, du darfst mich nur nicht berühren, das mag ich nicht.«

»So, das magst du nicht.« Er ging auf Angi zu und wollte ihn mit beiden Händen packen. Angi sah den Indianer an, und da war wieder dieser Blitz, den Peter schon einmal gesehen hatte, als Angi den Tiger betäubt hatte. Der Blitz traf den Indianer, und der stürzte wie ein gefällter Baum zu Boden. »Du hast ihn doch hoffentlich nur betäubt?«, fragte Peter ängstlich. Angi beruhigte Peter.

Aber wo waren die anderen Indianer? Die Jungen verließen den Wigwam und sahen die Indianer wie von der Tarantel gestochen davonlaufen. »Kommt doch zurück, lauft nicht davon, ich tue euch nichts Böses an!«, rief Angi den fliehenden Indianern nach. Aber die Indianer liefen wie die Hasen auf und davon.

»Dann müssen wir uns eben allein umsehen«, meinte Klaus. Die Freunde schlenderten noch einmal durch das Indianerdorf, sahen sich alles genau an und spielten mit den Spielsachen der Kinder. Nur Peter fand keinen Gefallen an den Sachen, er hätte gern einen schönen bunten Pfeil mit nach Hause genommen und so einen Federschmuck für seinen Kopf, der könnte ihm ebenfalls gefallen. Wie sehr würden die Schulfreunde ihn bewundern, wenn er damit zur Schule käme! Er wollte gern noch einmal in den Wigwams nachsehen, aber schließlich wollte er die Sachen auch nicht stehlen.

»He, Angi, wie komme ich an Pfeil und Bogen? Und an so einen schönen bunten Kopfschmuck?« Angi hatte die Gegenstände noch nicht gesehen und wusste daher nicht, was Peter haben wollte. Peter erklärte Angi die Gegenstände und sagte: »Ich weiß, was wir tun, ruf die Indianer zurück und dann fragst du sie!« Angi berührte sein Ohr und rief: »Alle Indianer sofort hierherkommen!«

Und tatsächlich kamen aus allen Ecken, wie unter Zwang von hinten geschoben, die Indianer zurück. Als die Jungen von den Indianern umringt auf dem Dorfplatz standen, sagte Peter: »Angi, nun erkläre den Indianern, dass wir ihnen nichts antun und dass wir bald wieder weiterfliegen! Aber vorher möchten wir sie bitten, uns Pfeil, Bogen und einen Kopfschmuck zu schenken. Wir bezahlen auch dafür.«

Nachdem Angi den Indianern Peters Wünsche vorgetragen hatte, war es zuerst einmal still, aber dann kamen die Indianer, die die Jungen am Wigwam bedroht hatten, hervor und zeigten zum Wigwam hinüber. Einer von ihnen sprach zu Angi: »Ihr habt unseren Bruder getötet. Ihr seid unsere Feinde.«

»Das stimmt nicht«, widersprach Angi, »ihr seid unsere Feinde, ihr wolltet uns fesseln und erschießen. Außerdem habe ich euren Bruder gebeten, mich nicht zu berühren, ich habe ihn gewarnt. Er ist auch nicht tot.« Angi berührte sein Ohr und der Indianer, welcher immer noch vor dem Wigwam lag, stand auf, schüttelte sich und kam langsam herüber.

Die anderen Indianer murmelten vor sich hin. Aber dann hellten sich ihre Gesichter auf und sie wurden freundlicher. Nun kam auch der Häuptling zu den Freunden. »Ihr seid unsere Gäste und wir geben heute Abend ein Fest für euch«, erklärte er. Danach kamen viele kleine neugierige Indianerkinder angelaufen. Sie betasteten die Jungen und kicherten durcheinander. Nur Angi erlaubte nicht, dass ihn jemand berührte. Jedes Mal, wenn sich ihm ein Kind näherte, wich er sofort zurück. Und die Kinder wurden wie von Geisterhand zurückgestoßen.

Einige der Männer nahmen ihre Gewehre und Pferde und galoppierten in den Wald. Als Angi das sah, fragte er die Kinder, warum die Männer in den Wald ritten. Die Kinder erklärten: »Sie jagen einen Büffel oder ein anderes wildes Tier für das Fest.«

Das war Angi gar nicht recht, dass ein Tier für ihn sterben sollte. Und er schlug den Kindern vor: »Wir können doch Moss essen.« Einer der Indianerjungen fragte daraufhin: »Was ist Moss?« Angi berührte sein Ohr und hielt eine Schüssel mit Moss in seiner Hand. »Sieh her, das ist Moss und es schmeckt sehr gut, du darfst davon essen.«

Der Indianerjunge steckte einen Finger in den Brei und kostete von dem Moss. Der Pudding schmeckte ihm vorzüglich, und darum tauchte er gleich noch einmal seinen Finger in den Pudding. Dann nickte er und meinte: »Das schmeckt gut, aber die Männer essen lieber Fleisch.« Dann winkte er ein paar neugierig gewordene Kinder heran.

Und jeder von ihnen durfte einen Finger in den Pudding eintauchen. Und es dauerte nicht lange und die Schüssel war leer gegessen. Angi berührte noch einmal sein Ohr und die Schüssel verschwand aus seinen Händen. Die Kinder sahen Angi erstaunt an, liefen um ihn herum und suchten die Schüssel. »Wo hast du die Schüssel versteckt?«, fragte eines von ihnen.

Angi zeigte zum Himmel hoch und erklärte den Kindern: »Fort, sie ist fort.« Das war den Indianerkindern nicht geheuer, und sie flüsterten leise miteinander. »Bist du ein Medizinmann und Zauberer?«, fragte eines der Kinder. Ein paar Kinder liefen davon. Sie fürchteten sich vor Angi. Und ein Kind lief direkt zum Medizinmann und berichtete ihm von Angis Zauberkünsten. Der Medizinmann kam aus seinem Zelt heraus und ging schnurstracks auf Angi zu.

Nun wurden auch Peter und mehrere Indianer neugierig. Denn um Angi hatte sich bereits ein großer Kreis gebildet. Peter drängelte sich zu Angi vor und fragte ihn: »Was ist passiert?« »Nichts«, sagte Angi. »Ich habe nur eine Schüssel Moss geholt und wir haben es aufgegessen.« »Und warum dann dieser Aufstand?«, bohrte Peter weiter nach. »Sie suchen die Schüssel«, antwortete Angi. »Und wo ist die Schüssel jetzt?«, wollte Peter wissen. »Du hast sie wieder verschwinden lassen?« Angi nickte.

Jetzt mischte sich auch noch der Medizinmann ein. »Du bist ein großer Zauberer?« Angi sah den Medizinmann erstaunt an. So einen Indianer hatte er noch nicht gesehen. Bunt bemalt, uralt und Federn auf dem Kopf. Als Angi so dastand und den Medizinmann bestaunte, bekam er einen Stoß in die Rippen. »Sag ihm nicht, was du kannst, und hol die Schüssel zurück, damit sie beruhigt sind!«

Angi berührte sein Ohr, drehte sich um und hielt die Schüssel in den Händen. »Hier«, sagte Angi und hielt die Schüssel den Kindern hin. »Ihr dürft sie behalten.«

Aber die Kinder sahen die leere Schüssel an und protestierten: »Da ist ja nichts mehr drin, was sollen wir damit?« Angi wollte gerade sein Ohr berühren, da packte Peter Angis Hand und sagte: »Jetzt nicht!«

Als es nichts mehr zu sehen gab, löste sich der Kreis wieder auf, und auch der Medizinmann ging zurück zu seinem Wigwam. »Angi, du musst vorsichtig sein, sonst könnten wir mächtigen Ärger bekommen«, warnte Peter. Angi verstand die ganze Aufregung nicht, aber er nickte Peter zustimmend zu. Dann standen auch Klaus und Heiner neben Angi.

»Wo du schon einmal die Schüssel in der Hand hältst, kannst du sie auch gleich voll machen«, sagte Klaus. »Das darf doch nicht wahr sein, der hat schon wieder Hunger!« Peter sah Klaus verständnislos an und dachte: »Wie kann der Bengel nur immer Hunger haben?« Aber dann erinnerte auch Heiner Peter daran, dass sie doch schon lange nichts mehr gegessen hatten. »Also gut«, sagte Peter, »lasst uns verschwinden!« »Aber die Indianer wollen doch heute Abend ein Fest für uns geben«, erinnerte Heiner die Freunde.

»Wer weiß, was dabei herauskommt?«, warnte Peter. »Am Ende landen wir alle noch am Marterpfahl.« Natürlich wollte Angi sogleich wissen, was denn ein Marterpfahl sei. Nachdem Peter erklärt hatte, was es mit so einem Marterpfahl auf sich hat, wollten auch Angi und Heiner auf dem schnellsten Weg zurück zu ihrer fliegenden Tasse.

Die Freunde fassten sich an und Angi machte sie unsichtbar. Unsichtbar geworden zogen sie sich zurück. Niemand sollte ihr Verschwinden bemerken. Denn bei den Indianern gingen die Vorbereitungen für das Fest weiter.

Die Freunde machten sich zuerst einmal über den restlichen Truthahn her. Danach zauberte Angi noch sein Moss herbei, und als die vier Freunde satt waren, überlegten sie, wie es nun weitergehen sollte. Es wurde schon langsam dunkel und die Indianer zündeten auf dem

Dorfplatz ein großes Feuer an. »Lasst uns das Spektakel doch von oben mitansehen!«, schlug Klaus vor. Aber Angi war satt und müde. Er wollte sich gerade in seine Decke verkriechen.

»Angi, warte noch einen Moment!«, sagte Peter. »Also, hör zu, lass die Tasse über die Indianer fliegen, sodass wir das Fest von oben mitansehen können! Aber die Tasse muss dabei still auf einem Fleck stehen bleiben. Und lass sie nicht zu tief fliegen, sonst stoßen die Indianer mit ihren Köpfen gegen die Tasse! Lass sie so fünf oder noch besser zehn Meter hoch fliegen!«

Angi berührte sein Ohr und die Tasse summte leise über den Platz. Sie blieb direkt über dem großen Feuer stehen. Peter sah hinunter und sagte zu Angi: »Angi, was soll das werden? Kannst du außer Qualm noch etwas sehen?«

Nun steckte Angi seinen Kopf ebenfalls aus dem kleinen Fenster und sah genau wie Peter nur dicken blauen Rauch. »Schick die Tasse zehn Meter nach rechts, da müssten wir einen guten Überblick haben!« Sofort erfüllte Angi Peters Wunsch. Jetzt konnten die Freunde alles, was sich unter ihnen abspielte, gut überblicken.

Plötzlich wurde es unten auf dem Platz unruhig. Die Indianer liefen aufgeregt durcheinander. »Sie suchen uns«, sagte Peter. »Da können sie lange suchen«, meinte Klaus. Ein paar Indianer standen neben dem Medizinmann und fuchtelten mit den Händen herum. Währenddessen suchten die anderen Indianer weiter nach den Jungen.

Nach und nach versammelten sie sich alle wieder auf dem Dorfplatz, und nach längeren Diskussionen reihten die Indianer sich nacheinander in einen Kreis ein und begannen zu tanzen. Dabei sangen sie und hielten ihre Bogen und Pfeile in die Höhe. Die Indianer sangen immer lauter und tanzten immer wilder.

»Das ist ja richtig unheimlich«, sagte Heiner, »lasst uns lieber weiterfliegen!« Aber Klaus hatte es noch nicht so eilig und er fragte Peter: »Sollen wir wieder ein Gastgeschenk hinterlassen?« »Das könnten wir machen, aber was?«, wollte Peter wissen. »Wir geben ihnen Moss«, schlug Angi vor. »Das wäre eine gute Idee«, stimmte Peter zu. »Wir stellen eine große Schüssel Pudding mitten auf den Platz. Das wird ein Spaß! Los, Angi, aber eine große Schüssel!« Angi rief seinen Helfer. »Moment, Angi!«, bremste Peter Angi aus. »Die Schüssel darf nicht zu hoch sein, mach sie lieber lang! So lang wie ein Indianer-Kanu.« Angi erfüllte Peters Wunsch.

Mit einem Schlag verstummte der Indianergesang, und die Indianer liefen zu der großen Puddingschüssel hin. Zuerst wurde die Schüssel von allen Seiten bestaunt, aber dann erkannten die Kinder den Pudding wieder. Sie fassten mit den Händen in den Pudding und stopften sich die Münder voll. Nun probierten auch die Erwachsenen den Pudding. Und als er ihnen schmeckte, drängten sie sich gegenseitig immer weiter vor. Bald lag der Erste von ihnen im Pudding. Die Freunde wollten sich totlachen. »Nun seht euch das an!«, sagte Peter.

»Sollen wir sie auch noch ein wenig erschrecken?«, fragte Klaus und sah Peter an. Auch Heiner und Angi standen neugierig geworden neben Klaus. »Wie willst du das denn machen?«, mischte Heiner sich ein. »Das ist doch ganz einfach. Angi macht die Tasse sichtbar und wir drehen ein paar Runden über sie hinweg. So etwas haben sie noch nicht erlebt. Die denken dann bestimmt, wir sind Außerirdische oder Geister!« Klaus grinste vor sich hin. Auch Peter fand den Vorschlag amüsant.

Die Freunde wollten ein wenig Spaß haben. Angi machte die Tasse sichtbar und die Tasse kreiste leise summend über die Indianer hinweg. Zuerst bemerkten die Indianer die Tasse nicht, aber plötzlich liefen alle wieder schreiend auseinander. Einige rannten in den nahen Wald, andere wieder verkrochen sich in ihren Wigwam. Plötzlich war es unheimlich still unten auf dem Festplatz.

»Es reicht«, sagte Peter. »Angi, lass uns weiterfliegen, wir haben hier genug Unruhe verbreitet! Die Indianer sollen wieder ihre Ruhe haben. Warte noch einen Augenblick, zaubere für jeden von uns noch den Federschmuck, Pfeil und Bogen herbei! Schließlich wollen wir uns ein

Andenken mitnehmen. Das gibt einen Aufstand in der Schule, wenn wir so auf dem Schulhof erscheinen.«

Angi erfüllte Peters Wünsche und dann flogen sie weiter. Und die Tasse flog leise surrend endlich in Richtung Heimat. Die Jungen kuschelten sich in ihre Schlafdecken und Peter dachte: »Hoffentlich geht dieses Mal alles gut und wir landen endlich zu Hause auf der Wiese!«

Peter erwachte erst, als die Tasse plötzlich mit einem kleinen Ruck auf dem Boden aufgesetzt hatte. Jetzt hatte er es eilig. Er sprang aus seiner Decke und sah aus dem Fenster.

Endlich wieder zu Hause

Aufstehen, alles raus aus den Decken, wir sind endlich wieder zu Hause!«, rief er freudestrahlend aus. Klaus, Heiner und Angi rieben sich den Schlaf aus den Augen, aber dann hatten sie es ebenfalls sehr eilig, die Eltern wiederzusehen. Peter rief: »Angi, schnell, ruf die Leiter und ich hoffe, dass du die Tasse unsichtbar gemacht hast!« Natürlich hatte Angi noch nicht an die Leiter gedacht. Aber dann berührte er blitzschnell sein Ohr, die Leiter stand an ihrem Platz, und sie war genau wie die Tasse unsichtbar.

Peter stieg zuerst aus der Tasse und stand direkt vor Gisela. Die sah ihn erstaunt an. Sie war mit Manfred und Purzel spazieren gegangen und hatte plötzlich die große Tasse auf der Wiese stehen sehen. Starr vor Schreck war sie stehen geblieben. Gisela dachte, dass sie jetzt von Außerirdischen entführt werden sollte. Und dann stand Peter plötzlich vor ihr, und nach und nach kamen auch Klaus, Heiner und Angi zum Vorschein. Peter wusste nicht, was er sagen sollte.

Und Gisela stand immer noch auf demselben Fleck, nur dass ihr Mund weit offen stand. Nun standen die vier Jungen vor Gisela und Peter stotterte: »Nun mach zuerst einmal den Mund zu! Du darfst uns nicht verraten, sonst ist Angi in großer Gefahr. Es ist nämlich so, dass Angi wirklich von einem Raumschiff kommt und zaubern kann.«

Gisela sah Peter an und wusste immer noch nicht, was sie sagen sollte. »Aber, aber«, stotterte sie, »wo ist das komische Ding geblieben? Ich habe es doch genau gesehen.« »Ja«, sagte Peter, »Angi hat die Tasse wieder unsichtbar gemacht.« »Aber das ist doch nicht möglich«, meinte Gisela. »Doch, es ist möglich, aber jetzt gehen wir zuerst einmal nach Hause, alles Weitere erklären wir dir, wenn du dich beruhigt hast. Du musst uns allerdings versprechen, dass alles, was wir dir erzählen, unter uns bleibt. Wenn du auch nur ein Wort sagst, muss Angi dir die Sprache wegzaubern.« »Das wäre fürs Erste sowieso das Vernünftigste«, meinte Klaus, »denn Frauen plappern immer.« Er sah Peter und Angi an und sagte: »Los, Angi, mach, dass Gisela nicht mehr sprechen kann!« Angi sah Gisela an. »Nein, ich verspreche euch, dass ich außer der Mutti niemand etwas erzähle.« »Da siehst du es«, sagte Klaus, »ich habe doch gleich gesagt, dass Frauen nichts für sich behalten können.« »Ja«, meinte nun auch Peter, »ich sehe es ein, wir müssen Gisela vorerst das Sprechen verbieten.« Er gab Angi das Zeichen, sein Ohr zu berühren.

Angi zögerte noch immer und sah Gisela an. »Nun mach schon, es ist ja nur vorübergehend!« »Na gut«, sagte Angi, berührte sein Ohr und Gisela war vollkommen stumm. »Beruhige dich!«, sagte Peter. »Du musst nur erst begreifen, dass du nichts verraten darfst. Wir zeigen dir auch nachher die Tasse. Aber jetzt lasst uns erst einmal nach Hause gehen!«

Gisela wollte protestieren, aber sie bekam keinen Ton heraus. Dann waren die Freunde nicht mehr zu halten, jeder wollte zuerst bei den Eltern sein. Natürlich war Angi wieder der Schnellste. Er lief der Mutter direkt in die Arme.

Die Mutter erblickte Angi und rief: »Endlich seid ihr wieder da! Wo wart ihr denn so lange? Ihr habt uns doch versprochen, nie wieder wegzulaufen. Ihr wisst doch genau, dass wir uns große Sorgen machen, wenn ihr so einfach verschwindet.«

Nun waren auch Peter, Klaus, Gisela und Heiner angekommen. Da stand auch schon der Vater vor der Tür und sah Peter vorwurfsvoll an. Peter senkte den Kopf und stotterte eine Entschuldigung. »Wir wollten auch gar nicht weglaufen, aber es ist einfach so passiert. Wir konnten wirklich nichts dafür.«

»Nun kommt schon rein, ich bereite zuerst einmal das Frühstück zu! Ihr habt sicher wie immer großen Hunger.« Die Mutter beruhigte den Vater und bat die Kinder in die Küche. Es war so schön, wieder zu Hause zu sein. Und nachdem die Freunde sich satt gegessen hatten, wollten sie zuerst ihre Zimmer begutachten. Es war alles noch so, wie sie es verlassen hatten.

Die Freunde waren glücklich und zufrieden. Aber mit der Ruhe war es schnell vorbei, denn Gisela stand vor Peter und zeigte immer wieder auf ihren Mund. »Nun mach mal keine Hektik!«, wies Peter Gisela zurecht. »Alles zu seiner Zeit.« Aber Gisela ließ sich nicht abweisen. »Ich sehe schon, du gibst keine Ruhe«, maulte Peter. »Ja, aber«, sagte Klaus, »die erzählt alles und dann ist alles vorbei.«

Nun war guter Rat teuer. Peter grübelte und grübelte, was da zu machen war. Dann meinte Peter: »Wir müssen uns etwas ganz Besonderes ausdenken. Klaus, streng dich an, wir können Gisela nicht zu lange das Sprechen verbieten! Erstens merken die Eltern schnell, dass mit Gisela etwas nicht stimmt, und zweitens beginnt nächste Woche die Schule. Wir rufen Angi, vielleicht weiß er einen Rat.«

Aber Angi sah Peter nur an, er wusste auch nicht, was mit Gisela geschehen sollte. »Also gut«, sagte Peter daraufhin, »wir haben Gisela versprochen ihr die Tasse zu zeigen. Das machen wir zuerst, und danach sind wir hoffentlich schlauer.« Peter forderte Gisela auf ihnen zu folgen. Und dann marschierten sie alle gemeinsam die Wiese entlang, zur fliegenden Tasse hin.

Als Peter stehen blieb, sah Gisela ihn neugierig an. »Warte einen Moment!«, verlangte Peter. »Angi, lass Gisela wieder sprechen!« Angi sah Gisela an und sagte: »Sprechen.« »Und nun ruf die Leiter!«, befahl Peter. Angi berührte sein Ohr, und wie aus dem Nichts stand eine lange Leiter auf der Wiese.

Peter zeigte zur Leiter hin und sagte zu Gisela, sie solle hinaufsteigen. Aber Gisela weigerte sich und sagte energisch: »Da klettere ich nicht hoch. Da ist doch nichts.« Nun ging Peter voran und die anderen folgten ihm. Oben angekommen stiegen die Jungen in die unsichtbare Tasse und einer nach dem anderen verschwand. Gisela stand da und wusste nicht, was geschah. Dann sah sie Peters Hand. Peter winkte und rief: »Nun komm doch endlich die Leiter hoch!«

Vorsichtig, Sprosse für Sprosse, stieg Gisela die Leiter hinauf. Sie hatte schreckliche Angst, dass die Leiter jeden Augenblick umkippen würde. Oben angekommen, sah sie die kleine Türöffnung der Tasse. Da streckte Peter Gisela auch schon seine Hand entgegen und forderte sie auf: »Nun komm schon, wir müssen die Leiter verschwinden lassen!« Er zog Gisela in die Tasse hinein, und Gisela sah die Freunde vollzählig versammelt beieinanderstehen.

Angi stand schon bereit und wartete auf Peters Kommando. »Na, wie gefällt dir unsere fliegende Tasse?«, fragte Klaus. Aber Gisela war so verwirrt, dass sie nur nicken konnte. Gisela war sprachlos, sie glaubte einfach nicht, was sie sah. Sie setzte sich auf die nächste Bank und blickte von einem zum anderen. Dann schüttelte sie wieder den Kopf und sagte: »Peter, kneif mich, träume ich? Oder ist das, was ich hier sehe, Wirklichkeit?«

Klaus grinste Gisela an. »Da staunst du, was? Wir haben Angi zuerst auch nicht geglaubt, als er sagte, dass er von einem Raumschiff gekommen ist und zaubern kann. Aber jetzt siehst du es ja auch.« Gisela sah Angi ungläubig an. »Stimmt das wirklich, was Klaus sagt? Ich muss es ja wohl glauben, denn ich sehe dieses komische Fluggerät schließlich mit meinen eigenen Augen.« »Komisches Fluggerät!«, protestierte Peter. »Willst du mal sehen, was unsere Tasse kann? Angi, zeig Gisela, was in unserer Tasse steckt! Lass uns eine kleine Runde drehen!« Angi erfüllte Peters Wunsch und mit einem leisen Summen flog die Tasse los.

»Hört auf, lasst mich hier raus!«, schrie Gisela ängstlich. Peter versuchte Gisela zu beruhigen. »Hab keine Angst, es passiert dir nichts! Die Tasse ist einhundert Prozent flugsicher. Ich erzähle dir gleich, wo wir schon überall waren. Wir sind gerade erst aus Amerika zurückgekommen. Komm, sieh einmal hinunter, wir umkreisen gerade unser Haus!« Gisela stellte sich neben Peter und schaute ängstlich aus dem kleinen Fenster. Tatsächlich sah sie unter sich das Forsthaus stehen. »Hilfe, mir wird schwindelig!«, rief sie und setzte sich spontan auf den Boden der Tasse. Die Jungen amüsierten sich und beinahe hätte Peter gesagt: »Angi, lass die Tasse schneller fliegen!«, aber das wollte er Gisela nun doch nicht antun.

Angi sah Gisela an und fragte: »Möchtest du nicht mehr mit uns fliegen?« »Nein, nein, ich habe Angst.« »Also gut«, sagte Angi, er berührte sein Ohr und befahl der Tasse: »Flieg zurück zur Wiese!« Sofort landete die Tasse auf der Wiese. Gisela wollte sofort aussteigen, aber Peter hielt sie zurück: »Warte einen kurzen Moment!«

Aber Gisela wollte nur raus aus diesem unheimlichen Ding. Doch die Leiter fehlte. Sie konnte nicht aussteigen. »Peter, wo ist die Leiter? Ich will hier raus!«, rief Gisela.

Peter stand neben Angi und flüsterte mit ihm. Nun ging auch Klaus noch zu den beiden hin und flüsterte mit: »Das habe ich euch doch gleich gesagt, mit Gisela hat das keinen Zweck, und nun muss Angi Giselas Sprache wieder wegzaubern.«

Aber damit war Peter nicht einverstanden. »Nein, wir haben eine bessere Idee. Angi, lass die Leiter kommen, und dann steigen wir alle aus, Gisela zuerst!« So schnell war Gisela noch nie eine Leiter hinuntergeklettert.

Sie wollte gerade mit riesengroßen Schritten zum Forsthaus rennen. Aber damit war Peter ganz und gar nicht einverstanden. Er rief: »Halt, Gisela, warte!« Aber Gisela hörte nicht auf Peters Rufen, sie wollte nur so schnell wie möglich von diesem unheimlichen Ding davonlaufen. »Angi, halte Gisela auf!«, befahl Peter. »Sie rennt zu schnell, wir müssen doch noch ihre Erinnerung auslöschen.«

Angi berührte sein Ohr und rief: »Gisela, bleib stehen! Gisela wollte weiterlaufen, aber plötzlich blieb sie wie festgeklebt stehen. Ihr rechtes Bein schwebte noch ein paar Zentimeter hoch in der Luft.« Das sah so lustig aus, dass die Freunde sich köstlich amüsierten. Gisela fand das alles ganz und gar nicht lustig. Sie schrie: »Lasst mich los, lasst mich los!«

Im selben Augenblick waren die Freunde bei ihr angekommen, und Peter versuchte Gisela zu beruhigen. »Also, Gisela, höre zu, wir machen jetzt ein Experiment mit dir! Damit du uns nicht verraten kannst, wird Angi deine Erinnerung an alles, was du gesehen hast, auslöschen. Du brauchst keine Angst zu haben, Angi tut dir nicht weh.« Angi ging zu Gisela. »Nein, ich will das nicht!«, schrie Gisela. »Und wer hält mich fest? Lasst mich sofort los!«

»Nun mach schon!«, sagte Peter, als er sah, dass Angi zögerte. »Es geht nicht anders und es tut doch auch nicht weh.« Das sahen die Freunde ebenfalls so, und sie ermunterten Angi, Gisela endlich aus ihrer komischen Lage zu befreien.

Angi sah Gisela an und sagte: »Gisela, du weißt nichts mehr, du hast nichts gesehen und kannst dich an nichts mehr erinnern. Und jetzt lauf weiter!«

Gisela setzte ihr rechtes Bein auf den Boden und blieb wie angewurzelt stehen. »Hallo, Angi, was machst du denn hier so allein?«, fragte sie verblüfft.

»Wieso allein, sind wir vielleicht nicht hier?« Gisela drehte sich um und sah Klaus grinsend hinter sich stehen. Jetzt bemerkte sie auch Peter und Heiner. »Ach, wollt ihr wieder irgendwohin verschwinden? Ihr kommt jetzt sofort mit nach Hause! Unsere Eltern haben sich lange genug Sorgen um euch gemacht. Wo wart ihr überhaupt die ganze Zeit?«

»Darüber reden wir später«, winkte Klaus ab. »Wer ist zuerst zu Hause?«, rief er und rannte los. Und Peter, Angi und Heiner folgten ihm. Im Forsthaus angekommen, lobte Klaus Peter und Angi: »Das habt ihr prima ausgeknobelt. Wer von euch hatte denn die gute Idee?« »Na, wer schon?«, sagte Peter stolz. Gerade war auch Gisela ins Haus gekommen. »Nun rein mit euch!«, befahl sie und schob die Jungen vor sich her und direkt in die Küche hinein.

»Wir werden uns wohl an eure Ausflüge gewöhnen müssen«, sagte der Vater und sah die Jungen vorwurfsvoll an. »Es gäbe allerdings noch eine Möglichkeit, ich könnte euch zu Stubenarrest verdonnern. Allerdings seid ihr aus dem Alter eigentlich schon raus, Peter.« Peter senkte den Kopf und dachte, dass der Vater recht hatte. »Allerdings seid ihr immer wieder gesund und munter zurückgekommen. Und ihr müsst für euer späteres Leben lernen und Erfahrungen sammeln. Also, was machen wir mit euch?«

»Wir versprechen euch, dass wir immer auf uns aufpassen und euch keinen Kummer bereiten werden«, sagte Peter mit fester Stimme. »Wir haben doch Angi und der beschützt uns«, warf Heiner ein. Die ganze Familie sah Angi an. Und der nickte zustimmend. Peter wurde es zuerst heiß und anschließend eiskalt. Was dachte Heiner sich dabei, sollte jetzt alles auffliegen? Aber als alle Angis ernstes Gesicht sahen, lachte zuerst die Mutter und danach auch der Rest der Familie. »Natürlich beschützt unser kleiner Engel euch«, sagte sie. So endete der Tag doch noch zu aller Zufriedenheit.

Vorerst wollten die Jungen keine längeren Reisen mehr unternehmen. Sie verbrachten die Nachmittage in der Nähe des Forsthauses und in ihrer Tasse. An so einem Nachmittag, es regnete in Strömen, wurde Angi plötzlich sehr unruhig.

»Was ist los mit dir?«, wollte Klaus wissen. »Warum zappelst du so herum?« Aber Angi antwortete nicht. Er streckte seine Hände zum Himmel empor und war völlig geistesabwesend. Nun wurde auch Peter unruhig. Er ging zu Angi hin und wollte dessen Hand ergreifen. Wie vom Blitz getroffen fuhr Peter zurück. Angi sah immer noch zum Himmel hoch und ging langsam zum Ausgang der Tasse. Nun bekam es auch Heiner mit der Angst zu tun. Er schrie Angi an und packte ihn an der Hose. »Angi, was ist los mit dir?«

Angi sah Heiner an und flüsterte leise vor sich hin: »Sie kommen, endlich holen sie mich!«

»Wer will dich holen? Bleib bei mir, du bist doch mein Freund!« Peter und Klaus verstanden nicht viel, aber was sie hörten, gefiel ihnen ganz und gar nicht. Langsam ging Angi zum Ausgang der Tasse hin und öffnete die Tür. Heiner hing noch immer an Angis Hose und schrie. Nun streckte Angi Heiner eine Hand entgegen. Heiner nahm Angis Hand und ließ sie nicht mehr los.

Angis Eltern kommen

Peter wollte verhindern, dass Angi sie verlässt. Er stellte sich Angi in den Weg. »Du willst dich doch wohl nicht einfach so davonschleichen? Weißt du denn nicht mehr, dass wir deine Freunde sind? Übrigens, wer sagt dir, dass deine Eltern kommen und dich abholen wollen?«

Angi sah Peter an. So einen Blick hatte Peter in Angis Augen noch nicht gesehen. Peter erschrak und sah zu Klaus hinüber, dann sagte er: »Angi schwebt in anderen Regionen, ich glaube, es wird ernst.« »Was heißt hier in anderen Regionen? Er ist weg, auf und davon geflogen«, sagte Klaus. Wo soeben noch Angi und Heiner gestanden hatten, war jetzt nur noch ein leerer Fleck.

»Und was machen wir jetzt?«, fragte Peter. »Das war es wohl, es ist alles aus und vorbei. Keine Reisen mehr, keiner beschützt uns, und wenn ich an den dicken Bruno denke, wird mir jetzt schon schlecht. Was sollen wir überhaupt unseren Eltern sagen, die bekommen bestimmt großen Ärger mit dem Bürgermeister, wenn Angi und Heiner verschwunden sind. Das hätte ich von Angi nicht gedacht, dass er uns einfach so im Stich lässt.« Klaus war sichtlich enttäuscht.

Die Brüder sahen sich traurig an. »Wir hatten so eine schöne Zeit mit Angi und Heiner.« Klaus stimmte zu. »Alles aus und vorbei. Hoffentlich ist der Lottogewinn nicht genauso verschwunden wie Angi und Heiner. Dann sieht es aber wieder traurig bei uns aus, wenn unsere Eltern wieder arm sind.« Daran wollten die Brüder lieber nicht denken.

»So, aber jetzt müssen wir zuerst das kleinere Problem lösen. Wir müssen jetzt wohl aus der Tasse hinausspringen«, sagte Peter. Aber als Peter aus der Tasse hinaussah, stand die Leiter noch da. »Na, wenigstens ist die Leiter nicht verschwunden«, sagte Peter und forderte Klaus auf ihm zu folgen.

Sobald die Jungen wieder festen Boden unter den Füßen hatten, waren die Leiter und die Tasse unsichtbar. »Nicht einmal die Tasse bleibt uns«, sagte Klaus traurig.

»Was soll's, ohne Angi können wir sowieso nicht mehr fliegen.«

»Aber wir hätten wenigstens ein Andenken von Angi behalten, und wenn es regnet oder schneit, hätten wir uns in die Tasse setzen können und an Angi und Heiner und die guten alten Zeiten zurückdenken«, antwortete Klaus. »Lass uns nach Hause gehen! Wie erklären wir nur den Eltern, was passiert ist?«

Als die Jungen den Hof betraten, kam die Mutter gerade aus dem Haus. Sie sah Peter und Klaus an und blieb erstaunt stehen. »Warum seid ihr so traurig? Und wo sind Angi und Heiner?«, fragte sie.

»Weg, einfach verschwunden«, antwortete Klaus.

Die Mutter sah ängstlich von einem zum anderen. »Peter, ihr habt uns versprochen, dass ihr aufeinander aufpassen wolltet.« »Wir können nichts dafür. Angis Eltern sind wohl gekommen und haben ihn zurückgeholt. Das hat er uns jedenfalls so gesagt.«

»Aber wo sind Angis Eltern? Warum haben sie sich nicht bei uns vorgestellt, und warum hat Angi sich nicht von uns verabschiedet? Außerdem dürfen sie Heiner nicht einfach mitnehmen, das ist Kindesentführung.«

»Wir wissen auch nicht, warum alles so gekommen ist«, erklärte Peter der Mutter. »Aber jetzt ist sowieso alles vorbei und wir müssen euch viel erzählen.« Klaus nickte und sagte: »Wenn der Vater und Gisela nach Hause gekommen sind, erzählen wir euch alles.«

Nachdenklich ging die Mutter voran ins Haus. Drinnen angekommen sagte sie zu ihren Söhnen: »Ich hoffe nur, dass ihr uns keine Märchen erzählt.« »Es könnte sich so anhören, aber wir sagen euch ganz bestimmt nur die reine Wahrheit«, antwortete Peter.

»Das will ich doch wohl hoffen«, ertönte die Stimme des Vaters von der Tür her. »Aber wo ist denn der Rest der Familie?«

»Das ist es ja, was wir euch erzählen müssen«, mischte Klaus sich ein. »Aber zuerst wird gegessen, auch wenn der Rest der Familie unpünktlich ist«, sagte der Vater. »Wo sind denn die zwei?«, wollte Gisela wissen. Sie hatte die Küche betreten und sah sich um.

»Das erzählen wir euch nach dem Essen«, sagte Peter. Die Familie sprach ihr Tischgebet, und an diesem Tag war es während des Abendessens ungewohnt still.

Die Mutter und Gisela räumten den Tisch ab. Nachtisch wollte heute niemand mehr essen. »Also, Jungens, nun fangt an und erzählt uns, wo Angi und Heiner sind!« Peter wusste zuerst nicht, wo er anfangen sollte, und er sah Klaus Hilfe suchend an. »Soll ich?«, fragte Klaus.

»Nein, nein, ich habe nur überlegt, wie alles begonnen hat.«

»Na, mit dem Baum, Angi saß doch auf dem Baum«, half Klaus nach. »Genau, so fing alles an.« Und nun erzählte Peter vom Anfang bis zum Ende alles, was sie mit Angi erlebt hatten.

Es war schon spät in der Nacht, als der Vater Peters Erzählungen unterbrach. »Junge, was du uns da erzählt hast, hört sich aber ziemlich nach einem Märchen an, und wenn ich dich nicht genau kennen würde, glaubte ich kein Wort von alledem. Wenn ich allerdings an eure tagelangen Ausflüge zurückdenke, scheint mir tatsächlich ein kleiner Funke Wahrheit in euren Geschichten zu sein.« »Ein kleiner Funke«, protestierte Klaus sofort, »alles, was Peter erzählt hat, ist absolut die reine Wahrheit.«

Gisela protestierte ebenfalls und sie bezweifelte, jemals in der komischen Tasse gewesen zu sein. »Angi hat dein Gedächtnis ausgelöscht, darum kannst du dich an nichts mehr erinnern«, sagte Peter mit ernstem Gesicht. »Also, nun übertreibst du aber wirklich, Peter, so etwas geht doch nur unter Hypnose«, unterbrach der Vater Peter ein wenig streng. »Wenn ihr wüsstet, was Angi noch alles kann! Wenn er will, kommen Blitze aus seinen Händen oder Augen, damit hat er einen Tiger zur Strecke gebracht.« Klaus wandte sich Peter zu: »Das hast du vergessen zu erzählen.«

»Klaus, nun übertreibst du aber doch«, mischte sich die Mutter ein. »Unser lieber kleiner Angi soll so böse Dinge getan haben?« »Nein, es war doch nicht böse, er hat uns vor dem Tiger gerettet. Der wollte uns gerade fressen«, berichtigte Peter.

»Allerdings«, stimmte Klaus zu. »Und wisst ihr, wer der Mutti zum Lottogewinn verholfen hat? Na? Das war auch Angi.«

»So, jetzt ist aber Schluss für heute. Das ist zu viel Unglaubwürdiges, was ihr da erzählt. Wo habt ihr euch nur all diese Geschichten ausgedacht? Ich will nichts mehr hören und ich hoffe, dass Angi und Heiner spätestens morgen wieder hier sind. Anderenfalls werde ich die Polizei informieren müssen.« Nachdenklich sahen die Eltern ihre Söhne an.

»Der Vater hat recht, uns bleibt wohl nichts anderes übrig, als jetzt schlafen zu gehen und zu hoffen, dass Angi und Heiner morgen wohlbehalten wieder bei uns eintreffen. Gute Nacht, Kinder!«

Traurig schlichen Peter und Klaus in ihr Zimmer. »Ich wusste doch gleich, dass unsere Eltern nicht glauben, was wir ihnen erzählen«, sagte Peter betrübt. »Was soll's, es wird sich schon noch alles aufklären. Wenn bloß Angi wieder zurückkäme!« Klaus stimmte zu. Was sollte er auch sonst sagen? Peter hatte recht und jetzt war er müde.

Auch am nächsten Morgen waren Angi und Heiner immer noch nicht zurückgekommen. Die Eltern waren sehr beunruhigt und überlegten, was sie unternehmen sollten. »Wenn den beiden nur nichts passiert ist!«, sagte die Mutter und sah immer wieder zum Fenster hinaus. Auch der Vater machte sich große Sorgen und Gisela fragte, ob die zwei denn immer noch nicht nach Hause gekommen seien. »Wir können noch nichts unternehmen«, sagte der Vater. »Wir müssen noch einen Tag abwarten.«

Peter und Klaus schmeckte heute nicht einmal das Frühstück. Sie sahen sich immer wieder an und berieten, was sie noch unternehmen könnten. Aber auch ihnen fiel nichts ein.

»Na, ihr zwei habt uns gestern Abend eine schöne Märchenstunde bereitet«, sagte Gisela. Peter wollte sich nicht mit Gisela streiten und antwortete nur: »Du hast ja so recht.« Im Stillen dachte er: »Wenn du wüsstest, dass alles, was ich erzählt habe, die reine Wahrheit ist! Aber wie soll ich das alles nur beweisen?«

Peter stand auf, gab Klaus ein Zeichen und wollte mit ihm das Haus verlassen. Doch im selben Augenblick wurde die Tür geöffnet, und Angi und Heiner kamen herein. Peter blieb wie angewurzelt stehen, und Klaus wäre beinahe vom Stuhl gefallen.

Angi sagte kein Wort. Er sah nur von einem zum anderen. Dann lief er zur Mutter und umarmte sie. »Angi, endlich, wo wart ihr denn die letzte Nacht, wir haben uns solche Sorgen um euch gemacht, das dürft ihr doch nicht machen! Wir hatten große Angst, dass euch etwas zugestoßen wäre.« Da meldete sich Heiner: »Wir waren im Raumschiff, Angis Eltern sind gekommen und sie wollen Angi mitnehmen.« Dann sah er Peter und Klaus an und sagte: »Das müsst ihr euch ansehen. Peter, Angi will euch das Raumschiff zeigen, so etwas habt ihr noch nicht gesehen.«

Peter war gar nicht begeistert. Er wollte lieber, dass alles beim Alten bliebe. »Willst du wirklich davonfliegen?«, fragte er und sah Angi traurig an.

Angi ließ die Mutter los und ging zu Peter hin. Er sah, wie traurig Peter war. Angi streckte Peter seine Hände entgegen und sagte: »Komm, Peter!« Peter ging zu Angi hin und ergriff Angis Hände. Angi führte Peter hinaus auf den Hof und zeigte zum Himmel hinauf. Der Himmel über ihnen war hell erleuchtet und Angi sagte: »Sieh, Peter, dort sind unser Raumschiff und meine Eltern! Möchtest du sie sehen?«

Ein bisschen neugierig war Peter schon. Aber gleichzeitig auch ein wenig ängstlich. »Wenn Klaus auch mitkommen darf«, sagte er und sah Klaus auffordernd an.

Angi berührte sein Ohr und sagte: »Klaus, komm mit!« Die Eltern, Gisela und Klaus waren Angi und Peter gefolgt und standen bereits auf dem Hof hinter ihnen. »Was ist denn los?«, fragte Klaus. »Angi will uns sein Raumschiff zeigen, und du sollst mit uns auf das Raumschiff gehen«, antwortete Peter. »Ich sehe kein Raumschiff, aber wenn schon mal eins da ist, meinetwegen«, stimmte Klaus zu. Angi berührte noch einmal sein Ohr, fasste Peter und Klaus an einer Hand und gab den Befehl: »Hinauf!«

Die Eltern und Gisela sahen fassungslos zu. Wo eben noch die drei

Freunde gestanden hatten, war jetzt nichts mehr von ihnen zu sehen. »Das kann doch nicht wahr sein!«, rief der Vater und sah Heiner ungläubig an. Heiner widersprach: »Doch, es ist wahr. Angis Eltern sind dort oben mit einem riesig großen Raumschiff und ich darf bei Angi bleiben, sie nehmen mich mit.«

»Aber wo wollt ihr denn hin?«, fragte die Mutter. »Das weiß ich auch nicht so genau, aber es ist wahnsinnig aufregend in dem großen Raumschiff, ich glaube, sie fliegen überall im Weltall umher. Und was das Tollste ist, ich bekomme dann vielleicht auch so einen Helfer, wie Angi einen besitzt, dann kann ich auch zaubern.« »Was für einen Helfer besitzt Angi?«, wollte Gisela wissen. »Na, so einen, wie Angi besitzt. Er berührt sein Ohr und kann zaubern. Und er wird dann immer sehr stark und schlau. Angi kann alles, weil er so einen Helfer hinter seinem Ohr hat.«

»Das gibt es doch gar nicht«, protestierte Gisela. »Und ob es das gibt, hast du nicht gesehen, wie Klaus und Peter gerade mit Angi verschwunden sind?«

Nun kam der Vater zu den beiden und fragte Heiner, was das alles bedeute. Heiner erklärte dem Vater die Sache mit dem Raumschiff und Angis Eltern und dass er gleich wieder von Angi abgeholt und ins Raumschiff gebracht würde. »Aber wo ist denn das Raumschiff, ich sehe nur helles Licht dort oben am Himmel.« Nun erklärte Heiner dem Vater: »Man sieht es nur, wenn sie es wollen. Vielleicht zeigt euch Angi später auch noch das Raumschiff.«

Inzwischen kamen Peter und Klaus aus dem Staunen nicht mehr raus. Und Klaus sagte: »Peter, kneif mich! Ist das, was ich hier und jetzt sehe, alles wahr oder träume ich?«

Aber auch Peter wusste nicht, was er sagen sollte. Er ging neben Angi und Klaus her und wusste gar nicht, was er zuerst betrachten sollte.

»Sie tragen alle das gleiche komische Nachthemd und die gleichen komischen Strümpfe, wie Angi sie trug, als wir ihn gefunden haben«, sagte Klaus und sah Peter an. »Wie kannst du nur auf Strümpfe und Nachthemden achten, wo es hier ganz andere Dinge zu sehen gibt?«, schimpfte Peter. »Ich meine ja auch nur«, murmelte Klaus vor sich hin.

Die Freunde gingen durch große Räume und lange Gänge, die wie Gärten aussahen. Überall gingen Türen in irgendwelche diversen Räume. Vor einer dieser Türen blieb Angi stehen. »Hier ist mein Zuhause«, sagte Angi und forderte Peter und Klaus auf ihm zu folgen.

Angi öffnete die Tür, indem er wieder einen der bunten Knöpfe berührte. Mitten im Raum spielten drei kleine Kinder mit seltsamen Spielsachen. Natürlich waren Peter und Klaus neugierig. »Das sind meine Geschwister, Angli, meine Schwester, Ango und Anglis, meine beiden Brüder.« Peter und Klaus stutzten und fragten sich: »Was sind das nur für komische Namen?« Alle fingen mit A an.

»Warum fangen eure Namen alle mit A an?«, wollte Peter daraufhin wissen. »Wir heißen Alno. Darum fangen unsere Vornamen alle mit A an«, antwortete Angi. »Komisch«, meinte Peter. Dann sahen sie Angis Geschwister wieder beim Spielen zu. Die Kleinen ließen sich durch die Anwesenheit der drei Freunde allerdings nicht stören. Nun wollte Angi seinen Geschwistern die Freunde vorstellen: »Seht her, das sind meine Freunde Peter und Klaus!« Die Kleinen sahen sich kurz um und sagten dann abfällig: »Erdlinge.« Danach spielten sie weiter.

Im selben Augenblick wurde die Tür geöffnet, und ein Mann und eine Frau betraten den Raum. Angi lief ihnen entgegen und stellte Peter und Klaus seinen Eltern vor. »Mumi, großer Vater, seht doch, das sind meine Freunde Peter und Klaus!« Angis Eltern sahen auf Peter und Klaus herab. Dann schimpfte Angis Vater mit ernstem Gesicht: »Angi, du weißt genau, dass es verboten ist, Erdlinge auf unsere Station zu holen. Wir haben bereits deinem Freund, welcher bei uns bleiben will, den Aufenthalt auf unserem Raumgleiter gestattet.« Angi senkte schuldbewusst den Kopf.

»Ja, ich bin ungehorsam, Vater, aber Peter und Klaus sind doch auch meine Freunde.«

»Sie werden unsere Station wieder verlassen, aber ohne jegliche Erinnerung an uns«, mahnte Angis Vater. Angi stimmte dem Vorschlag seines Vaters zu. Der sprach mit Peter: »Ihr dürft das nicht falsch verstehen, natürlich sind wir euch sehr dankbar, weil ihr unseren Sohn so liebevoll aufgenommen und versorgt habt. Wir werden euch dafür auch gern belohnen, aber es würde auf der Erde zu großen Unruhen führen, wenn bekannt würde, dass wir existieren.«

Das sahen Peter und Klaus selbstverständlich ein. Aber gleichzeitig bat Peter Angis Vater: »Herr Alno, ich hätte da allerdings noch eine große Bitte an Sie. Wenn Heiner bei Ihnen auf dem Raumschiff bleibt, so melden Sie Heiner doch bitte vorher noch bei unserem Bürgermeister ab, damit meine Eltern keine Schwierigkeiten bekommen!«

»Aber selbstverständlich«, sagte Angis Vater. »Wenn ihr unser Raumschiff verlasst, werden wir euch begleiten.« »Wie sieht denn die Belohnung für uns aus?«, fragte Klaus neugierig. Peter gab Klaus einen Stoß in die Seite. »Kannst du nicht die Zeit abwarten?« »Man wird doch noch mal fragen dürfen«, brummte Klaus vor sich hin.

Der Vater sah Klaus an und antwortete: »Wir lassen uns etwas einfallen, vielleicht habt ihr auch einen Wunsch?« Ohne lange zu überlegen, rief Klaus: »Ja, ich wünsche mir einen Helfer für mein Ohr, so einen wie den, mit dem Angi immer seinen Beschützer ruft!«

Aber Angis Vater wehrte entschieden ab: »Das ist nicht möglich, die Helfer sind nur für uns Wächter bestimmt.« »Das hab ich mir doch gedacht, da hat man mal einen Wunsch frei und dann wird nichts daraus«, sagte Klaus enttäuscht. »Warum muss es denn unbedingt so ein Helfer sein?«, fragte Angis Vater und sah Klaus neugierig an.

»Wegen Bruno, der ist so stark und er ärgert uns immer«, mischte sich Peter in das Gespräch ein. Auch Angi bestätigte dem Vater die Bösartigkeit Brunos. »Also braucht ihr keinen Helfer, sondern einen Beschützer. Darüber könnten wir uns eventuell einigen, ich werde mit unserem Komitee darüber beraten.« Peter und Klaus sahen sich an, und Peter flüsterte Klaus zu: »Das wäre doch prima.«

Nachdem Angi den Freunden noch den Raum mit den Kabinen gezeigt hatte, wo Angi sich zur Erde gebeamt hatte, verlangte Angi:

»Wir müssen jetzt das Schiff verlassen, und meine Eltern begleiten uns.«

Peter, Klaus und Angi gingen zum Ausgang des Raumschiffs, von dem aus eine große breite Treppe hinab zur Erde führte. Sie stiegen die Stufen hinab, und als sie unten ankamen, sagte Angi: »Anfassen!« Im selben Augenblick standen sie vor den Eltern. Bevor die Eltern etwas sagen konnten, stellte Angi ihnen seine Eltern vor: »Mumi, sieh her, das sind meine Eltern!«, und dabei zeigte Angi neben sich, aber dort stand niemand. Angi sah die erstaunten Gesichter und drehte sich zur Seite. »Mumi, sie sehen euch nicht.«

»Das ist auch nicht erforderlich«, antwortete der Vater. Die Stimme des Vaters kam aus dem Nichts. Aber plötzlich waren Angis Eltern doch sichtbar. »Wir werden eine Ausnahme machen, aber wir müssen ihnen anschließend jede Erinnerung an das Geschehen nehmen«, sagte der Vater.

Dann begrüßten Angis Eltern die Gasteltern ihres Sohnes. »Wir möchten Ihnen für die liebevolle Aufnahme unseres Sohnes danken. Und dem Wunsch Ihrer Söhne entsprechend die Schwierigkeiten, die Ihnen durch den Fortgang Ihres Sohnes Heiner entstehen würden, aus der Welt schaffen.«

»Das wäre sehr nett von Ihnen, wobei Heiner nicht unser Sohn, sondern ein Waisenkind ist. Aber der Bürgermeister würde schon fragen, wo Heiner sich aufhält«, erklärte Peters Vater. »Wir werden den Bürgermeister umgehend aufsuchen, und gleichzeitig möchten wir uns von Ihnen verabschieden, wir müssen die Erde schleunigst wieder verlassen.«

Klaus sah Angi fragend an. »Musst du wirklich gehen?« Angi sah traurig von einem zum anderen, er lief noch einmal zur Mutter hin und legte noch einmal seine Arme um sie. Dann verabschiedete Angi sich noch vom Rest der Familie. Auch Heiner verabschiedete sich, nachdem der Vater noch einmal eindringlich auf Heiner eingeredet hatte. Er solle doch bedenken, dass es in dem Raumschiff so viele Dinge, die es auf der Erde gibt, nicht gebe. Aber Heiner ließ sich nicht überreden, doch im Forsthaus zu bleiben. Heiner folgte Angi auf das große Raumschiff.

Auf dem Raumschiff

Heiner war viel zu neugierig, was es im Weltall so alles zu sehen gäbe, und er wollte auf jeden Fall bei Angi bleiben. Angi und Heiner winkten noch einmal und wollten gehen. Da rief Klaus: »Angi, was ist mit unserem Wunsch, deine Eltern wollten doch noch über den Beschützer nachdenken!« Angi winkte zurück und rief: »Wir kommen wieder, ganz bestimmt werden wir euch nach zwei Reisen besuchen!« Dann waren Angi und Heiner verschwunden.

»Das war es nun mit Angi und Heiner, jetzt kann der dicke Bruno sich freuen, und wir bekommen wieder Prügel von ihm«, sagte Klaus enttäuscht. Traurig ging die Familie zurück ins Haus und setzte sich an den großen Küchentisch. Die Mutter sah ihre Söhne an und sagte: »Wir werden in Zukunft wieder ohne unsere Kleinen leben müssen. Aber jetzt habt ihr sicher wieder mehr Zeit für euren kleinen Bruder Manfred übrig.« »Ja, wir werden uns jetzt mehr um ihn kümmern«, versprach Peter. Auch der Vater bedauerte Angis und Heiners Fortgehen. »Ja, es ist schade, es war wirklich schön mit den beiden, besonders Angi wird uns fehlen.« »Dann ist es wieder so wie früher«, meinte Gisela. »Bloß nicht!«, rief Klaus. »Da waren wir so arm.«

»Aber Klaus, ich habe doch im Lotto gewonnen, wir sind nicht mehr arm.«

»Hoffentlich!«, dachte Peter. »Nicht nur dass Angi nicht mehr bei uns ist, möglicherweise ist auch der Lottogewinn futsch.« Die Mutter bereitete das Abendessen zu, und während sie ihr Abendbrot aßen, herrschte bedrücktes Schweigen am Tisch. Es war schon traurig. Immer wieder sah die Familie zu den leeren Stühlen hin. Und nach dem Abendessen ging einer nach dem anderen betrübt aus der Küche und legte sich schlafen.

Am nächsten Morgen wurde Klaus zuerst wach. Etwas zwickte und pikste an seinem rechten Ohr. »Was ist mit meinem Ohr passiert?«, dachte Klaus und tastete sein Ohr ab. Seine Finger berührten einen kleinen festen Gegenstand hinter seinem Ohr. »Was ist das denn?«, überlegte Klaus. Er konnte sich nicht erinnern, dass er einen Ohrring besaß. Er musste Peter wecken. Klaus ging hinüber zu Peter und rüttelte ihn wach.

»Bist du noch zu retten, ich will noch schlafen!«, schimpfte Peter. »Hast du mir heute Nacht einen Ohrring angeklebt?«, fragte Klaus den Bruder. »Was redest du da für einen Unsinn? Bist du verrückt geworden? Warum sollte ich dir einen Ohrring ankleben?«, fragte Peter.

»Hier, sieh dir das an, hier ist doch etwas!« Peter rieb sich den Schlaf aus den Augen und setzte sich aufrecht hin.

»Zeig mal her, was du da hast!« Klaus beugte sich etwas vor, damit Peter sein Ohr betrachten konnte. Peter berührte das Ohr und bekam einen elektrischen Schlag.

»Bist du verrückt geworden?«, schrie Peter.

»Warum? Ich habe doch nichts gemacht«, antwortete Klaus erstaunt.

»Du hast mir einen Streich gespielt, wir haben doch heute keinen ersten April.«

»Aber ich habe wirklich nichts gemacht, ehrlich«, beteuerte Klaus.

»Und warum habe ich einen Schlag bekommen, als ich dein Ohr berührt habe?«, wollte Peter wissen. Die Brüder sahen sich ratlos an. Nun berührte Klaus noch einmal vorsichtig den kleinen Gegenstand hinter seinem Ohr. »Aber ich bekomme keinen Schlag, wenn ich mein Ohr berühre. Trotzdem, da ist ein kleiner Gegenstand hinter meinem Ohr, das spüre ich ganz genau.«

»Lass mich noch einmal nachsehen, aber das Ohr fasse ich nicht wieder an!«, sagte Peter. Er schaute noch einmal genauer hin und entdeckte einen kleinen glänzenden Gegenstand hinter dem Ohr von Klaus. Mehr konnte Peter nicht sehen. »Vielleicht ist es eine Nadel«, grübelte Peter.

Der Ruf der Mutter beendete Peters Überlegungen: »Peter, Klaus, aufstehen, ihr kommt zu spät zur Schule!« Klaus hatte Angst, dass der Vater den Gegenstand entfernt.

Darum bat er Peter, dem Vater vorerst nichts davon zu sagen. Sie zogen sich an und frühstückten. Dann wurde es auch schon höchste Zeit für die Schule. Unterwegs trafen sie Angis Freundin Inge. Sie stand am Rand der Straße und wartete auf Angi. Sie fragte Peter, wo Angi sei. Aber Peter konnte sich nicht erinnern. Er fragte Inge: »Wer ist Angi? Es gibt keinen Angi.« Inge sah Peter fassungslos an und blieb enttäuscht zurück, und die Brüder gingen weiter, ohne sich weiter um Inge zu kümmern.

Bruno sah, dass Peter und Klaus ohne Heiner und Angi kamen. Vorsichtig schlich er zu Inge hin und fragte sie, wo denn Heiner und Angi seien. Inge war wütend, warum hatte Peter ihr nicht gesagt, wo Angi war? Stattdessen hatte er geantwortet: »Es gibt keinen Angi.« Inge schimpfte und erzählte Bruno, was Peter gesagt hatte. »Sag das noch einmal, es gibt keinen Angi?«, wiederholte Bruno neugierig. »Ja, ja, es gibt keinen Angi!«, schrie Inge Bruno an.

Bruno schlich grinsend hinter Peter und Klaus her und dachte, wenn das wahr sein sollte, dass es keinen Angi mehr gibt, dann würde er es den beiden jetzt tüchtig heimzahlen. Vorsichtshalber sah er sich noch einmal um, dann ging er zu den Brüdern hin und sprach Peter an: »Na, so allein? Wo ist denn euer Angi?« Peter zitterte schon, wenn er Bruno bloß sah. »Welcher Angi? Ich kenne keinen Angi«, antwortete Peter ängstlich. »So, so, du kennst keinen Angi, veräppeln kann ich mich allein. Wer hat mich denn über den Schulhof und in den dreckigen Graben dort drüben gepustet? War es der Wind, das himmlische Kind?« »Ich weiß es nicht«, antwortete Peter und dabei zitterten seine Knie.

Bruno stellte sich breitbeinig vor Peter hin und sah grinsend auf Peter herab. »Angi, hilf uns, berühre dein Ohr!«, sagte Bruno und wollte Peter ans Ohr fassen. »Wie wäre es, wenn du zuerst mein Ohr berührst?«, sagte Klaus plötzlich. »Hier, ich halte es dir sogar freiwillig hin!« Bruno wollte sich totlachen. »So etwas habe ich ja noch gar nicht erlebt, dass so eine kleine Wanze wie du so mutig ist. Aber mir soll es recht sein. Gib dein Segelohr her, ich werde es so lang ziehen, dass du dich anschließend damit um einen Baum wickeln kannst!«

Dann packte er mit seiner fetten speckigen Hand zu. Klaus spürte, wie Brunos Hand sein Ohr berührte und es dann sofort wieder losließ. Bruno machte einen mächtigen Satz zurück.

»Bist du hinterlistig, du kleine Wanze! Mir einen Stromschlag zu versetzen. Wo hast du die Batterie versteckt?«

Peter ahnte sofort, dass da noch etwas war. Was hatte Bruno eben gesagt – »Angi, hilf uns, berühre dein Ohr!«? Es konnte nur der komische Ohrring am Ohr von Klaus sein.

»Klaus, hilf uns, berühre dein Ohr!«, schrie Peter. Zuerst wusste Klaus nicht, was Peter von ihm wollte, aber als Bruno ihn packen wollte, berührte er aus lauter Verzweiflung sein Ohr und fühlte sich plötzlich bärenstark. Er sah Bruno an und trat ihn mit voller Kraft vor das Schienbein. Bruno flog über den halben Schulhof und schrie wie am Spieß. Augenblicklich wurden auch ein paar Schüler und Lehrer aufmerksam.

Peter und Klaus kriegten von der Aufregung nicht viel mit. Sie sahen sich nur an und wussten, dass da etwas Geheimnisvolles war. »Du warst so stark, weil du dein Ohr berührt hast«, flüsterte Peter. »Was haben Inge und Bruno gefragt? Wo ist Angi? Angi, berühre dein Ohr und hilf uns! Nach der Schule müssen wir Inge fragen, was sie über einen Angi weiß.«

Während des Unterrichts konnten sich die zwei Brüder nur mit Mühe auf den Unterricht konzentrieren. Endlich ertönte die Schulglocke und sie stürmten hinaus. »Wir müssen schnell zum Kindergarten laufen!«, rief Peter. Aber als sie dort ankamen, war der Kindergarten bereits geschlossen. »So ein Mist, was machen wir jetzt?«, fragte Klaus. »Entweder wir warten bis morgen früh, oder wir holen unsere Räder und fahren zum Bauernhof«, antwortete Peter. Bis zum nächsten Tag warten kam für sie nicht infrage, dazu waren sie zu neugierig. »Also los!«, befahl Peter. »Auf zum Bauernhof!«

Als sie dort ankamen, wollte Inge zuerst nicht mit Peter und Klaus reden, aber nachdem Peter Inge noch einmal eindringlich gebeten hatte, doch mit ihnen zu reden, kam sie doch noch zu den Brüdern. Aber zuerst wollte Inge von den Brüdern wissen, wo Angi sei.

»Also, warum sagt ihr mir nicht, wo Angi ist?« Klaus und Peter sahen sich an. »Was ist, warum sagt ihr nichts?«, fragte Inge noch einmal.

»Das ist gar nicht so einfach«, begann Peter. »Du willst immer von uns wissen, wo Angi ist, und wir wissen nicht einmal, wer Angi ist.«

»Was sagst du da, ihr wisst nicht, wer Angi ist? Habt ihr euer Gedächtnis verloren?«

»So ungefähr muss es wohl sein, wir können uns wirklich nicht an einen Angi erinnern. Darum sind wir auch zu dir gekommen und möchten von dir wissen, wer ist Angi? Ehrlich, Inge, wir wären sehr froh, wenn du uns aufklären könntest.«

»Das glaube ich nicht, Angi und Heiner waren doch eure Brüder, sie haben bei euch gewohnt. Außerdem war Angi sehr stark, er konnte mit seinem Ohr zaubern.«

»Aber warum wissen wir nichts über Angi und seine Zauberkünste?«, wollte Peter wissen.

»Sogar Bruno weiß über einen Angi Bescheid. Inge, hilf uns und erzähle uns alles, was du über diesen Angi weißt, würdest du das für uns tun? Wenn du uns hilfst, verraten wir dir auch ein großes Geheimnis«, sagte Klaus. Inge erzählte und erzählte, alles, was sie über Angi wusste. »Was sagst du, Angi ist von einem Raumschiff gekommen?« Peter überlegte. Etwas kam ihm bekannt vor.

»Ja, Angi hat immer erzählt, dass seine Eltern ihn wieder abholen würden.«

»Und hat Angi auch immer sein Ohr berührt und konnte danach zaubern?«, wollte Klaus wissen. »Ja«, sagte Inge.

»Inge, komm bitte einmal zu mir und sieh hinter mein Ohr, aber berühre es nicht, das ist gefährlich, da ist Strom drin!« Vorsichtig schaute Inge auf den kleinen glänzenden Gegenstand hinter dem Ohr von Klaus. »Ja, genau so eins hatte Angi auch, kannst du jetzt auch zaubern?«

»Das weiß ich noch nicht genau, aber den Bruno habe ich vor sein Schienbein getreten, der ist in hohem Bogen über den Schulhof geflogen.«

»Wenn du so ein Zauberer bist, kannst du doch auch Angi wieder herbeizaubern«, schlug Inge Klaus vor.

»Ich kann es ja mal versuchen.« Klaus berührte sein Ohr und sagte: »Angi, komm zu uns zurück!« Aber es tat sich nichts.

»Es geht nicht, dann kannst du auch nicht so zaubern wie Angi.« Sie sah Klaus traurig an. »Aber jetzt habe ich keine Zeit mehr, ich muss meine Schulaufgaben machen.«

Peter und Klaus fuhren zurück nach Hause. Als sie über ihren Schulaufgaben saßen, merkten sie, dass jemand fehlte.

»Warum hilft uns keiner bei den Aufgaben?«, überlegte Klaus. Auch Peter war der Meinung, dass jemand fehlt. Sie gingen ins Gästezimmer und sahen dort das Himmelbett und ein weiteres Kinderbett stehen. »Verdammt, was ist hier los, da muss es doch noch etwas geben!«, sagte Peter. Sie gingen in die Küche und fragten die Mutter.

Die Mutter begleitete die Söhne zurück ins Gästezimmer und stand genauso erstaunt wie Peter und Klaus vor den Betten. Auch der Vater und Gisela wussten keine Antwort auf die vielen komischen Fragen der Jungen. Niemand kannte einen Angi. Peter fand vor lauter Grübeleien nicht in den Schlaf. »Ich werde schon noch hinter das Rätsel kommen«, dachte er.

Am nächsten Tag kam die Kindergärtnerin zu den Brüdern auf den Schulhof und fragte sie, warum Angi seit Tagen nicht mehr in den Kindergarten komme. Auch Heiners Klassenlehrerin fragte die Jungen, warum Heiner nicht zum Unterricht erscheine. Erst als ein Schreiben des Bürgermeisters in der Schule und im Kindergarten eintraf, herrschte wieder Ruhe.

Peter und Klaus rätselten immer noch herum: Was hatte es mit den beiden, Angi und Heiner, auf sich? Als sie am Nachmittag grübelnd über die Wiese spazierten, schrie Klaus plötzlich auf: »Au, ich bin gegen einen Baum gelaufen!« Peter sah sich um und Klaus, der eben noch neben ihm gegangen war, war verschwunden. Peter war verblüfft und rief: »Klaus, wo bist du?«

»Na, hier, ich stehe doch vor dir, siehst du mich denn nicht?«

»Nein, ich sehe dich nicht.«

»Peter, ich werde verrückt, das musst du dir ansehen, hier steht eine große Leiter, und ich bin dagegengerannt.« Klaus drehte sich um und packte Peter am Ärmel seiner Jacke.

»Da bist du ja«, staunte Peter. »Was hast du eben gemacht? Ich konnte dich nicht sehen.«

»Ich habe gar nichts gemacht, ich bin hier gegen diese Leiter gelaufen, sieh bloß einmal dort oben hinauf, was ist denn das?«

»Das weiß ich auch nicht«, antwortete Peter und sah erstaunt die Leiter an und auf den komischen Gegenstand.

»Komm, lass uns hochklettern!« Peter war misstrauisch. Aber Klaus stieg schon Sprosse für Sprosse die Leiter hinauf. Oben angekommen, öffnete er die kleine Tür und kletterte in die Tasse. Im selben Augenblick kam die Erinnerung an all die erlebten Dinge zurück. Jetzt stieg auch Peter in die Tasse und Klaus rief ihm schon entgegen: »Peter, das ist unsere Tasse, es ist alles wieder da. Ich erinnere mich genau an Angi und Heiner und an alles Weitere.«

Als Peter in der Tasse stand, fiel es ihm ebenfalls wie Schuppen von den Augen. Genau, so war es, auch Peter erinnerte sich nun an die Reisen mit der Tasse. Jetzt wussten sie auch wieder, dass Angi und Heiner Wirklichkeit waren und Angis Eltern die zwei Freunde mitgenommen hatten.

»Schade, schade!«, meinte Klaus. »Ja«, stimmte Peter zu, »es ist alles vorbei.« »Moment mal, nicht alles!«, widersprach Klaus. »Was ist mit meinem Ohr?«

»Natürlich, Angi hat unseren Wunsch erfüllt, du hast einen Helfer bekommen. Dann kannst du jetzt auch zaubern wie Angi. Also lass uns eine Runde mit der Tasse fliegen, dann ist es fast so wie früher!«, rief Peter begeistert aus. »Nun mach schon, berühre dein Ohr und gib den Befehl – ‚Tasse, flieg eine Runde über die Wiese!'« Vorsichtig berührte Klaus sein Ohr und sagte: »Tasse, flieg eine Runde über die Wiese!«

Aber die Tasse rührte sich nicht von der Stelle. »Du hast es bestimmt nicht richtig gemacht. Bei Bruno hat es doch auch gleich geklappt.«

Klaus versuchte es noch ein paar Mal, aber die Tasse rührte sich nicht von der Stelle. »Was ist das für ein untauglicher Helfer, wenn er uns doch nicht hilft?«, schimpfte Klaus vor sich hin.

»Hat er doch.«

»Wie, hat er doch?«

»Na, hat er uns geholfen oder nicht? Aber ich vermute, er ist nur ein Beschützer.«

Klaus verstand immer noch nicht, was Peter meinte.

»Klaus, kannst du dich nicht erinnern, was du dir gewünscht hast?«

»Natürlich, ich habe mir so einen Helfer, wie Angi einen hat, gewünscht.«

»Richtig, und was haben Angis Eltern gesagt?«

»Na, es geht nicht. So ein Mist!«, murmelte Klaus.

»Wieso Mist? Können wir nicht froh sein, dass wir überhaupt einen Beschützer bekommen haben? Ich glaube, ich brauche dir nicht zu erklären, was Bruno gestern mit uns gemacht hätte. Und nun liegt er im Bett mit einem gebrochenen Bein.«

»Du hast ja recht, und vielleicht bekommen wir von Angi, wenn er uns besucht, einen richtigen Helfer. Was hat Angi gesagt? Nach zwei Reisen, das können so zwei Jahre sein, kommt er zurück. Und wer weiß, ob es ihm dann noch auf seinem Raumschiff gefällt, vielleicht bleiben er und Heiner dann wieder bei uns.«

»Also, warten wir ab, was passiert, aber bis dahin vergehen zwei Jahre«, meinte Peter. »Aber jetzt lass uns wieder hinunterklettern!«

In dem Augenblick, als die Jungen die Leiter losließen, war von ihr und der Tasse nichts mehr zu sehen. »Wir müssen uns die Stelle, wo die Leiter steht, markieren, damit wir sie immer wieder finden«, schlug Peter vor. »Klaus, dort drüben liegen Steine, hole drei Stück und leg sie hier zusammen hin!« Klaus legte die drei Steine auf die von Peter bezeichnete Stelle. »Die finden wir wieder.«

»Aber für alle Fälle können wir uns noch dort den Wildrosenbusch merken.« Peter zeigte zu dem kleinen Rosenbusch hin und Klaus merkte sich den Busch ebenfalls. Danach gingen die Brüder zurück ins Forsthaus.

Währenddessen flogen Angi und Heiner mit dem großen Raumschiff durchs Weltall. Für Heiner war alles so neu und aufregend. Angi musste Heiner alles zeigen und erklären. Vor allen Dingen wollte Heiner wissen, wohin das Raumschiff fliegt und warum. Aber das wusste Angi auch noch nicht. »Wir müssen meine Eltern fragen.«

»Warum fragst du nicht deinen Helfer? Der weiß doch alles.« Angi berührte sein Ohr und erhielt sofort die richtige Antwort. »Natürlich, wir fliegen immer, wir sind doch die Wächter.«

»Was für Wächter seid ihr? Und was und wen bewacht ihr denn?«, wollte Heiner von Angi wissen.

»Wir überwachen die Planeten, und wenn sie nicht gehorchen, zerstören wir sie.«

»Was macht ihr? Ihr zerstört Planeten? Und wenn dort Menschen und Tiere leben? Würdet ihr auch die Erde zerstören? Dann seid ihr ja gemeine Mörder.«

Angi sah Heiner erstaunt an. »Sie müssen gehorchen, darum überwachen wir sie ja.«

»Und was würde mit Peter und der Familie geschehen?«

Angi sah Heiner nachdenklich an. »Aber es ist das Gesetz«, sagte Angi.

»Aber so einfach geht das nicht, dagegen müssen wir etwas unternehmen«, protestierte Heiner energisch.

Als Angis Familie am Abend beisammensaß, fragte Heiner Angis Eltern aus. »Warum zerstören Sie Planeten? Wollen Sie die Erde auch zerstören?«

Angis Eltern sahen Heiner erstaunt an. Der Vater stellte zuerst eine Gegenfrage: »Wer sagt, dass wir Planeten zerstören?« Heiner sah Angi an und wusste nicht, was er antworten sollte.

»Mein Helfer sagt es.« Angi sah seinen Vater treuherzig an.

»So, so, dein Helfer«, wiederholte der Vater nachdenklich. »Aber ich bin der Meinung, dass dieses Thema für euch noch tabu ist. Auf deine Frage, ob wir die Erde zerstören werden, möchte ich dir trotzdem antworten. Es besteht zurzeit keine Veranlassung, diesen Planeten zu zerstören.«

»Das Gespräch ist damit beendet«, unterbrach die Mutter die Unterhaltung. »Es wird Zeit, dass ihr euch in eure Kabine zurückzieht.«

Heiner lag noch lange Zeit wach und grübelte. Was konnte er tun, wenn das Raumschiff zur Erde zurückkehren und sie zerstören würde? Aber bis es so weit wäre, würde ihm gewiss noch eine Lösung einfallen. Auf keinen Fall würde er zulassen, dass der Familie im Forsthaus etwas geschieht. Dann schlief auch Heiner endlich ein.

Am nächsten Morgen rief Angi: »Heiner, aufstehen, wir gehen zum Unterricht!«

»Aber es gibt doch bestimmt vorher noch Frühstück«, sagte Heiner.

Angi nickte und reichte Heiner ein feuchtes Gesichtstuch. Alle Bewohner auf dem Raumschiff erfrischten sich morgens mit solchen Tüchern. Danach frühstückten Angi und Heiner mit seiner Familie. Heiner war enttäuscht, es gab nur Moss.

»Nun komm schon, es wird lustig!«, drängte Angi. Sie liefen mehrere Gänge entlang, dann blieb Angi vor einer Tür stehen. Er berührte einen Knopf und die Tür öffnete sich.

Angi ging voran und setzte sich auf eine lange, gebogene Sitzbank. Heiner wollte sich gerade neben Angi setzen, doch Angi zeigte nach vorn. »Was soll das werden?«, fragte Heiner. Aber bevor Angi antworten konnte, wurde Heiner aufgerufen. Er hatte den Mann vorn am Pult noch gar nicht bemerkt. Wie der aussah! Er trug nicht, wie all die anderen Bewohner, ein weißes, sondern ein schwarzes Gewand. Langsam, Schritt für Schritt, ging Heiner zu dem schwarz gekleideten Mann hin.

»Komm näher, Erdling!«, sagte dieser mit einem Gesicht, als bisse er gerade in eine saure Gurke. »Aber wahrscheinlich kennt er gar keine sauren Gurken«, dachte Heiner. »Was will der Mann von mir?«, überlegte Heiner. Er drehte sich noch einmal um, aber Angi sah ganz woanders hin.

»Lass dich ansehen und dreh dich einmal im Kreis herum, sodass wir dich genauer betrachten können!« Es waren so ungefähr fünfzig Kinder im Raum, und alle starrten Heiner an. Ein paar kleinere Kinder standen von ihren Plätzen auf, kamen herüber zu Heiner und betasteten ihn.

»Ja, ja, seht ihn euch richtig an, er ist der erste Erdling auf unserem Schiff!«, sagte der Mann in Schwarz. Nun gab es kein Halten mehr. Bald war Heiner vollständig eingekreist und wurde von oben bis unten betastet. Die Kinder drängelten und die größeren schoben die kleineren zur Seite. Es wurde immer enger und Heiner bekam keine Luft mehr. »Geht weg, fasst mich nicht an!«, rief Heiner verzweifelt. »Angi, mach doch etwas, hilf mir!« Aber Angi saß auf seinem Platz und sah zu.

Endlich beendete der Schwarze das Betasten. »So, jetzt reicht es, ihr zerstört ihn ja, bevor wir ihn ausreichend studiert haben!« Die Kinder gingen zurück auf ihre Plätze. Auch Heiner wollte zu Angi gehen, aber der Mann hielt ihn fest und zeigte auf einen kleinen erhöhten Sitz vor ihm. »Auch das noch! Ich sitze hier wie auf dem Präsentierteller«, dachte Heiner. »Was soll das werden? Was haben die bloß mit mir vor?

Wäre ich doch nur im Forsthaus geblieben! Und warum hilft mir Angi nicht?« Er sah zu Angi hin, aber der unterhielt sich mit einem größeren Jungen und tat so, als wäre Heiner überhaupt nicht vorhanden.

Der Mann in Schwarz ging noch einmal im Kreis um Heiner herum. Er betrachtete Heiner von allen Seiten und von oben bis unten. Dann klopfte er mit einem silbernen Stab dreimal auf den Boden. Heiner hatte nicht bemerkt, woher er den Stab so plötzlich hatte. »Aber der kann bestimmt auch zaubern«, dachte Heiner und er ahnte nichts Gutes. Augenblicklich war es mucksmäuschenstill im Raum. Und wenn Heiner nicht genau gewusst hätte, dass sich hier circa fünfzig Kinder und Jugendliche aufhielten, hätte er gedacht, dass er mit dem Schwarzen allein wäre.

»Also, beginnen wir zuerst mit ein paar klärenden Worten. Dieser Erdling ist eine von vielen verschiedenen Rassen, welche wir auf dem blauen Planeten vorfinden. Diese Erdlinge sind primitiv und grausam.«

»Das stimmt nicht«, widersprach Heiner.

Der Schwarze sah Heiner an und sagte mit einem noch düstereren Gesicht: »Seht ihr, er wagt es, mir zu widersprechen, dafür bekommt er die übliche Bestrafung.«

Er berührte Heiners Mund mit seinem Stab und sagte: »Du redest erst wieder, wenn ich dir die Erlaubnis dazu erteile. Also, fahren wir mit dem Unterricht fort. Wir haben die Aufgabe, diese primitiven und aggressiven Rassen zu beobachten. Da sie noch nicht allzu weit in ihrer Entwicklung fortgeschritten sind, besteht zurzeit auch noch kein Grund, sie zu vernichten. Wie die Erfahrung uns lehrt, vernichten sich solche Rassen in den meisten Fällen selbst. Sie führen Kriege und bekämpfen sich mit allen möglichen und unmöglichen Waffen. Grund zur Besorgnis besteht erst dann, wenn sie versuchen sollten, von ihrem Planeten auf andere befriedete Planeten überzusiedeln. Wir greifen auch ein, wenn sie gefährliche Viren züchten und diese sich im All verbreiten könnten. Wir haben zwar den blauen Planeten mit einem starken Strahlengürtel ausgestattet, aber mit versiegelten Behältern könnten auch gefährliche Viren auf uns übertragen werden. Darum muss der Planet in regelmäßigen Abständen von uns kontrolliert werden. Sollte sich allerdings eine gefährliche Situation ergeben, werden die Erdlinge oder der Planet von uns vernichtet. Eines dieser Exemplare steht hier vor uns. Äußerlich unterscheiden sie sich nur minimal von uns. Es gibt weibliche und männliche Erdlinge, genau wie wir sie in unserer Gemeinschaft vorfinden. Aber jetzt werden wir uns dieses Lebewesen noch genauer anschauen.«

Ängstlich hörte Heiner zu und tatsächlich zeigte der Schwarze schon wieder mit seinem Stab auf ihn. »Du wirst dich jetzt entkleiden«, befahl er.

Heiner wollte protestieren, aber er bekam keinen Laut heraus. Sosehr er sich auch anstrengte, es kam kein Wort über seine Lippen. Er sprang von seinem Sitz hoch und wollte einfach davonlaufen. Aber sofort spürte er den Stab in seinem Rücken. »Ich habe dir befohlen, dich zu entkleiden«, sagte der Schwarze in einem Ton, dass Heiner jeden Widerstand aufgab und sich langsam Stück für Stück auszog. Seine Unterhose behielt er jedoch an. Heiner dachte: »Und wenn er mich auf der Stelle umbringt, die Hose behalte ich an!«

Trotzig sah er den Schwarzen an. Dieser legte seine Stirn in Falten und sein Gesicht sah noch hässlicher aus als bisher. Am liebsten wäre Heiner hingegangen und hätte dem Mann vors Schienbein getreten. Aber dazu kam er nicht, denn der Mann stand schon wieder vor ihm und bohrte mit seinem Stab Heiner in den Bauch. Heiner lief rot an. Er hätte den Kerl am liebsten umgebracht.

Der nickte und sagte zu den Schülern: »Hier seht ihr ein ganz besonders aggressives Exemplar. Er würde mich gern umbringen und noch weitere Misshandlungen an mir vornehmen.« Heiner wurde weiß im Gesicht. Konnte dieser Kerl auch noch seine Gedanken lesen? Das wäre ja furchtbar. Und Heiner wünschte sich weit weg von dem Schwarzen. Und er dachte: »Wäre ich doch nur im Forsthaus bei Peter und Klaus geblieben, dann wäre mir dies hier alles erspart geblieben!«

Da erteilte der Schwarze bereits den nächsten Befehl. »Bewege dich, drehe dich im Kreis herum und zeige dich den Schülern! Ihr dürft auch noch einmal zu mir kommen und den Erdling berühren«, sagte er so nebenbei, als bereite es ihm Freude, Heiner zu ärgern.

Das ließen sich die Schüler nicht zweimal sagen, und wieder stürmten die Massen auf Heiner zu und betasteten ihn von allen Seiten. »Wo bin ich hier nur hingeraten?«, dachte Heiner. Als es ihm zu viel wurde, setzte er sich auf den Boden und hielt beide Hände über seinen Kopf. Endlich forderte der Schwarze die Schüler auf, sich wieder auf ihre Plätze zu begeben.

Heiner wollte für immer so zusammengekauert sitzen bleiben. Doch dann spürte er eine Hand auf seiner Schulter. Angi stand hinter Heiner und reichte ihm die Hand.

Heiner stand auf und gemeinsam verließen die Freunde den Raum. Heiner wollte Angi fragen, warum er ihm nicht geholfen habe. Aber er bekam kein Wort heraus. Er blieb stehen und zeigte auf seinen Mund.

Angi verstand, was Heiner ihm sagen wollte, und streichelte ihm sanft mit der Hand über den Mund. Da schrie Heiner auch schon los: »Warum hast du mich nicht beschützt? Hast du nicht gesehen, was die alles mit mir gemacht haben? Wie einen dressierten Affen haben sie mich vorgeführt.« Angi blieb stehen und fragte Heiner: »Was ist ein Affe?«

»Da fragst du noch, hast du das nicht gesehen, ich war der Affe!«

»Aber du hast dich doch nicht verändert, du siehst noch genauso aus wie immer«, antwortete Angi.

»Du hast mir immer noch nicht gesagt, warum du mir nicht geholfen hast«, fragte Heiner weiter und blieb noch einmal vor Angi stehen. »Darf ich nicht«, antwortete Angi. »Ich bekomme jetzt schon Ärger, weil ich mit dir den Raum verlassen habe.« Angi und Heiner gingen nachdenklich weiter.

»Wenn das wahr ist«, dachte Heiner, »dass Angi meinetwegen Ärger bekommt, tut es mir leid. Also hat er mich doch nicht im Stich gelassen. Angi ist und bleibt doch mein bester Freund. Nur, wie kann ich Angi helfen, wenn er bestraft wird? Wer weiß, was diese komischen Typen sich ausdenken?«, überlegte er weiter.

Da standen sie auch schon vor Angis Eltern. Angi sagte nur: »Er ist mein Freund. Er hat sich so schrecklich gefürchtet.« Nachdenklich sah der Vater von einem zum anderen. »Auch wenn ihr Freunde seid, dürft ihr den Forschungsraum nicht unerlaubt verlassen. Angi, du weißt, dass dein Freund sich nur zu Forschungszwecken hier auf dem Schiff befindet. Und ich verbiete dir, dass du noch einmal die Forschungen ohne Erlaubnis unterbrichst. Du wirst außerdem mit einer Strafe belegt. Du darfst sieben Tage nicht musizieren. Und jetzt begebt euch in unsere Gemeinschaftskabine!« Angi und Heiner gingen traurig davon.

»Angi, es tut mir so leid, wäre ich doch nur im Forsthaus geblieben!« Heiner sah Angi traurig an.

»Nein, nein, ich freue mich, dass du bei mir bist. Wir sind doch Freunde«, antwortete Angi.

»Aber ich mag kein Forschungsobjekt sein. Ich habe Angst vor dem Lehrer und alle Schüler starren mich an. Zeige mir die Kabine mit den bunten Knöpfen! Wir könnten doch gemeinsam zurück zum Forsthaus fliegen.«

Angi schüttelte den Kopf. »Wir sind schon zu weit von der Erde entfernt. Außerdem würden meine Eltern mich sofort zurückholen.«

Am nächsten Tag wollte Heiner nicht mit in den Lehrraum gehen. Er versteckte sich. Aber es dauerte nicht lange, da verlangte Angi von Heiner: »Du musst mitkommen, es geht nicht anders.«

»Was kommt jetzt wieder auf mich zu?«, dachte Heiner. »Auf keinen Fall ziehe ich mich wieder aus.« Aber seine Angst war unbegründet. Der Lehrer beachtete Heiner nicht. Er berichtete über einen nahe liegenden Planeten.

Dieser Planet war nicht bewohnbar, er war von feindlichen Lebewesen bewohnt und sollte zerstört werden. Schon in den nächsten Tagen würden sie den Planeten erreichen. Dann würden die Jungen der ersten Vernichtung eines Planeten durch das Raumschiff beiwohnen.

»Das wird spannend«, sagte Angi. Auch er hatte noch keine Vernichtung eines Planeten miterlebt. »Aber wenn dort Menschen wohnen«, sagte Heiner.

»Das glaube ich nicht.«

»Und wenn doch?«, bohrte Heiner weiter. Aber darauf erhielt Heiner keine Antwort von Angi.

Ein paar Tage später war es so weit. Auf dem Raumschiff herrschte große Aufregung. Und die Erwachsenen gingen mit ernsten Gesichtern umher.

Dann ertönte ein tiefer Summton, und automatisch gingen alle Bewohner des Raumschiffs in eine bestimmte Richtung. Heiner blieb ganz dicht neben Angi. Ihm war unheimlich zumute. Niemand sprach ein Wort. Zuerst gingen alle Bewohner des Raumschiffs eine große breite Treppe hinauf. Anschließend strömte die Menge in das obere Raumschiff.

Heiner sah zum ersten Mal, wie viele Erwachsene und Kinder auf dem Raumschiff lebten. Angi zog Heiner mit auf das Vorderdeck, das von einer riesigen Glaskuppel überdacht war.

Als die Freunde vor der Glaskuppel standen, erkannte Heiner, dass das Raumschiff auf einen großen roten Planeten zuraste. Alle Anwesenden starrten gebannt, aber teilnahmslos auf den vor ihnen liegenden Planeten. Es dauerte eine Weile, und Heiner wollte Angi gerade fragen, wann es denn so weit wäre. Im selben Augenblick schossen grelle Blitze auf den Planeten zu. Und Heiner war entsetzt. Der Planet explodierte, und riesige Brocken flogen direkt auf das Raumschiff zu.

»Wir werden getroffen und sterben!«, schrie Heiner. Aber dann erschütterte ein kurzes Beben das Raumschiff, und mit unheimlicher Geschwindigkeit flog das Schiff in die entgegengesetzte Richtung davon.

Heiner war ganz blass im Gesicht und er zitterte am ganzen Körper. »Du musst dich nicht fürchten, es passiert dir nichts. Es ist vorbei«, beruhigte Angi seinen Freund.

»Es muss ein schlechter Traum sein«, dachte Heiner. »Die dürfen doch nicht so mir nichts, dir nichts einen Planeten vernichten!«

Angi sah Heiner an und nickte ihm zu. »Doch, wir dürfen Planeten vernichten, wir sind die Wächter.«

Heiner sah Angi erstaunt an. Er hatte kein Wort gesprochen. Also konnte auch Angi seine Gedanken lesen. Angi sah Heiner an und nickte noch einmal. »Wir sehen, wer gute und wer böse Gedanken hat. Die Guten sollen leben und die Bösen werden wir vernichten.«

»Aber ihr könnt doch nicht alles vernichten!«, rief Heiner entsetzt.

»Wir können«, antwortete Angi.

»Aber dann seid ihr auch böse.«

Angi reagierte nicht mehr und ging voran, die große breite Treppe hinunter. Kurz darauf waren alle Wächter wieder verschwunden, nur die Kinder betraten den Lehrraum und Heiner musste Angi dorthin folgen. Was würde jetzt wieder auf ihn zukommen, dachte Heiner, und es grauste ihm schon, wenn er nur daran dachte.

Der Schwarze spazierte mit seinem Stab auf und ab. Dann erklärte er den anwesenden Schülern: »Ihr habt heute der ersten Vernichtung eines Planeten beigewohnt. Dieser Planet war nicht mehr zu retten. Er war verseucht und die dort lebenden Wesen waren eine Fehlentwicklung. Wir werden weiterforschen, aber in einer anderen Richtung. Im Augenblick interessiert uns aber der Vorgang auf dem folgenden Planeten, den wir in den nächsten Tagen aufsuchen werden. Dort haben wir eine gute, kleine Rasse gezüchtet. Wir werden nicht noch einmal den Fehler machen und verschiedene Rassen auf einem Planeten ansiedeln, wie es auf dem blauen Planeten geschehen ist. Dazu ist so ein wunderbarer Planet zu wertvoll. Dort unten herrschen Chaos, Mord und Totschlag. Das Böse hat sich gegenüber dem Guten durchgesetzt. Wäre es nicht so ein besonders schöner Planet, hätten wir ihn ebenfalls bereits zerstört. Wir werden einen anderen Weg finden, den Planeten von den missratenen Erdlingen zu säubern. Aber jetzt zu dem Planeten, den wir in Kürze anfliegen werden! Damit ihr versteht, wie wir uns die Besiedelung von Planeten vorstellen, werdet ihr euch an Ort und Stelle persönlich, natürlich mit mir gemeinsam informieren. Wir werden uns mehrere Tage zu Studienzwecken dort unten aufhalten. Wir haben dort eine Atmosphäre geschaffen, dass wir uns ohne Hilfsmittel dort aufhalten können. Selbst unser Erdling findet dort seinen idealen Lebensraum vor.«

Sofort sahen alle Kinder Heiner an. Und die bohrenden Blicke des Schwarzen jagten Heiner sofort wieder einen kalten Schauer über den Rücken. Und er dachte: »Ich hasse dich und alle, die mich so blöd anstarren.« »Böse, böse«, sagten einige und der Schwarze sprach es laut aus: »Ja, er ist ein besonders aggressiver Erdling.«

Jetzt konnte Heiner nicht mehr an sich halten und er schrie laut los: »Böse, böse, wer ist hier böse? Ihr seid böse, ihr quält mich, ihr vernichtet Planeten. Ich bin gern auf das Raumschiff gekommen, weil Angi mein bester Freund ist, und ich habe niemandem von euch etwas Böses angetan. Ihr seid böse. Und auf der Erde leben so viele liebe Menschen. Die Familie, Peter, Gisela und Klaus. Sie haben Angi und mich aufgenommen und waren so gut zu uns. Ich möchte so gern zurück zu ihnen.«

Angi ergriff Heiners Hand und tröstete ihn. Nun richteten sich alle Blicke auf Angi.

»Es stimmt, die Familie und viele Erdlinge sind gut, und ich war gern bei ihnen. Dort gibt es Erdbeeren, Blumen und Wälder. Aber auch viel Wasser. Unser Helfer versagt im Wasser. Jeder muss dort schwimmen lernen. Es gibt auch Badewasser, aber es ist immer davongelaufen, wenn ich mit dem Baden fertig war. Aber es ist nicht schlimm, das Wasser kommt immer wieder und auf ihm schwimmen viele schöne bunte Seifenblasen. Sie lassen sich aber nicht berühren, dann verschwinden sie.«

186

Nun prasselten gleich viele Fragen auf Angi ein. »Was ist Baden?«
»Was sind Erdbeeren?« »Was sind Seifenblasen?« »Was ist Schwimmen?«
»Zeig uns, wie du schwimmst!«

»Schwimmen kann ich nur im Meer«, erklärte Angi den Schülern.
»Was ist Meer?«

Tak, tak, tak. Der Schwarze klopfte mit dem Stab auf den Boden.
Sofort herrschte wieder absolute Ruhe. »Mit diesen unwichtigen Din-
gen werdet ihr euch nicht näher befassen. Für heute werden wir hiermit
den Unterricht beenden. Und morgen bereite ich euch auf unseren
Besuch auf dem befriedeten Planeten vor.« Die Schüler verließen den
Raum, ohne Angi oder Heiner auch nur noch eine Frage zu stellen.

Ein paar Tage später war es dann so weit. Das Raumschiff summte
nur noch ganz leise und stand dann plötzlich still auf einem Fleck.

Heiner und Angi gingen nebeneinander. Jeder, der das Raumschiff
verlassen wollte, musste durch eine Schleuse gehen und war danach
unsichtbar. Als Heiner die Schleuse passieren wollte, erklang ein lauter
Summton. Heiner blieb erschreckt stehen.

»Sie dürfen das Schiff nicht verlassen«, ertönte eine Stimme. Das
Schleusentor hinter Heiner öffnete sich wieder, und Heiner musste
wieder zurückgehen.

Angi stand neben Heiner und sah ihn verwundert an. »Ich darf nicht
mitgehen«, sagte Heiner. Angi zog Heiner zurück. Und die nächsten
Wächter passierten die Schleuse. Plötzlich zog Angi Heiner in die
Schleuse. Er ergriff Heiners Hand und sagte: »Festhalten!« Angi führte
Heiner zwischen die anderen Schüler. »Aufpassen!«, sagte Angi. »Er
darf uns nicht sehen.«

Aber der Schwarze ging voran und die Schüler folgten ihm. Heiner
und Angi schlichen hinter den anderen her. Plötzlich waren alle verschwunden.

»Wo sind sie alle hingegangen?«, fragte Heiner.

Angi zuckte mit den Schultern. »Sie brauchen uns nicht, wir gehen
allein weiter.«

Angi und Heiner bei den kleinen Kerlchen

Angi ging voran, und bald darauf erreichten sie eine kleine Siedlung. Aber die Häuser waren winzig klein und vor ihnen spielten lauter kleine Püppchen.

»Angi, sieh doch nur, wie niedlich sie sind, lass uns mit ihnen spielen!«, rief Heiner.

Aber Angi ergriff Heiners Hand und flüsterte: »Sie dürfen uns nicht sehen.« Langsam, aber unsichtbar näherten sie sich den kleinen Männchen. Heiner hätte zu gern einen von ihnen in seine Hände genommen. Ein kleiner Kerl lief Angi an den Fuß und plumpste auf den Boden. Erstaunt sah er sich um. Angi zog seinen Fuß zurück und der kleine Kerl raffte sich wieder auf und lief davon.

Heiner und Angi sahen noch eine Weile dem Treiben in dem kleinen Dorf zu, dann gingen sie weiter. Sie bummelten noch an mehreren kleinen Dörfern vorbei. Sogar Berge und ein See waren vorhanden. Aber alles war so klein und sah so friedlich aus. Ein kleines Kerlchen war auf einen Berg gestiegen und tanzte darauf herum.

»Angi, sieh doch nur, wie lustig!«, flüsterte Heiner. Aber als sie eine Weile zugeschaut hatten, sahen sie, dass der kleine Kerl nicht tanzte, sondern verzweifelt hin und her lief. Er fand den Abstieg vom Berg nicht wieder, und über ihm kreiste ein großer Vogel. »Er will ihn fressen«, sagte Angi. »Wir müssen ihm helfen«, flüsterte Heiner Angi zu. Aber Angi rührte sich nicht.

Nun flog der Vogel auf das kleine Kerlchen zu. Heiner konnte das nicht mitansehen und ging zu dem kleinen Kerlchen hin. Dabei hatte er Angis Hand losgelassen und war für den kleinen Kerl sichtbar geworden.

Als der kleine Kerl Heiner vor sich stehen sah, bekam er einen noch größeren Schreck als bisher. Heiner war für ihn ein Riese, und er suchte noch verzweifelter nach dem Abstieg vom Berg. Dabei rannte er im Kreis herum. Immer am Abgrund des Berges entlang. »So geht das nicht weiter«, dachte Heiner, »ich muss ihm helfen.« Er streckte seine Hand aus und sagte: »Komm, ich helfe dir hinunter!« Aber der kleine Kerl setzte sich hin und wimmerte leise vor sich hin.

»Ich will dir doch nur helfen«, sagte Heiner. Vorsichtig nahm er ihn in seine Hand und betrachtete ihn von allen Seiten. »Bist du niedlich!«, sagte Heiner. Angi stand still da. Plötzlich sagte er: »Vernichte ihn!«

Heiner war entsetzt und schaute Angi an. »Was sagst du da? Ich soll ihn vernichten?«

»Er durfte uns nicht sehen. Niemand von ihnen darf uns sehen. Wir sind ihre Wächter und Schöpfer. Sie dürfen von unserer Existenz nichts wissen.«

»Das ist doch nicht dein Ernst, dieses kleine, niedliche Kerlchen, sieh es dir doch einmal an! Und willst du ihn dann immer noch töten?«

Angi betrachtete das kleine Kerlchen, aber er bestand weiterhin darauf: »Es muss sein.«

»Nein, es muss nicht sein, wir werden ihn nicht töten«, sagte Heiner mit fester Stimme. »Jedes Lebewesen hat ein Recht auf Leben. Es ist nicht seine Schuld, dass er mich gesehen hat. Ich bringe ihn jetzt zurück in sein Dorf.« Heiner drehte sich um und ging zurück zu dem letzten kleinen Dorf. Angi folgte ihm. Heiner hatte schützend seine andere Hand über den Kleinen gelegt.

»Bleib stehen!«, sagte Angi. Heiner sah sich erstaunt um. »Warum?«, fragte er.

»Wenn du jetzt zum Dorf gehst und sie sehen dich, muss ich das ganze Dorf vernichten. Gib mir deine Hand und lass ihn gehen! Ich werde ihm seine Erinnerung nehmen.«

Vorsichtig setzte Heiner den Kleinen auf den Boden und ergriff Angis Hand. Der Kleine saß im Gras und sah Heiner an. Im selben Augenblick war Heiner verschwunden und Angi sagte: »Du wirst jetzt schlafen, du hast nur geträumt und wirst uns vergessen.« Heiner war zufrieden mit Angi. »Angi, ich danke dir, du bist und bleibst mein bester Freund.«

Aber dann wurde es bereits höchste Zeit, dass sie wieder zum Raumschiff zurückkehrten. Natürlich waren sie die Letzten. Hand in Hand gingen sie durch die Schleuse und standen prompt vor dem Schwarzen.

»Das habe ich mir doch gedacht. Ihr habt schon wieder gegen die Regeln verstoßen.« Er sah Angi an und fragte ihn: »Was hast du auf unserem Ausflug für dein späteres Leben als Wächter gelernt?« Angi sah den Schwarzen an und antwortete ihm: »Alle Wesen haben ein Recht auf Leben, wir dürfen sie nicht töten.«

»Wer sagt, dass wir alle Wesen töten? Was redest du für ein dummes Zeug! Ich glaube, der Erdling übt einen schlechten Einfluss auf dich aus. Wir werden ihn isolieren.«

»Nein, das werdet ihr nicht, Heiner ist gut, und er ist mein Freund!«, schrie Angi.

»Folgt mir, wir gehen auf der Stelle zu deinen Eltern!« Mit großen Schritten eilte der Schwarze voran.

Angis Eltern hörten mit besorgten Gesichtern, was der Schwarze ihnen berichtete. Sie mussten sich dem Vorschlag des Schwarzen beugen. Der große Rat sollte über Heiners weiteres Schicksal auf dem Raumschiff entscheiden.

Am nächsten Tag stand fest, dass die Freunde sich trennen mussten. Heiner sollte in die Forschungsabteilung gebracht werden. Und alles Betteln half nicht, Heiner wurde abgeholt und durfte Angi nicht mehr sehen. Unten in der Forschungsstation wurde Heiner ein kleiner Raum zugeteilt. Der Raum war schrecklich. Kein Fenster, keine Freunde, Heiner war völlig allein. Er warf sich auf die Schlafstelle und weinte bitterlich. Ab und zu kam jemand herein und brachte ihm etwas zu essen und zu trinken. Er hörte, dass das Raumschiff mit einem leisen Summton den Planeten verließ und weiterflog.

Heiner war verzweifelt. Wie lange sollte er hier in dieser kleinen

Kabine zubringen? Und was würde mit ihm geschehen? Heiner weinte sich wieder einmal in den Schlaf.

In der Nacht schlich sich Angi zu Heiner und flüsterte: »Heiner, wach auf, hörst du nicht, aufwachen!« Angi rüttelte Heiner aus dem Schlaf. »Zieh dich schnell an, wir gehen fort!« Heiner war plötzlich hellwach. Angi, sein Freund, hatte ihn nicht vergessen. »Wir werden das Schiff verlassen«, flüsterte Angi.

Hand in Hand schlichen die Freunde durch die dunklen Gänge. Es brannten nur ein paar kleine Nachtbeleuchtungen an den Türen. Vor der Tür mit besonders vielen bunten Nachtlichtern blieb Angi stehen und drückte auf einen der Knöpfe. Die Tür öffnete sich, und die Freunde betraten den Raum. Sogleich erinnerte Heiner sich. Es musste der Raum sein, den Angi ihnen beschrieben hatte. Da war das Pult mit den vielen bunten Schaltknöpfen, und da waren auch die drei Kabinen.

»Geh dort in die Kabine!«, flüsterte Angi. Heiner befolgte Angis Anweisung, indem er eilig die mittlere Kabine betrat. Angi drückte auf verschiedene Knöpfe und lief dann ebenfalls in die Kabine hinein. Sofort ertönte wieder die Stimme: »Sie verlassen jetzt das Raumschiff. Viel Glück und kommen Sie nach erfolgreicher Mission gesund zurück!«

Ende Teil II

Bei BoD bereits 2008 erschienen:

Gisela Paprotny:

Angi - der Sohn der Sternenwächter

Ladenpreis: EUR 10,45
Paperback, 160 Seiten

ISBN 978-3-8334-7551-1